徳間文庫

残心

鏑木蓮

徳間書店

プロローグ

杉作舜一(すぎさくしゅんいち)『残心』草稿

この街の老化は、いっそう深刻だろうという、私の予感は的中した。

これまで東京を中心に「老いと死」を見つめてきた私は、海外への出版の話を機に、東京に次いで注目されている都市の現状をレポートしようと考えた。そして、選んだのは観光都市、京都だ。

海外からの観光客で空前の賑(にぎ)わいを呈(てい)する街だが、その陰で重篤な、ある意味現代日本が抱える病巣が浸潤していた。街とそこに住む人間の老化と、そして死の問題だ。

老いと死、それは森羅万象が避けては通れない宿命だ。私はルポライターとしての視座を人間苦の活写と定めてきたが、今回の取材ほど痛みを伴うものはなかった。

何より辛いのは、人の気配が乏しい鄙びた山間の村でも、限界集落でもない、多くの人が憧れる土地での出来事だったからだ。

京都市内、あえて詳しい住所は書かない。東の方角を見れば歴史的遺産の城があり、すぐ側を山陰地方へと延びる鉄道が走っている。

この駅を中心に開発が進み、街並みは一転した。古い町家とマンションが混在するだけならまだしも、その隙間にこれから何かを建てようとしている更地と、誰も住んでいない空き家があり、折れた櫛のように無残な姿をさらしていた。家並みの生老病死は、そのままそこに暮らす住民の辿る運命を見ているようだ。

生老病死――。いかに日本の社会が、この根源的な苦しみに寄り添っていけるのか、それこそが私の追い求めてきたテーマだ。厄介なテーマであることは承知している。しかし、どうしても、それを追求せざるを得ないのだ。

私は小学四年生で父を亡くした。不審死、つまりは自死だった。その一〇年後、四歳ちがいの姉が、新婚わずか一年で、出産時脳出血により母子とも帰らぬ人となった。学生時代の友人を事故で亡くし、ルポライターとなってからも多くの人を見送ってきた。

そして現在、私の母は七五歳で病床についている。六四歳のときに発症したアルツハイマー型認知症により、いまでは寝たきりで私が誰なのかも分からない状態だ。

死にまとわりつかれ、老いの現実を突きつけられている。

そして遭遇した、無残な事件――。

虫の知らせという非科学的な言葉をルポライターが使うべきではない。だが、異様な胸騒ぎによって、私は再びその老夫婦の許へと走ったのだった。

事の起こりは、こうだ。

老老介護の現状を知るため、ある看取り医を訪ね、その上で取材に協力してもいいという世帯を七軒に絞り込んだ。

平成三〇年の春。

京都での滞在は一週間、一日一軒と決めてじっくり話を聞くことにしていた。朝から昼食を挟んで午後三時くらいまで、介護する側、される側を見つめる。取材開始直後は、相手もよそ行きの受け答えをするが、二時間もすれば本音が飛び出し始める。

その日は取材四日目、ちょうど春分の日、晴天に恵まれて気分のいい朝八時から取材を開始した。

仮に氏名を浜尾玄三さんということにしておこう。玄三さんは八八歳、妻の久乃さんは七九歳で、私の母と同じ病で左半身に麻痺が残り寝たきりだった。

ごく稀に玄三さんを夫であると気づく程度で、おおかたは他人を見る目で睨んでいるそうだ。それでも玄三さんは、甲斐甲斐しくご飯や下の世話をする。物がなくなった、お金を盗まれたと泥棒扱いされることにも最近は馴れたと笑う。

昼が過ぎた頃、久乃さんの暴言、暴力が私の目の前で、始まった。玄三さんの眼鏡が割れて頬を切り、唇の端からも血が滲んでいる。

止めようとしたが、玄三さんが、

「好きにさせてやってください」

と私を制止した。

そのうち久乃さんは、暴れ、そしてわめき疲れたのか、いびきを掻き始める。

ベッドの傍らで大きく息をつく玄三さんは、無表情で久乃さんの寝顔を見つめていた。

「顔の傷、大丈夫ですか」と私は声をかけた。

「今日は、ましな方です」

玄三さんは指で血を拭って、続けた。

「私が誰だか分かってるから、叩いてくるんですわ」

「甘えてるんですね」

「他人には酷い言葉を投げかけたり、腕をつねったりはしますが、顔は叩かへんのです。けったいですやろ」

玄三さんの顔がほころんだ。

自分の顔面を攻撃してくる行為で、夫婦であることを確認している、と私は感じた。

「いま、一番辛いことはなんですか」

老老介護の現場取材で、いつもする質問だ。

すぐに返ってくる答えは、無視する。ほとんどの当事者は、経済的なことか、自分の時間が持てないこと、そして自分が先に逝ったときの心配を口にする。しかし私が聞きたいのは、そんな当たり前の辛さではない。もっと実感の伴った身近なこと、読者の皮膚感覚に訴える答えだ。それが聞けるまで、雑談を交え、相手に考える時間を与える。

玄三さんの場合も、小一時間はかかった。やや長い沈黙の後、彼はしぼり出すような声で言った。

「家内が感情をむき出しにすると、私の心が動かなくなってしまうんです。それが辛いというか、怖いんですわ」

「心が動かない？」

えらく文学的な表現が飛び出したと驚きつつ、鸚鵡返しになった。介護する彼の無表情と重なって、言葉の意味するところは推察できていた。

「好きなもんが、何にも無うなりましたんや」

五年前は鮎釣りをしに、京北町まで出かけることもあった。しかし久乃さんの病状の悪化と共に、自身の腱鞘炎で棹も握ることができなくなったという。その後はもっぱら、テレビをCSの時代劇専門のチャンネルに合わせ、暇さえできれば二人で観賞していたそうだ。久乃さんもどこまで分かっているのか判然とはしないけれど、まだ時代劇を観て楽しむことはできていた。

「ここ一年ほどで、家内だけや無うて、私も観なくなりました。楽しみが何もなくなってしもた。何を見ても面白く思わへんのですね。ただ、ええこともあります」

「楽しみがなくなったのに、ですか」

「そうです。悲しいと思うこともなくなってきたように思いますんや。つまり辛さも感じないんです」

「諦め、いえそれに似た感情ですか」

「うーん、そういうのとも、ちがうんです。ほんまにここがスカスカなんです。ヘチマのたわしみたいに」

玄三さんは自分の胸を節が目立つ人差し指で小突いた。

それはやはり現状に対する諦め、もしくは介護疲れか、これまで頑張りすぎたためのバーンアウト、燃え尽き症候群ではないか、と私は思った。どこの介護家族にも同じ現象が見られるからだ。

ただ、自分の時間がほしいと涙を見せた女性や、長く暗いトンネルの出口は自分の死だと目を瞑った男性たちはいたが、心が動かないことを一番辛いと主張した介護者には初めて出会った。彼は自分の言葉を持った人だ。

「いま私が書いている本、そこにご主人の顔写真と実名を出してもいいですか」

彼からもっと話を聞きたい。私は、浜尾玄三という男性に興味を持った。

「かましません。けど主役は、家内ですやろ？」

「ええ、まあ。ですが、介護するご主人の、いま動かないとおっしゃった心、その奥にある本音にも私は興味を持ってます。いや、それが京都の、いえ日本の社会の本音でもある気がするんです」

「そんな大それた……」

「答えを求めているんじゃありません。私の本は、すべて問題提起なんです。それを読んで、それぞれが考えてほしい。おのおのが自分なりの結論を出せばいいと思っています。だから気を遣わず思ったままを話してください」

玄三さんからの返事はなかった。ただ拒否もされていない、と私は思い込んだ。

「明日もお話を聞かせてください。ご都合のいい時間はありますか」

「……夕方、がええです」

「時間は？」

「辺りが暗うなってからいうことで」

「分かりました」

取材されていることを近所に知られたくないのだろう。

私は、あえて時間を決めず浜尾家を後にした。

次の日、北山にある旧家を取材し、午後四時頃、宿泊している京都駅近くのホテルに戻った。

何度も時計を見て、幾度となく窓から外を窺った。玄三さんの顔が浮かび、いつもはあまりに早く時が経ち、時計を恨めしく睨むのに、この日ばかりは一刻も早く日が陰ってほしいと願った。

暗くなるのを待てない私は、午後六時前、ホテルの前からタクシーに乗った。

タクシーの中で、カメラとレコーダーを準備し、質問事項などを練るために取材ノートを広げる。

しばらく走って夕暮れ迫る古都の街に、紅に染まった二条城が現れ、さらなる期待に胸が躍った。

少し手前でタクシーを降りると、玄三さんが見た風景、嗅いだ匂いを確かめようと歩いた。

市バスが横を通過し、路傍の石を跳ねた。それを見た瞬間、なぜか心がざわついた。

――ほんまにここがスカスカなんです。ヘチマのたわしみたいに。

そう言ったときの玄三さんの目を思い出した。言葉とは裏腹に瞳に力がこもっていたと感じたからだ。

私は全速力で駆けた。

そして浜尾家の玄関につき、呼び鈴をならすことなく戸に手をかけた。なんなく開いた扉、屋内から漂う峻厳な空気。

私は引き寄せられるように家に上がった。そして、西の彼方へ沈まんとする真っ赤な夕陽が目に眩しく、黒い人形が微かに揺れているのを目の当たりにした。

久乃さんの寝巻きの帯紐で鴨居に首をくくる玄三さんの姿は、不謹慎だが美しかった。それは、民家の柱に古い鴨居、窓からの夕陽が作り出した幻灯のようで現実離れしていたからに外ならない。

揺れる人影の黒と暮れ方の赤、この対照的な光景を、私は生涯忘れることはないだろう。

1

国吉冬美(くによしふゆみ)は三条商店街にある喫茶店から外へ出た。軽い足取りで、ＪＲ二条駅前ビルの三階にある零細広告代理店「サンコウ」に向かって歩く。また一軒、冬美の意見を取り入れてロゴマークを新しくした上に、モーニングサービス一〇パーセントオフのクーポン発行を了承してくれたからだ。

サンコウは丸三不動産のハウスエージェンシーだ。三年前までは親会社である不動産仲介の新聞折り込みや、マンションのパンフレットが主な仕事だった。だが丸三不動産と大阪の経営コンサルタント会社が需要の高まる民泊に目をつけた。空き家対策プロジェクトを立ち上げて、不動産企画がメイン業務となった。

冬美は、サンコウが発行する、地元の情報収集と地域コミュニケーションを目的とするフリーペーパー情報紙、毎週木曜発行の『Ａ☆ＬＩＶＥ』のライターだ。『Ａ☆ＬＩＶＥ』には丸三不動産が扱う物件情報が差し込まれる。最近はその中に住宅だけではなく、宿泊施設のオーナーを募集する情報も掲載されるようになっていた。

情報紙の目的は、広告宣伝なのだけれど、冬美は自分の発信する記事で読者の暮らしが少しでも豊かになればと思っている。

ただ冬美が得意なのは文章よりもイラストだった。藤子不二雄の『まんが道』を読んで、子供に夢と希望を与えられるマンガ家になりたいと岩手県花巻市石鳥谷町から、京都の美術系大学のマンガ学部に進学した。両親の反対もなく、京都という街への憧れもあった。充実した学生生活を送りながら、せっせと作品制作に傾注できたはずだった。

ところが三年生になる前に、思うように描けなくなってしまった。いまは、ドラえもんやウメ星デンカのような三、四頭身のキャラクターを描くマンガ家はほとんどいないから、かえって新鮮だろうと思っていたが、周りの評価は低かった。ギャグマンガならまだしも、ストーリーマンガを三頭身キャラで描くのは時代遅れだと、先生に酷評された。

学校の評価など、マンガ雑誌の新人賞に入選すれば逆転する。そう思って目にとまった新人賞に片端から応募したが、一次選考を通過することはなかった。

次第に生活も乱れ、マンガよりアルバイトに精を出すようになっていった。デザイン事務所で、クライアントが望むイラストを描く。言いなりになれば悩むこともないし、お金にもなった。卒業してもそのまま惰性でアルバイト生活を続けていた。

そんなある日、大学の先輩、三上葵から彼女の父の経営する丸三不動産の子会社が情報紙を発刊することになり、そこでイラストが描ける記者を募集しているという話をもらったのだった。

文章を書くことは好きだし、これまでストーリーマンガを描く際にたくさんの本を読み、ネームではいろいろな人物になりきって台詞を書いてきた。ダメ元で面接試験を受けると、葵の口添えもあったのだろう、昨年六月に『A☆LIVE』編集部の一員となれたのだった。ぶらぶらしているのなら石鳥谷に戻ってこい、という両親の声が大きくなりつつあった頃だったので、葵には足を向けて寝られない。

いまはマンガ家になることではなく、別の目標ができた。杉作舜一というジャーナリストの本に出会ったからだ。杉作は一貫してすべてのものの栄枯盛衰、その「枯」と「衰」にスポットを当てたルポルタージュを書く作家だ。

石鳥谷では祖父に先立たれた後、祖母が脳梗塞を患い、ずっと母が面倒を見ている。その上、家業が日本酒の蔵元で昼夜の別なく仕事が続く。最近では、祖母が脳血管性認知症と診断され、目を離すと徘徊するというのだ。

元気だった祖母を知っているだけに、人間の枯と衰を実感する。そんなとき葵から勧められたのが、杉作のルポ『業火～残影のなかに』だった。『業火』は限界集落に暮らす高齢者夫婦に密着して、静かな日常を綴った作品だ。取材対象に距離を置きつつ、同情ではなく同苦する彼の温かい視点に心が揺り動かされたのだ。既刊の『漂流～都会の孤独』、『終演～夢のあと』も読み、すっかり杉作ファンになった。ことに夢を描いて懸命に生きた高齢者の末路を描いた『終演』は座右の書で、いつもバッグに単行本を忍ばせている。

いまは『Ａ☆ＬＩＶＥ』で、ひとに読んでもらうに耐える文章を書く勉強をする。力をつけて、ゆくゆくは杉作のようなジャーナリストになりたいと思うようになっていた。その杉作が次回作の舞台に選んだのが京都で、ルポの取材先を紹介したのが、冬美もよく知っている千本丸太町の診療所の医師、三雲だと小耳に挟んでいた。

「国吉さん」

商店街の出入り口まで歩き、千本通に出るというところで、後ろから男性の声がした。振り返ると、そこに痩身の三雲彰が大きな医療鞄を持って立っていた。

「あっ三雲先生、いまちょうど先生のことを考えていたんですよ。びっくりです」

「私のことを?」

「ええ。先生、回診の途中ですか」

冬美は、いつも回診に同行している津川夏恵の姿を探した。彼が体を斜めにして持つ鞄を、夏恵なら軽々と持ち、余裕の笑みさえ浮かべている。

夏恵は高校時代柔道部だったそうで、横幅は三雲の二倍近くあった。半年前の取材で知り合い、自己紹介をしたとき、冬美と夏恵なんて漫才師コンビのようだと満面の笑みで和ませてくれた。また童話作家、宮沢賢治が好きで、冬美が賢治の生まれ故郷花巻市の出身だというのを知って親しくなり、妹のように可愛がってくれている。賢治の生家は、本当は隣町なのだけれど、夏恵には言い出せないままだ。

「ええ。津川さんはインフルエンザでダウンしてしまって」

三雲は、鞄に目を落として言った。

「夏恵さんがダウン……」

鬼の霍乱、という言葉が頭に浮かんだが、口にはできない。

「お子さんからもらったみたいですね」

「香織ちゃんも学校休んでるんですか」

夏恵の娘は、今年小学校に上がったばかりだったはずだ。

「いえ、お嬢ちゃんの方はよくなってから、一週間ほど経ちます」

「夏恵さん、ワクチンを打ってたのに」

「昨年の一一月に打ったんですが、有効性は三ヵ月くらいから下がり始めるんですよ。母子共々、間が悪かったんでしょう」

「じゃあ、先生お一人で大変ですね」

「若い医師が助けてくれているんで、なんとかなります」

「そうか、先生には、助っ人がたくさんいらっしゃいますもんね」

「津川さんほど馴れてないんですが、彼らの経験にもなります。春は卒業のシーズンですし」

三雲の言う卒業とは患者の死、臨終のことだ。彼は診療所を開設しているが、外来患者の診察はしない。国から在宅療養支援診療所の認可を受けた在宅医で、毎日忙しく患者を訪問する有名な看取り医だった。本人の意思と家族の意見を聞き、静かに臨終のときを迎えるために、辛い治療や延命処置は行わないらしい。

「そうなんですか、春が……？」

「気温の変化もありますけど、何か自然の力が新旧交代を促（うなが）しているように思えてなりません」

三雲は、医師というより、神父のような口調で静かに言う。滑舌（かつぜつ）がよく、常に穏やかな表情だ。

「桜が咲いた景色って華やかなのに、どこかもの悲しいのは、その交代を潜在的に知ってるからかもしれないですね」

「国吉さんの感性は素敵です。大事にしてください。それで、私のことを考えていたとおっしゃいましたが」

三雲は柔和な笑みを浮かべた。

「あっ、すみません。杉作先生のことで」

杉作の次回作の取材先が京都であることを教えてくれたのは、夏恵だった。老老介護と看取りがテーマで、全国的に有名な三雲に取材協力の話があったのだそうだ。

「取材のことですね」

「はい。本当に杉作先生が京都にお見えになるのかなって」

「実は、何日か前から京都に来られてるんです」

「ほ、ほんとうですか。凄い」

思わず声を上げてしまった。夏恵から取材のことを聞いて、二週間しか経っていない。商店街のアーケードに反響しないかと、慌てて口を押さえたほどの大声だった。

「よほどお好きなようですね」

「ええ、尊敬してます。いまも読み返して」

冬美はバッグから『終演』を出して、三雲に見せた。

「それはそれは。じゃあ喜ばれるでしょう、杉作さん。何なら名刺交換くらいしますか？」

「杉作先生にお目にかかれるんですか」

声がうわずった。

「今回の取材の件で話をして、意見が合いましてね」

「ぜひ、ぜひ会わせてください」

「分かりました。ちょっと待ってください」

三雲は鞄を足元に置くと、首からぶら下げているケータイを手にした。

留守番電話サービスにつながったようだ。三雲は、連絡がほしいと伝言を残しケータイを切り、

「取材中なのかもしれないな。連絡があったら国吉さんにお電話します」

と冬美に告げた。

「よろしくお願いします」

冬美は深く頭を下げた。

2

「嬉(うれ)しそうだな。クーポンの話、うまくいったのか」

入り口で印刷業者と立ち話している編集長の長谷川(はせがわ)が、帰社した冬美に言った。

長身の長谷川と小柄な冬美との身長差は三〇センチほどあって、常に見下ろされる感じになる。

「はい。ロゴマークの件も」

「ロゴも、それはすごいじゃないか」

長谷川が大きな声で笑った。

「商店街のパン屋さんから、マークを変えたら売り上げが伸びたって聞いたんだそうです。それで、パンを卸してる喫茶店からロゴ刷新の依頼がきたんです。そのパン屋さん『小谷ベーカリー』も、広告掲載の継続をしたいと言ってくれて」

「商店街での出稿率がまた上がったな。国吉のお陰でＣＩの提案もその場でできるようになったしな」

「ＣＩ？」

「コーポレート・アイデンティティのことだ。企業のイメージ戦略みたいなことかな。その中にロゴマークってのも含まれてる。まあ、何だかよく分からないけど、この調子で頑張ってくれ」

二人のやり取りを聞いていた印刷業者が、長谷川に礼を述べるとオフィスから出て行った。

長谷川は業者の背中を目で追って、

「そうだ。ちょっと、いいかな？」

と、デスクへと戻る。

冬美は椅子に座った長谷川の傍らに立った。

目線は座った長谷川とさほど変わらない。顔が近くなったせいで、まだ四〇代なのに頭頂部に白髪が増えたのが分かった。

「国吉の仕事ぶりに関しては、いまも言ったように申し分ない。はじめから一人でよくやっていると思う」

「ありがとうございます」

「イラストの腕をうまく活かしてるし、最近、読み物の方はそれほど赤を入れなくてもよくなった」

「記事、ですね」

広告やPR記事以外を長谷川は読み物と言う。冬美は記事を書いているつもりだ。

「どっちでもいい。それはいいとして、広告取りのことだ。これまでは契約更新先を任せてきたが、仕事にも馴れてきたようだし、新規の開拓にまわってもらいたい。柴田さんや野村さんに迫る勢いで頼むぞ」

柴田美和も野村早紀も『A☆LIVE』創刊からのメンバーだ。美和は三四歳、大手広告代理店から引き抜かれたコピーライター、早紀は冬美の三つ年上の二九歳、大阪の折り込み広告会社からの転職組で、二人とも広告のプロだ。クライアントをその気にさせるツボを心得ているのだろう。いずれにしても、二人はやり手で、冬美の目標でもあった。

「柴田さんたちにはとても太刀打ちできませんが、私なりに頑張ります」

クライアントの目の前で、ササッとイラストを描いて示すと、興味を持ってもらえる。それは新規開拓にも有効だろう。

「確かに目の前で絵が描けるとそれだけで具体性が増すからな」

「漫画家としては無理でも、特技にはなりますんでそれを最大限活用してます」

「うん。なるほど。よし頑張ってくれ。しかし、あれはいかん」

「はあ？　何でしょうか」

「君の机だ。なんとかならんのか」

長谷川は出入り口に一番近い、冬美のデスクを顎（あご）で指す。

本やコピーの山に囲まれ、僅（わず）かに残る平坦（へいたん）な場所にはノートパソコンがあった。

「あれは、資料でして……」

「崩れてしまいそうじゃないか」

「案外バランスを考えて積んでるんで、その点は心配ご無用です」

冗談めかして言った。

「崩れる崩れないも問題だが、君の頭の中を見ているようでな。整理整頓をしてほしい」

「いま書いてる記事に必要なんです。それが終われば、その分の資料は片付けます」

「次の読み物を書くとき、また同じように増えるんだろ？」

長谷川が訝（いぶか）しげな目を向けてくる。

「そりゃ記事ごとに資料は必要ですから」

「つまり現状は変わらんということだな。これを」

長谷川はため息交じりで『断捨離で人生が変わった』というハウツーものの本を差し出した。

「断捨離なんて、もうみんな知ってますよ。いまさら」

「知っているのと理解しているのとはちがう。さらに実践するのとは異なる。一旦デスクを更地にしてみろ」

「ですから、書いてる記事を入稿したら」

「信用できん。小耳に挟んだが、引き出しの中も酷(ひど)いことになっているそうじゃないか」

「えっ、引き出しって？　どうしてそれを……あっ」

冬美は里中新(さとなかあらた)の席を見た。新は、主にイベントを企画する数ヵ月だけ先輩の男性社員だ。いまは外出中のようだ。

彼には開かなくなった引き出しを直してもらったことがある。原因は書類の詰め込みすぎだったのを、彼は知っている。

「とにかく、まずは身の回りをすっきりさせる。どうしてこんなこと言うのか分かるか」

「さあ……」

「さっきも言ったように、君の頭の中のようなんだ。つまり君の書くものだが、あれもこれもと盛り込み過ぎる傾向がある。それは資料の読み過ぎからくるのではないかと思うんだ。強引にまとめる力は認めるけど、ちょっと気が多いんじゃないか」

「私、一途な女なんですけどね……」

長谷川が恋愛のことを言っているのではない、と分かっているけれど、口をついて出た。

「馬鹿馬鹿しい。何でも屋は重宝するから、別にそのままでもこっちはかまわない。だけど、ここ一番の大きな読み物を任せるとなると不安を感じるんだ」

「何でも屋……」

　長谷川の言っていることはよく分かる。画力もストーリーもキャラクターも一定のレベルに達していて、器用なのだろうが、平均点では新人賞を獲ることはできない、とマンガ学科の先生に言われてきた。だから、平易な表現で独自の世界を構築している杉作に惹かれるのだ。

「分かったら、一遍片付けようか。そうすれば見えてくる世界があるかもしれん、ということだ。明日は更地が拝める、と期待しておく」

　話は以上、お疲れ、と本を冬美に押しつけ、長谷川は自分のパソコンに向かう。

冬美は本を手にし、自分の髪を整えながら席に戻った。

デスクには、一冊の本を置く場所もない。無造作に置けば、両側の書類の山はノートパソコンの上に崩落するにちがいない。

手に持ったまま静かに椅子を引き、腰を下ろす。

長谷川に言われるまでもなく、いまにも倒れてきそうな書類の狭間で原稿を書きたいわけではない。執筆に夢中になり、気づくと書類が冬美の仕事場を占拠しているのだ。

一つの記事を書き終われば、次の記事のための資料と入れ替える際に処分すればいいのだろうけれど、集めたものに愛着があるし、ひょっとしてまた使うかもしれないと思うと、引き出しにしまってしまう。実はロッカーも、もうすぐパンクする。いやすでに何度もロッカーの容量を超え、自宅のワンルームに持ち帰っていた。

自宅を見たら、長谷川は呆れてものが言えなくなるだろう。ベッド以外の場所には、本とマンガ用の画材、書類や新聞の束が散乱していた。いやベッドの上さえも「ドラえもん」や「オバケのQ太郎」をはじめとする縫いぐるみが並んでいる。要するに冬美以外の人間は、部屋の中をうまく移動できない状態なのだ。唯一きれいなのは台所周りだけで、そこにミニテーブルを置いて食事をしている。

断捨離、か。手にある本に目を落とす。

何種類か出ているこの手の本の最新版のようだ。パラパラとページをめくり、表紙の裏を見る。そこにフェルトペンで里中新と書かれていた。印刷したかのような文字は、まさしく几帳面な新らしい。

やはり、彼が長谷川に告げ口したのだ。

病的なほどきれい好きの新は、何かにつけ冬美を目の敵にする。まるでばい菌を見るような目で、冬美を見ることもあるくらいだ。

デスクは離れているし、直接彼に迷惑はかけていない。いくら自分が潔癖症でも、冬美を巻き込むことはないではないか。

迷惑だと怒るのなら、いつ倒れてもおかしくない山を『広辞苑』で防御している隣の美和の方だろう。

冬美は深呼吸し、とりあえず危なっかしい書類をロッカーに移すことにした。

近所のスーパーから中くらいの段ボールをもらってきて、いっぱいになるまで詰め込み、ロッカールームに運ぶ。

そのときケータイの着信音である「ドラえもん」のテーマが、ロッカールームに鳴り響いた。三雲からだった。

「先生、国吉です。先ほどは、どうも」

「あの、杉作さんのことなんですが」

三雲の声は暗かった。

「先生、無理なさらないでください。忙しい方ですから」

「いや、アクシデントがあって、約束が守れなくなりましてね」

「アクシデント？」

「杉作さんが取材していた、私の患者さんが急死しまして、警察の調べに協力しなければなりません」

「警察？　警察ってどういうことですか」

看取り医の三雲の患者が急死したことと警察が、冬美の頭の中で結びつかなかった。

「詳しいことは言えませんが、私も杉作さんと中京署へ行かなければならなくなりました。それで、杉作さんを紹介できなくなって。約束をしていたのに申し訳ないです」

「いえ、こちらこそ。かえって気を遣わせてしまい、すみませんでした」

ロッカーに向かって、冬美は頭を下げていた。

電話を切ってから、無性に気になってきた。人が亡くなって警察が調べるのは、単なる病死ではないはずだ。

事故か、事件か。

いずれにしても杉作ならば、アクシデントもルポルタージュとしてまとめ上げるにちがいない。その仕事ぶりを見たい。現場が手の届く場所にあるなんて、こんな機会は二度とないだろう。

冬美は病気の夏恵に悪いと思いながら、はやる気持ちで彼女のケータイ番号をプッシュした。

「冬美ちゃん」

いつもと変わらない元気な声だった。

「インフルエンザでお休みのところ、すみません」

「あら、知ってたん？」

「ばったり先生に会って」

「そう。ホット養命酒を飲んで一眠りしたら楽になったわ。人にうつさんように三日間は休まんとあかんのやけど、体がなまりそう。で、冬美ちゃんにしては、えらい早口やけど、何があったん？」

いつもながら夏恵の直感には驚く。

「やっぱり夏恵さんには連絡行ってないんですね」

「連絡って、うちの先生になんかあったんとちがうやろね」

夏恵の声の調子が変わった。

「三雲先生が杉作先生に紹介した取材先の方が、急死されたそうなんです」

「なんやて、谷廣さんの奥さんが？」

夏恵の声が耳に響く。

谷廣家は妻の牧子が脳梗塞が原因で認知症を患い、夫の孝造が面倒を見ていたという。孝造八八歳、牧子七九歳のまさに老老介護だ。三雲が紹介したのは、この夫婦だと言った。

「だいぶんお悪かったんですか」

「それほど重篤やなかったけど、動脈硬化が進んでたし、心臓も弱ってたさかい。いつまた脳梗塞を起こしてもおかしくない状態ではあった。まさか、亡くなるやなんて」

「それで三雲先生と杉作先生が中京署に行くって、おっしゃってました」

「警察？　ほな、変死扱いいうことやわ」

「きっと何かあったんですよ」

「杉作さんが遺体を見つけはったんやろか。ほんでうちの先生を呼ばはった。どっちにしても、一見して病死には見えへんかったいうことやわ」

「あの夏恵さん、お願いが」

「冬美ちゃん、もしかして谷廣さんとこに行きたいん？」

「現場の空気を吸うのが、記者の鉄則ですから」

やから」

「すっかり杉作さんに感化されてしもてるやん。けど気ぃつけて、警察官がいてるん

「警察にひるんでいては、ジャーナリストは務まりません」

「しょうがないな。二条駅から三条通まで下がって、五〇〇メートルほど西へ行ったら、南側に『幸い荘』いうアパートが見えてくる」

それ以上は個人情報だから言えない、自分の足で調べろと電話を切った。

冬美はオフィスに戻り、上着を手に持ち取材道具一式が入ったバッグを肩にかけて、長谷川に見つからないようにそそくさと廊下へ出た。

足早に階段を下りると、二階の踊り場で一番会いたくない人間の姿を目にしてしまった。

新が手をすりあわせながら上がってくる。電車かバスのつり革を持った後は、かならず除菌ジェルを手に塗りたくった上に、それをウエットティッシュで拭うのだ。常に彼からはアルコールの匂いが漂っている。

新が顔を上げた。

「退社？　いいな、ライターは書きっぱなしで済むから」

階段を駆け下り、すれ違いざまに、

「里中くん、編集長に告げ口、どうもありがとう」

と頭を下げた。嫌みには嫌みで返すしかない。

「すべて冬美ちゃんのためを思ってのことだよ」

歓迎会で、名前とはちがって春のような温かな心を持っていますが、冬美ちゃんと呼んでください、と酔った勢いで言ったことを後悔している。

「私、急ぐんで」

「誰かと約束でもあるの」

聞き流せばいいのに、立ち止まってしまった。

「仕事です」

「本当に？」

新は怪訝な顔つきを向けてきた。

「ええ取材なんです」

「ズボンの裾と上着の袖口、埃だらけだ。そんなので取材されたら、会社の評判を落としかねないよ」

冬美は袖口とズボンの裾を勢いよくはたいた。

「おい、埃が舞うじゃないか、よしてくれよ」

新はハンカチで口を覆うと慌てて階段を駆け上がって行った。

「ご忠告、感謝しまーす」

新の立ち去った方にそう言って、冬美は笑いをこらえながら表に出た。

3

春分だというのに、外は肌寒かった。上着の前を合わせて早足で歩く。

冬美は、帰宅ラッシュで多くの客が吐き出される二条駅の改札口の前を横切り、そのまま南へ、東西の三条通まで行って右に折れる。

街灯が灯っているものの、店舗の前でもないと暗い。それでも冬美の育った石鳥谷町より、闇(やみ)は薄いと感じる。

中学生の頃に田んぼの続く農道を、自転車で走っていたときのことを思い出す。ライトが照らす円だけが頼りで、そこに映し出されるものも、砂利道と緑の葉ばかりで、他には何も見えない。心細くて寂しくて、とても怖かった。そんなとき夜空を見上げ、一面に瞬く星と月に何度も助けられた。なぜなのだろうか、寂しさがふと消えるのだ。

京都の空は、大気が澄んでいないのか、暗くないからか、星の数が全然足りない。

少し前まで空き家だった町家がリフォームされて、妙に明るい暖色系の外灯が灯っている。急増する宿泊施設だ。

京都生まれの人間ではない冬美でも、急速に家並みが変わっていくのには、少々寂しさを感じる。しかし古民家が朽ち果てて、無残な骸(むくろ)をさらしている風景も見たくない。

　当初は急速な開発には反対だったけれど、親会社丸三不動産の手がける宿泊施設のほとんどが落ち着いた色調で町並みに馴染(なじ)んでいるのを見て、むしろ景観を守っていると思うようになった。

　急ぎ足に少し汗ばんできたとき、左手の古い建物の手前の路地から赤色灯の光が漏れているのが見えた。

　通りに面しているのは、モルタルづくりのアパートの側面だった。その手前の空き地に、パトカーとバンが駐まっている。二階へあがるむき出しの階段の手すりに、サビが浮いたホーローの看板が掛かっていて、そこに黒字で「幸い荘」とあった。

　アパートの入り口付近にたむろしているのは、近所の人だろう。薄暗い街灯でははっきりしないけれど、立ち姿や服装からほとんどが高齢者のように見えた。

　その中の幾人かに警察官が話を聴いていた。

　冬美は声が聞こえるところまで、近くに寄る。

「ほんまに信じられへんのですわ。孝造はんに限ってそんなこと」

　しわがれた声の男性が、腕組みしながら首を振った。

「ほんまや、仲よかったもんね」

背の低い女性が男性の傍らから顔と口を出す。

「おたくらは、お隣の一〇二号にお住まいなんですね。えーとお名前は？」

「桜木剛（さくらぎつよし）と言います」

「桜木さん、とくに物音とかは聞いたはらへんのですか」

制帽が邪魔な上に赤色の逆光で顔が見えないけれど、警官の声はそれほど年をとっていないようだ。

冬美はノートとペンを取り出し、さらに接近する。

「誰や男の人の声がして、わしらもびっくりして外へ飛び出したんです。それまでは何も聞いてません。なあ？」

男性が女性に聞く。どうやら二人は夫婦のようだ。

冬美は、桜木夫妻が警官に話している様子をささっとイラストにした。顔の輪郭も鼻も、体つきも丸い感じの妻、少し腰が曲がりキュウリが眼鏡をかけて立っているような夫が警官と喋（しゃべ）っている絵だ。

「そうそう、谷廣さん、谷廣孝造さんって叫んではった」

女性の迫真の叫び声が、ただならぬ状況を想像させた。二人が言う男の人は、たぶん杉作のことだろう。

「あの桜木さん、奥さん、あなたのお名前は？」

「智代美(ちよみ)、言います」

智代美は漢字の表記を説明した。

「声を聞いて、お二人で一〇一号室に見にいかれたんですね」

警官がクリップボードに挟んだ用紙に、ボールペンを立てたまま智代美を見る。

「そうです。牧子さん、谷廣さんの奥さん、ずっと具合悪かったさかい、なんかあったかと思て、慌てて玄関口に行って、家の中に声かけたんです」

「中の様子は見えましたか」

「うちと同じ間取りで、玄関入ってすぐが台所で、その奥が居間。そらもうよう見えます。男の人の背中が見えました。もっとよう見たら孝造さんを抱きかかえてはった」

「ご主人はどうでした？」

「こいつの頭越しに、はっきり見ました。そら気の毒なほど、孝造はんを必死で呼んではりました」

「男性が谷廣孝造さんを抱きかかえるというのは、脇の下に腕を入れて、例えばこんな感じですか」

警官はロミオが死んだジュリエットを抱きかかえるような、大げさな格好をしてみせた。

「そう、そうです。だらんとした孝造さんの腕が見えてたし、なあお父さん」

と智代美が剛を見上げる。

「ああ。ほんで、それから畳に寝かして胸を押してはった。そう心臓マッサージっちゆうやつや思います」

「ちゃうよ、お父さん。心臓マッサージの前に、ケータイでお医者はんを呼ばはった」

「そや、そや、そっちが先でしたわ」

二人は、マッサージの最中に室内に入って声をかけたのだ、と警官に説明した。

男は鴨居を指差し、自分がきたときそこに孝造がぶら下がっていて、急いで下ろしたがすでに息はないと沈痛な面持(おもも)ちで首を振った。

「うろがきてしもて、うちのひとは突っ立ったままやし、私はその場にへたってしもて」

智代美は身震いをして見せた。

「そのとき、奥さんの方はどんな状態でした？」

「牧子さんは布団の中で眠ってるもんやと思ってました。けど……」

智代美は、這(は)うようにして牧子の側へ行った。すぐに何が起こったのか想像がついたと言った。

「どのように思ったんですか」

警官は興味を示したような聞き方だった。

「奥さんが亡くなって、そのショックで首を……」

智代美は手を胸の前で交差させ、自分の両肩をさすった。

「なぜそう思ったんです？」

「さっきも言いましたけどほんま仲のいい夫婦やったし、面倒もようみてはったさかい。大事にしてる牧子さんが亡うなって精も根も尽き果てたんやと思いますわ」

智代美はまた、夫に同意を求めた。夫は大きく何度もうなずく。

証言する桜木夫婦も仲がいい、と冬美は好感を抱いた。この二人なら、話しやすそうだし、普段の谷廣夫妻のこともよく知っていそうだ。

「なるほど。その男性とお二人は、そこで医師の到着を待ったということですね」

「三雲先生はすぐに。そうですね、五分くらいできてくれはりました」

智代美は、恐ろしい体験をした割に目の前の出来事をよく記憶していた。やはり取材対象としては適任者だ。

「三雲医師のことは以前からご存じだったんですか」

「いまは看取り医いうて有名ですけど、この辺の高齢者にはかかりつけ医の親切なお医者はんいう方がしっくりきます。この人がぎっくり腰でピクリとも動けんようになったときも、痛風の痛みで唸ってるときも先生にきてもらいましたさかい。なあ、あんた」

また剛はうなずいた。

「三雲先生は、孝造さんを診てどうだと？」

「警察に電話しはりました。それから牧子さんの様子を見るいうて、私らに外で救急車かパトカーがくるから、この部屋に誘導してほしいって言わはったんで、その男の人と外に出ました」

「それでアパートの前におられたんですね。分かりました。また話を聴くことがありますが、今日はこれで。ありがとうございました」

桜木夫妻は警官にお辞儀して、隣の部屋へと消えていった。

警官は、桜木夫妻の後ろに立って待っていた高齢の男性一人と女性二人に話を聴く。一階の一番奥の一〇三号に住む男性と、二〇一号、つまり谷廣宅の真上の部屋に住む高齢姉妹だった。この三人は、パトカーのサイレンがアパートの前で止まって、はじめて異変に気づいたようだった。また孝造と挨拶を交わす程度しか谷廣夫妻を知らず、さして有益な情報はなかった。

一〇一号室と隣の一〇二号室の表札を見て、谷廣夫妻と桜木夫妻の氏名の表記を確認する。警官の目を避けて、開いていたドアから中を覗いていると、

「あれ、国吉さん？」

と後ろから呼ばれた。

「はい」

返事をしながら振り返る。赤色灯のちらつく中、三雲とその横に、書籍の著者近影で見た杉作の顔があった。

「先生……」

心臓の鼓動で、言葉が胸につかえた。憧れの作家を前に、何をどう言えばいいのか分からなかった。

「どうしてここに？」

「気になって、夏恵さんに谷廣さんの住所を伺ったんです」

三雲には普段通り話せる。

「それで、わざわざ」

三雲はあきれ顔を見せた。

「警察って言葉を聞いて、いろいろ考えてしまって」

「電話では詳しく言えなかったですからね、かえって気を回させてしまいました」

そう言うと、三雲は横に立つ杉作と言葉を交わし、

「警察への報告が終わったところです。杉作さんが今一度現場を見たいとおっしゃっ

たんで、タクシーでここまでご一緒したんですが、まだ無理みたいですね」

三雲が警察車両に目をやった。

「私も部屋を覗(のぞ)いてはみましたが、ダメみたいです」

「そうでしょうね」

そう冬美に柔和な顔を向けて、

「杉作さんと話があるので、これで」

と三雲は立ち去ろうとした。

「三雲先生ちょっと」

長身でスーツ姿の杉作が立ち止まり、

「初めまして、杉作舜一です。僕の本を気に入ってくれているそうですね」

一歩前に出てきて、右手を差し出した。

「あ、はい、大ファンです。い、いまもここに御著書を持ってます。あの、わたくし国吉冬美と申します」

頭に血が上ってしまい、しどろもどろのままの握手だった。杉作の手は指が長く、関節がゴツゴツしていた。

「国吉さんは、杉作さんのようなルポライターになりたいんだそうですよ」

三雲が、握ったまま杉作の手を離さない冬美を見て言う。

「そんな、恐れ多いです」

冬美は慌てて手を離した。

「国吉さん、いまメモをとってたようですが」

と杉作は冬美に聞いてきた。

「警察官がお隣に住む方に話を聴いてましたんで」

「警察の事情聴取がなければ、本来僕が訊きたかったんですがね」

「私、全部聞き漏らさずメモにしてます」

「そうですか。連絡先を教えてください。そのメモを参考にさせてもらうかもしれない」

目撃者の記憶は、時間とともに鮮度が落ちていく。杉作が著作で書いている台詞を思い出した。

冬美は名刺を出した。

「杉作先生、いまお話ししてもいいんですが」

「いま？」

「私記憶力だけはいいので、忘れることはありません。でも臨場感というのは」

「時間が経てば薄れますね」

杉作がうなずいた。

その様子を見ていた三雲が口を挟んだ。

「国吉さん、あなたの気持ちも分かりますが、今日のところは」

三雲が渋い顔をしたのが分かった。疲れているのかもしれない。表情を変えない三雲にしては珍しい。

でもこんなチャンスを逃すわけにはいかない。

「先生方のお話が終わるまで、私待ちます」

「国吉さん、少し強引ではありませんか。杉作さんもお疲れの様子ですし」

「いや、先生、構いません。僕もアパートの住人の話には興味があります。いいじゃないですか、一緒に話をしましょう」

「よろしいんですか。嬉しいです。あっ、嬉しいなんてこんなときにすみません」

冬美は頭を下げた。いま自分がいるところは、人が二人も亡くなった現場なのだ。

「……仕方ないですね。では診療所で」

三雲はちらっと杉作に目をやり、背を向けて歩き出した。

「ありがとうございます」

冬美は大きな声で礼を言った。

4

三人はタクシーで三雲診療所に向かった。

一〇分ほどで着いた診療所では、助っ人の男性医師と女性看護師が仕事をしていた。三雲はその二人に、杉作と冬美を紹介して、診察室の奥にある応接室に案内してくれた。

先に冬美と杉作を座らせ、コーヒーメーカーに豆と部屋の片隅に設置してあるミネラルウォーターサーバーの水を注いだ。

三雲がコーヒーメーカーのスイッチを入れると、豆を粉砕するけたたましい音が響いた。

すぐに室内に珈琲豆の芳(こう)ばしい香りが漂い、少し緊張がほぐれてきた。

「大変な日になってしまいましたね」

そう言いながら、三雲は杉作の正面に腰を下ろす。三雲の背筋は常に伸びていて、姿勢が崩れたところを見たことがない。

どうやら機嫌は損なわなかったようで、冬美は胸をなで下ろした。

「いや、三雲先生にはご迷惑をお掛けしたようで心苦しいです。先生がいてくださらなければ、あと三、四時間は事情を聴かれていたでしょう。本当にすみませんでした」

杉作は声を改めるよう咳(せき)払いをして、太ももに手を置いて頭を下げた。

売れっ子ルポライターなのに、やはり杉作は誠実な人なのだ、と冬美は嬉しくなった。

「いえ。しかし、まさかあんなことになるとは。ご紹介した谷廣さん夫妻は、老老介護としてはうまくいっている方だったんです」

湯が沸く音がし始めた。全自動のコーヒーメーカーを三雲が買った、と夏恵が言っていたのをふと思い出す。

「ええ、奥さん思いの穏やかな方でした。まあ、ご高齢者への取材ですから、病気などで亡くなることはあろうかと思っています。しかし、あれはやはりショックですよ」

杉作は長髪をかき上げた。キザに見えるしぐさだったけれど、嫌みは感じなかった。太くて濃い眉と神経質そうな眉間(みけん)の皺(しわ)、切れ長で鋭い目、高い鼻に尖(とが)った顎がとても凜々(りり)しい。

「国吉さんは、ルポライター的な興味で現場に駆けつけたんですね」

杉作は冬美の視線を感じたのだろう、話しかけてきた。

「ええ、まあ。先生の前では、おこがましいんですけど」

見つめられるのが恥ずかしくて、視線をテーブルに落とす。

「僕はね、人の後ろ姿ってのは本音を語ると思っているんです。国吉さん、いや冬美さんと呼んでいいですか」

「はい」

息を吸い込んで返事をしたため、声がうわずる。

「冬美さんがメモをとる背中に熱意を感じた。そう探究心をね」

「たまたまお巡りさんがアパートの住人に話を聴いてたのが聞こえてきたので、つい」

「思わず、ノートとペンを手にした。それは普段から情報を収集したいというアンテナを張っているからできることです。では、どんな情報を得たのか教えてください」

杉作は黒い手帳をバッグから出し、胸ポケットに差してあった万年筆のキャップを開けた。

「先ほどは偉そうにお話がしたいと言いましたが、私が聞いた話なんて、先生のお役に立てるかどうか分かりません」

冬美は、急に怖じ気づき、両手を振りながらソファーの背まで腰を引いた。

「せっかく熱心にメモをとったんですから、そう謙遜せずに」

事件に遭遇したときこそ、ルポライターの腕の見せ所なのだ、と杉作は真剣な目を向ける。

「国吉さん、いい機会ではないですか。尊敬する杉作先生にお話しできるなんて」

私も聞きたい、と三雲はカップを用意してコーヒーを注ぎ、テーブルに運んでくれた。

「僕は、現場の空気を大事にしています。自分が住んでいるアパートで、人が亡くなるということ自体、とんでもない事件です。ましてや隣人となれば、なおさらだ。警察官に話を聴かれるなんて体験、そうざらにあることじゃない。ですから冷静でいられる人は稀でしょう。だからこそ本音が出るし、そこに重要な手がかりが隠れている可能性もあるんです。まずは先入観を持たずに、素直な気持ちで見たまま聞いたままを思い返しながら話してみてください」

と優しく微笑むと、杉作はカップに手を伸ばした。

「はい、分かりました」

ノートを取り出そうとして、手が滑ってバッグを床に落としてしまった。指先が緊張で上手く動かなかったせいだ。飛び出した書類や文具、ケータイと一緒に『終演』と『断捨離で人生が変わった』もあった。

何はさておき『終演』を拾い上げた。

「あなたも興味あるんですね」

杉作の声に手が止まる。

「は、はい」

サインを求めれば応じてくれるだろうか。手にした本を持ち直す。

杉作がハウツー本を拾った。

「いや、確かに捨てることで、見えてくるものがあるから」

「あっそれは……借りた本でして」

「僕も、何冊か持っています。その中でも、断捨離を人生哲学にまで敷衍させた本があってね。興味あるなら貸してあげますよ」

と言いながら杉作が本を返してくれた。

冬美は掴んでいた『終演』をゆっくり鞄にしまった。

「そんな、とんでもないです。紹介していただければ自分で購入します」

と他に床に落ちたものをバッグに戻す。

気を取り直してノートを見返し、深呼吸してから一〇二号室に住む桜木夫妻の証言を話した。

言葉遣いも内容も、できるだけ変えないように心がけた。そのため三雲からすれば気色悪い京都訛りになっていたにちがいない。

途中からは、恥ずかしがると、さらにおかしなイントネーションになると思い、小学生が教科書を音読するようにハキハキした話し方をした。

クスリとも笑わず、杉作は話を聞いていた。そして時折、目は冬美の顔を見ながら、ペンを持つ手だけが、手帳の上をせわしく動くのだった。

何度かコーヒーで喉を潤し、カップが空になったとき、桜木夫妻の証言を話し終えていた。

「桜木さんの言う男の人というのは、杉作先生のことなんですが、あえて証言を忠実にお話ししました」

冬美は、面接官を前にした受験生の心境で杉作の顔を窺う。さほど暖房は効いていないのに顔から火が出そうに熱く、手で扇ぐ。

杉作は自分の手帳を見つめていた。そして、三雲が二杯目のコーヒーを振る舞い、それを一口飲んだ後、ようやく言葉を発した。

「警察官などがうろつき騒然とした中、また雑音も多い状態で、よく聞き取りましたね。冬美さんの集中力は大したもんだ。証言には臨場感もあった」

「怖々近づいて、そこからはもう夢中でした」

杉作に褒められ、冬美の声は自然に大きくなった。先生と呼ぶ人から褒められたのは、高校の美術の時間以来だ。

自分でも顔がほころんでいるのが分かり、それが恥ずかしく口をすぼめる。

「お隣の桜木智代美さんが状況を垣間見て、事件の全体像を類推していますね。それをどう思います?」

杉作の鋭い視線に顔を引き締め、

「あの、その前に三雲先生に伺いたいんですけど」

テーブルの端で二人の話を黙って聞いていた三雲に、冬美は尋ねた。

「谷廣さんの奥さん、牧子さんの死因は何だったんですか」

まずは正確な事実を把握しないといけない。

「うーん、医師としての守秘義務がありますからね」

「そこをなんとかお願いします」

冬美はテーブルに額(ひたい)が着くほど頭を下げた。

「まあ国吉さんなら口外しないでしょうから」

そう前置きして、

「喉に索溝がありました」

三雲は人差し指で、自分の首に一本線を描くように動かした。

「えっ、旦那さんにではなく、牧子さんに紐の跡がついていたってことですか」

杉作の前であることを忘れ、地声を出してしまった。

「じゃあ牧子さんは病死ではなく殺害……」

自分の言葉の恐ろしさに動悸を覚えた。

「慌てないでください。解剖してみないと断言はできませんから。目視で分かったことは、索溝痕に加え、顔の鬱血と腫れ、眼球や眼瞼結膜の溢血点、それに若いお嬢さんには言いにくいんですが失禁していたということです。これらのことから絞死の可能性が高いという風に受け止めてください」

「絞死とは、どういう意味ですか」

「紐状のもので首を絞められたことによる、窒息死です」

「紐状のものが、近くにあったんですか」

杉作に向き直る。

「いい質問ですね。僕が見た限りではそのようなものはなかった。しかし、牧子さんの寝巻きの帯紐がありませんでした。なぜならそれは、孝造さんの首に巻かれてあったからです。つまり孝造さんが首を吊っていた紐だった」

「牧子さんを窒息させたのも、孝造さんが首をくくった紐も同じだったってことですか」

「それは警察の鑑識官の調べではっきりするでしょうけれど、状況から察するとそうです。でないと、もう一本紐状のものがないといけなくなる」

杉作が言った。

「孝造さんの方は間違いなく首を吊って……？」

冬美は三雲に訊いた。

「孝造さんの首にあった索溝は、牧子さんとは明確に異なってました」

牧子の場合は、紐状の圧迫痕が首を水平に一周し、喉仏あたりで交差していたが、孝造には交差した痕はなかったと、手振りを交えて三雲が説明してくれた。

「その上、縊死体、つまり首を吊って亡くなった場合の特徴が顕著でした。説明すると長くなりますが、首の前の方が紐の痕が深くて、左右が対称。目に溢血点がなかったことや顔面が赤くなかったこと、それに吉川線といって、抵抗した痕跡もありませんでしたから、ほぼ縊死だと思っていいんじゃないですか」

「外部犯の可能性はないということですね。あの、杉作先生、先生が孝造さんを下ろされたとき、まだ息はあったんですか」

事件がいつ起こったのか、まずは時間を知る必要がある。

「いえ、残念ながら。ただ温かかったし、体も柔らかかった」

「三雲先生、牧子さんはどうだったんですか」

また三雲に顔を向けた。

「牧子さんの方も、体はまだ温かく関節のこわばりもありませんでした。お布団の中にいたせいもあるでしょうが、孝造さんとそれほど体温の差はなかったんじゃないですかね」

「亡くなった時間の差もなかったってことですね」

「辛い現実だけれど、孝造さんは牧子さんを殺害して、すぐに自殺したとみていいでしょう」

杉作は長い足を組み、カップを持つ姿が悩める哲学者のようで、絵になると冬美は思った。

「取材のための訪問だったんですね」

「ええ。昨日、お目にかかって、今日の夕方に再度訪問する約束を交わしました」

時間はという問いに「辺りが暗うなってから」と孝造は答えたので、六時過ぎに訪問することにしたと、杉作は言った。

「時間を決めてなかったんですか」

頓狂な声を出したのは、潔癖症の新はむろん、長谷川もアポイントメントの時間についてうるさかったからだ。

「それは、孝造さんが時間を決めたくなかったと感じたからです。僕にとっては快く取材を受けてくれることが重要だった。それに暗くなってからというのは、とても曖昧だけれど、夜ではなく夕方だとも言ったんです。時間の幅はそれほどない。結構限定的じゃないですか」

「確かに、そうですね。先生と孝造さんのお二人には、それぞれだいたいの時間が頭にあったってことですものね」

「そういうことです」

「そうなると……」

冬美は手に持ったペンの背を額に当てる。マンガのアイデアを絞り出すときによくしている、と先輩の葵に指摘された癖だ。いまは何かモヤモヤとした気持ちが湧き起こり、その正体を探っていた。

「何か気になりますか」

杉作が目を細めて訊いてきた。

「孝造さんは、先生がこられると分かっていて、自殺されたことになりますよね。しかも約束された時分に」

「それは僕が真っ先に抱いた違和感です。そして重要な点でもある。あなたはどう考えますか」

「単純ですけど、先生に発見してもらいたかった」

そうは言ったけれど、冬美は額からペンを離せないでいた。前日に会ったばかりのルポライターに、自分の最期を委ねられるものだろうか。

「僕はね、そこに孝造さんの主張を感じたんです」

「主張……？」

「まだ直感の域を出ないけれどね。だからこそ孝造さんが僕に何を伝えたかったのかを調べないといけない。いや、お目にかかった瞬間、僕が孝造さんの話を聞きたい、どうしても取材したいと思ったのは、彼の覚悟を感じたからかもしれない」

アンテナを張れば、言葉以上の情報が向こうから飛び込んでくる、という言葉を杉作はこれまでの著作に残している。

「孝造さんはすでに覚悟をされていた。それを先生が察知したということですか」

「何を覚悟していたかまでは分からない。しかし、お宅に伺うとき、心がざわついた」

「ざわつくってどういう意味ですか」

「胸騒ぎかな。何かを遂げようとする孝造さんの気みたいなものか。五分、いや三分早く行動に移せたなら……それが悔しくもあるがね」

杉作は拳で膝を叩いた。

「それほどの覚悟の自殺なら遺書を残すんじゃないでしょうか」

言いたいこと、伝えたいことがあるのなら、ほどなくやってくるであろう杉作に、遺書を託せば事足りるではないか。その方が手っ取り早いし、ストレートに伝わるはずだ。

「僕もそう思ってね、刑事に訊いたんだ。残念ながらそういったものは見当たらなかったようだ」

「そうですか。でも、どこかにしまってあるかもしれません」

「いや、遺体発見を僕に委ねたんだ。僕が見つけられない場所に置くはずがない」

「遺書は存在しないと思われるんですか」

「たぶん」

「お隣の桜木さんの奥さんが、谷廣さん夫妻は仲がよかったとおっしゃってました」

「だから？」

「何か理由があるんですよね、孝造さんが牧子さんを殺めたのには。もし私なら、その気持ちを書き留めておきたいと思いますけど」

「真相は分からない。しかし、現に僕が二人の遺体を発見したんです。牧子さんを殺害した動機、孝造さんが自殺しなければならなかった理由、それを探っていくことになるでしょう。老老介護と看取りをテーマに選んだときから、こうなる運命だったのかもしれないね。孝造さんは自身が旅立つのに牧子さんの帯紐を使った。その気持ちが知りたい。共に逝きたいという愛情なのか、命を奪ったことへの贖罪なのか」

杉作は冬美を見た。

「これからどんな風に調べていかれるんですか」

のこのこ現場にやってきたのは、杉作のルポに臨場したかったからだ。

「事件捜査と同じような手順を踏むんです。僕は事件記者出身だから」

警察の捜査を見てきて、肝になる部分を知っているのだと言った。

「もし、お許しいただけるなら、私もお手伝いしたいんですけど、ダメですか」

杉作と話して興奮したのか、自分でも信じられないことを口走っていた。

冬美の言葉を聞いてから、しばらく考えていた杉作が尋ねた。

「仕事は？」

「支障のないようにします」

「冬美さんにはルポの資質はあるだろう。京都に住んでいるから、手伝ってくれれば、私も何かと助かるかもしれない。だけど片手間でやれるほど甘くはないんです。言っている意味、分かるね」

口調は柔らかいけれど、目には厳しさを感じた。

「……すみません」

とっさに体を引き、頭を下げた。身の程知らずで無礼なお願いだった。仕事を舐めるな、と叱責されても仕方ない言い草だ。

「いや、今日は桜木さんの証言を聞かせてもらって助かった。夫妻の人物像を把握できましたから。お礼を言います」

「こちらこそ勉強になりました。本当にありがとうございました」

冬美は跳ねるように立ち上がり、自分の太ももが見えるほど腰を折った。

5

冬美が二条駅と丸太町通の間にある、旧二条の自宅マンションに戻ったのは、午後一〇時前だった。

コンビニエンスストアで買ったサンドイッチを食べて、シャワーを浴びると、胸に高校名が入った柿色のジャージを着てベッドに倒れ込む。

『A☆LIVE』の親会社、丸三不動産が用意してくれた部屋は1DKだけれど、学生時代住んでいた部屋とは比べものにならないくらいゆとりがあった。しかし資料であふれかえり、ベッドへと続く細道以外、文字通り足の踏み場がなかった。

いつもならそのまま布団にくるまり、お気に入りのマンガ本に手を伸ばせば、知らないうちに夢の中だ。

今夜、冬美の手には『終演』がある。体を起こしベッドに正座すると、表紙裏を開き、別れ際冬美の求めに応じてくれたサインを、じっと見つめていた。

行書のお手本のような達筆に大人を感じさせた。勢いがあって、それでいてバランスが取れている。やはり文字には人柄が出るものだ。

手伝いを断られて、ますます杉作への憧れが増した。常に真剣勝負をしている人間なら、素人(しろうと)にうろつかれて良しとするはずはない。

口絵の杉作の顔を見てから、丁寧に本を閉じバッグへと戻す。冬美はその手で、ノートを取り出した。

そこにある丸文字とイラストを見て、急に恥ずかしくなった。子供じみているからだ。マンガも中途半端で、記者としても未熟。ルポライターになれるわけがない。

杉作の褒め言葉、あれはお世辞に決まっているのに、一瞬でも本気になった自分に腹が立ってきた。

部屋を見回す。新聞や本でできた摩天楼がそこにあった。中には崩れないのが不思議な新聞束もある。

部屋をきれいにすれば、本当に人生が変わるのだろうか。

冬美は借りた断捨離の本をパラパラと繰る。

基本の考え方、「新しく入ってくるものを断つ」、「いまある不必要なものを捨てる」、「ものへの執着から離れる」は冬美にも理解できるし、反対している訳ではない。

マンガ家を目指しているときもそうだったが、どうせデフォルメするからといっても、いい加減には描けない性分だから資料は増える一方だった。この資料というのが厄介で、いつどんな形で必要になるのか分からない。だから現時点では、すべてが必要だということになってしまう。

ものへの執着、これこそ冬美の創作の原動力だ。何でも顔に見えて、擬人化してしまう子供だった。拾った石も落ち葉も、履き古した草履でさえ可愛い動物に見えることがあった。そうなると愛おしくて、すげなく捨てることができなくなるのだ。ガラクタばかりを収集しだした、と兄が心配して、学校の先生に相談したこともある。稀にそういう生徒がいるらしく、大きくなれば自然に治ると言われたそうだ。

実は冬美のような人間は珍しくなく、三つの点や線が集まるとすべて顔として認識することをシミュラクラ現象というのだと、大学で先生から教えられた。過剰な顔認識の持ち主で、枯れ尾花も幽霊、写真に写った陰影も心霊だと見てしまう質(たち)の人間なのだそうだ。心配はいらず、マンガを描く上でこれまでにないキャラクターを生み出す利点となり得ると言われた。

子象に見えるいびつなハンドソープの容器や、口を開けて歌っているような割れた皿なども捨てず、一緒に引っ越してきた。

やはり執着は、捨てられないだろうな。いや、捨てると自分らしさをなくしてしまうじゃないか。

明日返そう。

冬美は本を勢いよく閉じた。

横になってノートの桜木夫妻のイラストページを開く。誰かに見せる気はないのに、走り書きのままで放り出したくなかった。

ベッドの横の、手を伸ばせば届くところに画板があって、そこにはGペンや丸ペン、インク壺、ホワイトまでセットしてある。ダイニングテーブルまで行けば、透過照明台、雲形定規、ケント紙、マーカー類などマンガを描く道具一式が揃(そろ)っている。ほとんどの人がタブレットを使ってデジタルで描く時代だけれど、冬美は学生時代からアナログで通してきた。紙の上を走るペンの音、インクの匂いが好きなのだ。当然読むのも、場所をとっても紙の本だった。ガラケーならぬガラ人間だと、葵に言われ続けている。

下絵にペンを入れようとして、背景が雑なのに気づいた。桜木夫妻が立っている後ろはアパートの一階、谷廣宅の玄関ドアは外に向かって開け放たれている。そこは空白で何も描いていなかった。中を覗いていたとき、三雲に声をかけられたのだった。

冬美は見えていた室内を思い出し、ペンを動かし始める。

周りが暗く、室内には明かりが灯っていて、手前の台所から、居間、一番奥の窓まで見通せた。

この部屋の中で、殺人と自殺が行われたかと思うと、背筋に冷たいものが走り、ペンを止めた。

桜木智代美は、谷廣夫妻は仲がよさそうに言っていたし、杉作も孝造のことを、奥さん思いの穏やかな方だと評していた。三雲も老老介護がうまくいっている例として、杉作に紹介したはずだ。

要するに誰も予想できない、最悪の事態だったことになる。

孝造は何かを訴えたかったのだ、と杉作は言った。妻と自らの命とを引き換えにしてまで伝えたいこととは、何だったのだろう。それに何かを託すために死ぬのなら、やはり遺書がないのは変だ。

ルポライターの杉作なら理解してくれると思ったのだろうけれど、そもそも調べないと分からない訴えなんて無意味な気がする。

一度会っただけの人間に、そんな大事なことを託す孝造の気持ちが見えない。

それとも孝造はずっと前から計画していて、自分の思いを託せる人間が現れるのを待っていたというのか。そしてそこに現れたのが、杉作だった。

杉作は「こうなる運命だったのかもしれないね」と言った。

それも、杉作の考え過ぎではないか。経済的な不安や牧子の病状への悲観、もしくは孝造自身になんらかの身体的トラブルがあったことによる、無理心中なのかもしれない。

無理心中を杉作に見せて、老老介護の厳しさを書かせたかった。真相は案外シンプルだったりする。

杉作の思考回路は、冬美の脳が過剰に顔認識をしてしまうのと同じように、どんなことにも意味を見出してしまうのかもしれない。

ふと気づいてノートを見ると、一〇一号の室内が完成していた。

その夜、冬美が横になったのは深夜三時を過ぎた頃だったが、結局小鳥がせわしく鳴き始めるまで眠りに落ちることはなかった。

6

寝不足による頭痛がひどく、午前中の取材は散々だった。

冬美は昼食を摂る気にもなれず、自販機で缶コーヒーを買って、三条商店街にある児童公園のベンチで飲んでいた。

即効を謳っている頭痛薬を飲んだのに、お昼になっても痛みは治まらなかったのだ。

本来ならコーヒーを飲むにしても、広告を出してくれている喫茶店に行く。でなければコンビニのレギュラーコーヒーを買うのだが、いまは食べものの匂いが気持ち悪かった。

手持ち無沙汰にノートを開き、清書して色まで塗った桜木夫妻を眺める。タッチは、相変わらず藤子不二雄マンガの亜流だけれど、落ち着いた気分になれる。とりわけ智代美の愛嬌のある丸い顔と柔らかそうな体軀は、我ながら上手く描けていると思った。

首にぶら下げているケータイが鳴った。頭に響き、ぎゅっと目を閉じながら出た。夏恵だった。

「夏恵さん、お加減いかがですか」

「もう大丈夫。解熱後二日以上経ったし、明日先生に診てもろて、そのまま仕事復帰するつもり。うちのことは置いといて、いま、かまへん？」

「はい、大丈夫です」

「やっぱり元気ないなぁ？」

「やっぱり？」

ベンチで座っていた自分を見られていたのかと、いるはずのない夏恵を探した。

「うちの先生から聞いたけど、昨夜杉作先生と会たんやって？」

「ええ、まあ」

「憧れの人に、お手伝いを断られたそうやんか」

自宅療養だが、定時連絡を欠かさない夏恵が三雲から話を聞き、冬美が落ち込んでいないか気を回してくれたようだ。

「あれは、私が浅はかだったんです」

「冬美ちゃんが帰った後、ちょっと言い過ぎたかなって言うてはったそうや、杉作先生」

「そう、ですか。かえって悪いことしちゃったんですね」

「そんなことないけど。まあ、それだけ、真剣勝負をしたはるいうことやな。落ち込んでないんやったら、なんでそんな、しおらしい声なん？　また失敗やらかしたか、それともついに本の雪崩(なだれ)でも起きたか」

「失敗はしょっちゅうですし、本の山はまだ崩れてないです」

酔い潰れて自宅まで連れて帰ってもらったことがあり、夏恵は、冬美の部屋の惨状を目撃している。

「ほな、なんか不味(まず)いもんでも食べたか、それともお昼を食べ損ねた？」

夏恵の声が笑っている。

つられて顔がほころぶと、頭痛が和(やわ)らいだ。

「昨夜、眠れなくて」

現場に駆けつけ、谷廣夫妻が住む部屋の隣人が警察と話しているのを聞いたこと、証言内容だけでなくその光景を絵にしたことを説明した。

「下描きのままで置いておけなくて、清書してたら夜が明けちゃったんです」

「仕事よりも根詰めたんやね」

「仕事も一所懸命やってますっ」

一応、抗議口調で言っておく。

「そやけど、谷廣さんえらいことになってしもた。ほんまは、孝造さん、しんどかったんや。可哀想に」

途切れ途切れの言葉に、電話を通してでも夏恵の切なさが伝わってきた。

「夏恵さんは孝造さんをよくご存じなんですものね……ほんまはっていうことは、それほど辛そうには見えなかったってことですか」

「そらご高齢やし、若いもんでもきつい介護をしてはったんやから、辛ないはずはあらへん。ここ最近のことやけど、孝造さん、小さい喜びを見つける名人になったんやって言うてはった」

「それって言い方悪いですけど、辛いのを上手く誤魔化す方法を見つけたということですか」

「誤魔化すって、ほんまに身も蓋もないな」

「すみません」

「けど……まあ、そういうことかな。ただ孝造さんの場合は、諦観いうのか、悟りというのか、そんな感じの雰囲気があった。うちの先生が、悲壮感なく、上手くいってる老老介護のモデルケースとして一番にあげはった理由も、そこにあったんやと思う」

「杉作先生は、孝造さんが何かを訴えたくて、自分の訪問に合わせて……」

やはり児童公園では恐ろしい言葉を口にしたくなかった。

「タイミングを見計らって自殺しはったって言うんか。それは考え過ぎ」

大きな声で夏恵は否定した。

「私もそう思いました。ですが、訪問するだいたいの時間を知ってて、そんなことができるものかと考えると……だって、先生に邪魔されることだってあるんですよ」

「杉作先生に、とめてほしかったんかもしれへん」

「何のためにです？」

「うーん、それはないか。実際孝造さんも死んでしもたんやし、牧子さんにはすでに手をかけてるんやから」

「やっぱり自分たちの遺体を、杉作先生に見つけてほしかったんじゃないですか。そこに、孝造さんが何かを訴えている、という杉作先生の解釈も成り立つでしょう？」

「ほんまやな。けどそれなら遺書があるはずやない？」

「私もそう思ったんで、訊きました」

「先生、何て？」

「先生も気にして刑事に尋ねたそうですが、見当たらなかったみたいです」

「遺書なしか」

夏恵はうなり声を出した。

「夏恵さん、明日職場復帰されたら、時間とってもらえません？」

改まった声で言った。

「谷廣さんのことが知りたいん？」

「だって夏恵さん、孝造さんが、牧子さんにそんな酷いことをするって思えます？」

「よっしゃ分かった。どこまで個人情報を明かしてええか、三雲先生にも相談して、できる限りのことはしてあげるわ。病み上がりの夏恵さんを使うんやから、志津屋(しずや)のあんぱんとカレーパンで手を打とう」

「お安いご用です。ありがとうございます」

「杉作先生に、手伝ってほしいって言わせるぐらい調べたらええわ」

「そんなこと無理、無理」

一人ベンチで手を振る。

「冬美ちゃんの妄想力の凄さ見せたれ」

「恐れ多いですって」

「それくらいの気概持たなあかん、という話。だいぶん声に元気がでてきて、冬美ちゃんらしくなってきたわ」

鼓膜にビンビン響くほど夏恵は笑った。

「夏恵さんこそ全快ですね。今日は心配してもらって、嬉しかったです」

冬美は肩をすくめて、電話を切った。

頭痛が治ったこともあって、急に空腹を覚え二条駅まで戻ると、さっき夏恵が言ったカレーパンが食べたくなった。創業六〇年のパン屋では、喫茶メニューもあって買ったパンを食べることができた。

カウンターに着くと、ホットコーヒーとパンをじっと見つめる。缶コーヒーにはなかった芳ばしい香りを胸いっぱいに吸い込み、がぶりとカレーパンにかじりついた。

スパイスの利いたカレーを味わいながら、夏恵の言葉を咀嚼(そしゃく)する。

妄想力、か。

7

翌日の午後六時、冬美は商店街の入り口にある「焼き肉弁当」が好評のお肉屋さんへの取材と、その他数軒のクーポン企画を成約すると、夏恵に会うため会社を飛び出した。会社から四条大宮にある夏恵のマンションまでは、駆け足で一二分ほどだ。

玄関でオートロックを解除してもらって、エレベータで四階へ上がる。廊下を突き当たりまで進んで、四一二号室の前でインターホンを押そうとしたらドアが開いた。目の高さに姿はなく、把手(とって)の横から顔を出したのは娘の香織だった。

「こんにちは、冬美お姉ちゃんよ」

「マンガのお姉ちゃん」

「また描いたげるね」

せがまれてアンパンマンやポケモンを描いて以来、冬美をマンガのお姉ちゃんと香織は呼ぶ。

「それ、志津屋のパン？」

香織の目の先にはパンを入れた袋があった。

「そうよ、あんパンもあるよ。アンパンチ！」

袋を持ち上げた。

香織の笑い声が廊下に響いた。

「これ香織、中へどうぞって言うんやろ？」

部屋の中から夏恵の声が聞こえた。

香織は母の言った通りの台詞を恥ずかしそうに言って、冬美の手を引っ張って中に入る。

「お邪魔します」

冬美は玄関で靴を脱ぐと、用意されていたスリッパを履いてリビングテーブルの上にパンの袋を置いた。

「おお、よき匂いじゃ、遠慮なく。さあ、そこに座って」

夏恵がテーブルの下に、荷物を置く籐の籠を用意してくれていた。

テーブルの上の大皿にレタス、アボカド、トマト、蒸し鶏、ベーコン、ゆで卵の入ったコブサラダが盛ってある。

「わあ、美味しそう」

「冬美ちゃんのパンを夕飯にしようと思って。コーンポタージュとコーヒーがあったら充分やろ？」

「充分すぎますよ。このサラダ、四人前はありますし」

「これでも病み上がりやから、量は抑えたんやで。なあ香織」

椅子に座った香織は、体全体でうなずいた。

「じゃあ、私のパン攻撃を受けてください」

冬美は、頼まれていたあんパンとカレーパンの他に、卵焼きを使ったサンドイッチとカツサンド、バゲットを買ってきていた。

「そっちこそ四人前はあるわ。まあ、うちらにかかったらペロリやけど。すぐ、ポタージュ温め直すさかい、ちょっと待ってて」

夏恵が弾むように対面型キッチンに引っ込むと、ガスを点火する音とコーヒーメーカーのスイッチを入れる音がした。

その間に香織が持ってきた「テレビ絵本」のプリキュアを大急ぎで模写した。荒い線画だったけれど、塗り絵にするのだと大はしゃぎしてくれた。

ほどなくスープとコーヒー、香織用のホットミルクがテーブルに並んだ。

サラダもスープも美味しい。

「うちが、インフルエンザに罹るなんてね」

香織のインフルエンザ、それにうつった夏恵の辛さなどが話題になった。ワクチンも万全ではないことを身をもって知った、と夏恵は笑った。

「寒なったらワクチンを打ってくださいよって、訪問先で勧めてるけど、有効期間の説明なんかしてない。反省するわ」

「有効期間なんて、私も聞いたことないですよ」

「うちらの患者さんは、ご高齢の方と緩和ケアの方だけやから、インフルエンザは重症化しやすいし、これからはちゃんと有効期間にも神経使わんとあかんわ」

「毎年亡くなる方もありますよね」

「体が弱ってはるさかい。ちょっとしたことで合併症を起こすし、それが命とりになるから」

「一度聞こうと思っていたんですけど、看取り医の仕事って、どんな感じなんですか」

改まって尋ねるのが照れくさく、両手でカップを持って自分の口元を隠す。

パンはバゲットの数きれを残してすべて平らげ、サラダもトマトとベーコンが申し訳程度に残っているだけになっていた。香織は、すでにお腹がいっぱいだといって、テレビの前のソファーに移動した。絵本を見ながら塗り絵をしていたけれど、少し前から寝息が聞こえてきていた。

「そうやな……主人のことで相談したのがきっかけで、自分から三雲先生に言うて、働かせてもろたんやけど、やっぱり、はじめはきつかったなぁ」

夏恵はカップを持ち上げ、テーブルの端にあるフォトスタンドにちらっと目をやる。そこにあるのは夏恵の夫、純幸の写真だ。全国警察柔道選手権大会で準優勝したときの写真で、柔道着を着て笑顔でガッツポーズをとっていた。六六キロ級の選手で小柄な純幸は、童顔も手伝って少年のように若々しく元気に見える。準優勝した翌年、純幸は脳腫瘍で倒れ、二年間の闘病生活に入った。そして四年前、三七歳になったばかりの六月に他界したと聞いている。

「ご主人も、終末医療を？」

訊いていいのか、迷いながら尋ねた。

「うん。望んだ訳やなく、治療が何一つできない部位に腫瘍ができてたから。本人は最期の瞬間まで闘ってたと思う。うちも闘いたかったし。ターミナルケアやなんて、うちら夫婦には一番合わへんことやから」

夏恵が、悔しげに奥歯を嚙むのが分かった。

冬美は、かける言葉をうしなった。

「けど、どうしようもないって言われてからも、生きなあかんのや。暗く沈んでも一生やし、楽しいこと見つけて笑って生きるのも一生や」

夏恵は、どうやって死の影を振り払うかを懸命に考えた。とにかく苦痛を和らげ、気持ちを楽にさせることしかないと頭では分かっていた。

苦しくても闘えるのは、治るという希望があるからだ。希望がない状態で苦痛に耐えろというのは酷だ、と心底理解できるまでには、時間がかかったと言った。

「死を早めたり、引き延ばしたりしない」

夏恵が標準語のイントネーションで言った。

「それは？」

「日本ホスピス緩和ケア協会が、緩和ケアのことをいろいろ書いてる中にある言葉。

それまでうちは、看護師の立場でとにかく病気を治して、一日でも一秒でも延命させる場にいた。そやからこの言葉は衝撃やったわ。緩和ケアはうちのやってきた仕事を否定するんやもん。先生には言えへんけど、いまもどこかで抵抗はある。何もせんと看取ることに徹することが……」

目を伏した夏恵の睫毛（まつげ）が、小刻みに揺れた。

「三雲先生のテレビドキュメンタリーを見たことあります。患者さんから話を聞いて人生をまとめてますよね」

往診に行くと、三雲は患者のベッドの傍らに座り、患者自身が歩んできた人生を語らせるのだった。それをテープに録っておき、小冊子『人生の栞（しおり）』を作成するというものだ。録音の現場にいる家族は、自分たちも知らない患者の一面を知り、介護への思いに変化が現れるという。惰性になってしまいがちな介護の中に、慈（いつく）しみの感情が加わるとお互いに居心地がよくなる、と三雲はテレビで語っていた。

「子供さんでも、自分が生まれる以前の両親のことはあんまり知らん。親子やから、親の若いときと、案外自分は似てる。それに気づくと結構愛おしさが増すもんや。そうなると介護する側の癒やしにつながる」

「患者さんの人生を振り返ることが、家族を癒やすことになるんですか」

「いくら大切に思ってる人だって、介護生活から逃げ出したいと思うことがある。そんな気持ちのときには、ぞんざいな言葉遣いになったり、雑な介助になったりする。患者さんもそうやけど、介護する方も傷つくんや。なんでもっと優しくできないんやって、自分を責めて。そこでうちの先生が、患者さんの話をじっくり聞いてくれる。その様子を見てるとな、不思議に第三者みたいな気分になる」

純幸と三雲との対話を聞いているとき、夏恵は二人芝居を見ている観客になれた、と言った。

「お芝居、ですか」

終末期の患者を前にしては相応(ふさわ)しくない言葉に、問い返してしまった。

「先生には内緒やで。うちと同じように感じた人が結構いはる。家の中だけの狭い世界に閉じこもってるから、関係性が濃密になり過ぎるところがあるんや、自宅介護って。そやから互いに相手しか見えへん閉塞(へいそく)状態や。それが客観視すると、締め切ってた部屋の窓を開けたようにさっと風が入ってくる感じがする。妙な話やろ？」

「風か……なるほど」

そのたとえは分かりやすかった。マンガの新人賞に落ちまくったとき、二度とペンなど握りたくないと拗(す)ねた時期があった。下宿にやってきた先輩の葵が、空気を入れ換えようと言って窓を全開にした。冬の冷たい風に身を縮こまらせ、そこから青空を眺めているうちに、問題が解決した訳ではないのに気持ちが軽くなった。悩みの深刻さはちがうけれど、同じ原理なのかもしれない。

「三雲先生に診察してもろてよかったと思えたら、自責の念も薄まったわ。だって先生に頼んだん私やもんって胸張れた。ほんで、患者さんの話は文章化されるんやけど、次の往診までの間、前回分の原稿を本人と一緒に校正する。痛いとか怠いとか、ああせい、こうせい以外に、夫と話すことができるのもありがたかった」

「お互いのコミュニケーションツールになってるんですね。あ、ツールだなんて軽薄な表現してしまって、すみません」

「さっき、死を早めたり、引き延ばしたりしない、って言うたけど、一緒に『人生の栞』を作ってると、なんや命が延びてる気がしたし……」

夏恵が言葉を切って苦い顔をした。

「どうしたんですか」

「うん……死を早めようとは思わんようになったんや」

夏恵がうつむいた。

「それって……安楽死」

太ももに力が入って椅子が軋み、テーブルの下の籠に足が当たった。

「恐ろしい考えや。いま思い出しても胃が痛む。本人が苦しんでいるのが痛いほど分かるし、時折、もうええよっていう目でうちを見つめるんや。そんなとき、お互いが楽になるんやでって、悪魔が囁いてくる」

夏恵は声を詰まらせた。

「夏恵さん、すみません。私、辛いことを思い出させてしまいました」

冬美は、テーブルの上にあった大きく柔らかな夏恵の手を取った。

「堪忍、うちこそ堪忍な。こんなことでは、看取り医の看護師失格やな」

夏恵は無理に笑顔をつくろうとする。それが痛々しく、しばらくそのまま黙っていた。

「もう大丈夫や」

夏恵は、冬美の手を握り返してポンポンと二度叩き、

「まあ『人生の栞』は、うちの先生の大発明かもしれへん」

と手を離した。

「あの夏恵さん、牧子さんの『人生の栞』はあるんですか」

「牧子さんのはまだなくて、ちょうど今月の初めくらいから準備しようかってことになってた。牧子さんは終末ケアの対象やないけど、認知症が重くなってきたから、先生が早く作った方がええんとちがうかって。実際にヒヤリングができたんが先週。亡くなる一週間前になるんか……」

夏恵がカレンダーに目をやって、ため息をついた。

「うん。その際に、杉作舜一いうルポライターが二人の話を聞きたいと言うてる、かまへんかって了解を取った」

三雲が、杉作の書籍を見せて、どんな人なのかを説明すると、じっと聞いていた孝造が、

「世の中の役に立てるんやったらかましません」

と、深くうなずいたという。

「そうですか。孝造さんも乗り気だったんですね。もし栞ができてたら、お二人のことがよく分かると思ったんですけど」

牧子の人生の物語には、当然孝造が登場しているはずだ。

「そやな。人生を振り返ってもらう前に、『人生の栞』をつくる主旨を理解してもらわんとあかんから、その説明をして一回目の聞き取りをしただけやったわ」

「牧子さんは、どんな感じでした」

「先生が話しているのを聞いてたら、自分でいろいろしゃべり出さはった。実家が八百屋さんで、お手伝いをよくしたって。香織くらいの年齢に戻ってたんかな。そうかと思うとお漬物屋さんの事務員をしてた時代の話になって。孝造さんが、牧子さんの言うことに注釈をしてくれて、そのうち牧子さんは眠ってしもた」

「一週間前ですか」

「孝造さんがいないと話を聞くのも難しかったって、感じですか」

「テープ起こしはしたけど、辻褄があわへんところもあってね」

「録音されてるんですか」

冬美も常にICレコーダーをバッグに入れている。

「旧式のテープレコーダーやけど。牧子さんほどやなくても、多かれ少なかれ記憶ちがいはあるし、調整するのに巻き戻しとかできて、テープの方がうちはやりやすい」

「大変そうですね」

「うん、でも生きてきはった足跡やから。大げさに言うたら、ひと言ひと言を大事にしてあげたい。牧子さんと孝造さんの最後の肉声になってしもた」

夏恵はテープ起こしのテキストデータも保存していると言った。

「もう文字に？」

「こんな感じですって、孝造さんにも見せてる」

録音、文章化、そして本人による校正を経て冊子は作られていく。その流れを孝造に覚えてもらうための練習をしたのだそうだ。

「肉声、聞きたいです、夏恵さん」

「ちょっと待って、先生に相談するさかい。二人には息子さんがいたんやけど、事故で亡くならはった。その心労で牧子さんが具合悪うならはったんや。その息子さん以外のお身内はないし、肉声テープを渡す人もあらへんから、大丈夫やとは思う」

すぐにケータイで三雲に連絡をとってくれた。

「先生のチェックが終われば、かまへんということですね」

と三雲と話しながら、手でオーケーのサインを夏恵は送ってきた。

「三雲先生、ありがとうございます」

冬美は椅子から腰を上げてテーブル越しに、夏恵の耳にあるケータイに向かって礼を言った。

電話を切って、

「全部は無理かもしれへんけど、かまへんか」

と言う夏恵の表情がなぜか急に曇った。

「もちろんです。本来なら聞けないものなんですから」

「まあ、そうなんやけど」

「三雲先生が怒ってたりして？」

笑顔で冗談口をたたいた。

「ない、ない、そんなことない。先生はいつも通り穏やかな口調や」

「夏恵さんが浮かぬ顔されてるから」

「うちが？　そんなこと、ないよ」

夏恵にしては歯切れが悪い、と冬美は感じた。

「なら、いいんです。私は孝造さんがどんな人なのか知りたいんです」

冬美は現場で描いた絵を夏恵に見せた。

「上手いもんや、お隣の桜木さんやってすぐ分かるわ。顔だけとちごて、全体像として似てる」

「ありがとうございます。徹夜した甲斐がありました」

「部屋の中の西向きの窓まで描いてある」

夏恵がノートに顔を近付けて、目を凝らす。

「よく見えなかったんですけど、後で思い出して描きました」

冬美は風景を写真を撮るように覚えられる。その特技を夏恵も知っていた。彼女はそれを右脳記憶にちがいないという。

「でも、怖くなって」

「自然死やないから、そら怖いわ」

「怖いだけじゃなくて、何か近寄りがたいものがあるんですよね。杉作先生の著書に『軽々しく立ち入れないと感じることにこそ、人間の根源的な問題をはらんでいるものだ』という言葉があるんですよ」

「ひゃー、憶えてるんや。もしかして文字も画像で記憶できるん？」

「ええ、まあ」

「便利やな、右脳記憶」

「でも、いやなものでも頭に残っちゃうから、辛いこともありますよ」

「そうか、そんなもんか」

と夏恵は唸って、テーブルに肘（ひじ）を突いたまま黙った。三雲に電話をかけてから、やはり様子がおかしい。

「どうしました？」

「えっ？　あ、堪忍」

「何か気になることがあるんですか」

「うん、ちょっと。冬美ちゃんが言うたやろ、杉作先生の言葉、『軽々しく立ち入れないと感じることにこそ』って」

「ええ、『人間の根源的な問題をはらんでいるものだ』です。それがどうかしました？」

「『人生の栞』は、軽々しく立ち入れない話を聞いてる。すごく貴重なもんやと改めて思って。それは孝造さんも同じ気持ちやったはずやないやろか」

「それはそうですよ。そもそも栞を作るって、よほど三雲先生や夏恵さんを信頼してないとできないです」

「第一回分の校正原稿のことやけど、ヒヤリング二日後、そやから亡くなる五日前に孝造さんに渡してる。それを受け取りにいくはずやったんが二〇日やったのを思い出してたんや。うちがインフルエンザに罹ってなかったら受け取ってた。せっかく校正してくれていたのに」

二〇日は杉作が最初に孝造に取材した日の前日だ。

「校正があるって分かってるんですか」

「テープから文章にするとき、よっぽど間違ってると判断できるもの以外は、できるだけ本人の言葉を忠実にまとめてる。家族間だけでわかり合える言葉いうのもあるさかい。ただ牧子さんの場合、けっこう分からん言葉が多かった。それについては校正しますと、孝造さんが言うてくれてた」

「じゃあテープだけを聴いても」

「半分くらいしか分からんかもしれへん。文章化した方も、孝造さんが手を入れてくれないと、さっぱり筋が通らへん」

「じゃあ谷廣さん家に、校正原稿があるはずなんですよね。でも警察が押収してるか」

「そや、権堂さんに聞こ。主人を可愛がって目をかけてくれてた先輩の刑事さんなんや。谷廣さんの事件が、いまどんな状態なんか分かるかもしれへん」

と、夏恵が腕組みをして思案顔をつくった。

「警察官が、私たち一般人に教えてくれないでしょ?」

「そこは話の持って行きよう。担当の刑事さんを紹介してもろて、後はうちに任せといて」

「妙案があるんですか」

「『人生の栞』の重要性を分かってもらえたら、何とかなる。……かも」

8

「ちょっと待った」

朝の会議が終わるのを待って会社を飛びだそうとした冬美を、長谷川のダミ声がとめた。

急に停止できなくて、つんのめった格好で廊下に出てしまった。そのまま聞こえないふりをしようと思ったが、さすがにまずい、と渋々引き返す。

「はい、何でしょうか」

戸口から半身だけ覗かせる。

「こっちに」

長谷川が怖い顔で手招きした。

指示をもらうときの定位置になっているデスク横、四〇センチの場所に、冬美は両足を揃えて立つ。以前、仁王立ちか、勇ましいこった、と嫌みを言われたからだ。

「ずいぶんと急いでるな。どこへいくんだ？」

長谷川は白い歯をみせているが、目は笑っていない。

「取材です、堀川通にある喫茶店に」

「じゃあ広告掲載との抱き合わせで頼むぞ。ＰＲページの充実と強化が会議のテーマだったのを忘れずにな」

「分かってます」

イラストマップを任されたところまでは覚えている。それ以降の話は、今から会うことになっている、京都府警中京署の刑事のことで頭が一杯で、よく聞いていなかった。

「国吉に課せられたノルマは、他の者よりも多くなっている。それだけ期待しているからだ」

「頑張ります」

「うん。で、断捨離の本、読んだか」

長谷川が冬美のデスクの上を見て、眉間に皺を寄せた。

「いま読んでるところでして……」

「読むだけじゃなく、実行に移してほしい」

「あの編集長、約束の時間に遅れますので」

「おお、そうか。頑張ってくれ」

「はい」

お辞儀をすると、今度こそ一目散にオフィスを出た。一段、二段飛ばしで階段を駆け下りる。

中京署は、夏恵のマンションに行くより近く、急ぎ足なら七、八分だ。

空を見上げると、灰色の雲に覆われている。怪しい空模様だったのに傘を持たずに出たことを後悔したが遅かった。大粒の雨が冬美の額を直撃した。春雨は一気に降り出し、土の匂いが立ちこめる中を駆けた。

二条駅周辺には大学のキャンパスが二つある。そのうちのひとつの建物に入って、ハンカチで髪の毛を拭う。

外を見ると、霞むほどの大雨になっていた。傘なしでは二、三歩で全身濡れ鼠となってしまうだろう。

腕時計を見る。約束の一一時まで五分ほどしかなかった。

夏恵に電話をかけた。

「土砂降りになってきたなぁ」

と夏恵が出た。

「そうなんです」

「どうせ傘持ってへんのやろ?」

「えっ、どうして分かるんですか」

「約束の時間寸前に電話してくるんは、そんなこっちゃろ。刑事さん、ここにいはるで」

「夏恵さんは、もう」

「当然、警察署におります。ほんで、いまから谷廣さんのアパートに行くことになったから」

「現場に行けるんですか」

「普通はあかんのやけど、日下部（くさかべ）さんのお計らいで何とかなった。うちの先生は看取り医やさかい、患者さんが望まはったら『死後委任事務契約』いうのを結ぶんや」

「死後委任事務契約?」

聞いたことがない言葉だった。

「文字通り、亡くなった後のいろんな手続きをさせてもらう契約。谷廣さんとも結んでる。『人生の栞』の中に、どうしてほしい、ああしてほしいと書いてあるかも知れんから」

葬儀や遺骨、埋葬方法はもちろん、未払い公共料金、医療費の処理、家財道具日用品の処分などの手続きをするのだと、夏恵は説明した。

「それで、どうしても確認したい文章がある、と日下部さんに相談したん。そしたら文章があったという報告がなかったんやって。それはおかしいから、立ち会いのもと、部屋に入って探す許しをもろたんや」

可能性は薄いが、物盗りの線も考えない訳にはいかない。その確認のため、現場への立ち入りを承認してくれたのだそうだ。

「夏恵さん、凄いですね。で、私もご一緒していいんですか」

「その辺は、昨日話したように……とにかく車で拾いに行くわ。いまどこ？」

「立命館大学の中です。そこで雨宿りしてます」

あくまで遅刻しそうなのは雨のせいだと強調したかった。

「水もしたたるいい女を拾いに行くわ。これ嫌みやで。車は刑事さんのやし、三雲診療所のとちがうから」

と夏恵が電話を切って五分と経たないうちに、紺色のセダンが大学の前に停車した。後部座席から傘を差して、夏恵が出てきた。

夏恵と共に車に乗り、

「国吉と申します。このたびは、お時間を割いていただきありがとうございます」

と冬美は頭を下げた。

「中京署の日下部と言います。権堂さんにはお世話になってます」

夏恵がどういう風に言ったのか分からないが、冬美も権堂と懇意にしていると受け取っているようだ。

日下部はシートベルトを締めるよう二人に言って、車を発進させた。

車は、冬美を拾ったせいで一旦二条駅を通り過ぎ、迂回する形で「幸い荘」に向かう。雨による渋滞も手伝って七、八分の道のりを二〇分ほどかかった。

車から降りると、雨が容赦なく傘を叩く。アパートの軒下まで五、六歩の距離だけれど夏恵の肩がびしょ濡れになった。冬美の頭上に傘の中心があったせいだ。

「管理人から鍵を借りてきます」

壁のように大きな日下部が、そう言って雨の中を歩いて行った。

「日下部さん、刑事に見える？」

夏恵は日下部の背中を目で追い、タオル地のハンカチで肩を拭きながら言った。淡いブルーのケーシージャケットの上に羽織った、グリーンのカーディガンが袖口まで濡れて色が濃くなっていた。

日下部を紹介してくれた権堂とは、純幸が警察の柔道大会の団体戦でチームの一員に加わったのがきっかけで、家族ぐるみの付き合いをするようになったという。

「日下部さんも柔道のお仲間だったんですか」

「ううん。日下部さんは九〇キロ以上あるんやそうやけど、柔道ではなく剣道の猛者やって言うてはった」

府警一課の権堂と日下部は合同捜査でコンビを組んで以来、連絡を取り合っているのだそうだ。

「確かに刑事さんというより、落語家さんみたいですよね」

スポーツ刈りの四角い顔、八の字眉に垂れ目、分厚い唇、太った体は、すぐにでもマンガに描ける愛嬌のある風貌だ。

「傘が小さいから、トトロみたいやな。刑事課で放火強盗殺人を調べるなんて、ほんまに似合わへん」

と夏恵は笑う。

「そんな失礼ですよ」

「冬美ちゃんも落語家みたいやいうて笑ろたくせに。おおかた頭の中ですでにマンガ化してるんちがう？」

「もちろん、もう顔を見ないでも描けますけど」

「そや、さっきも電話で言うたけど、昨日の晩に話したように、冬美ちゃんは谷廣さんのことをよう知ってることにしといて」

「それはいいんですけど、大丈夫ですかね」

「万事うちに任せてちょうだい。先生の許可も、もろてるさかい」

夏恵の目が泳いだ。

やはり牧子のテープを巡って、三雲との間で何かあるのかもしれない。病気のことで第三者には伏せなければならないことがあって当然だろう。

「緊張してきました。ここ、人が亡くなった場所ですよね」

冬美は、背後の一〇一号室を気にしながら、道路をいっそう激しく撥ねる雨を見つめる。

「寂しい空気が流れてるな。けど、うちは建物がどんどんなくなることもなんや寂しい」

「前も空き地ですものね」

「うん、向かいの住宅もなくなったし、ここの後ろ、西側にも小ぶりのビルが建ってたんやけど、いまは更地や」

「このアパートは空き地に挟まれてるんですね」

冬美は空き地に駐められた日下部の車を見た。

そこに日下部が戻ってきた。ちゃんと傘を差していたのに、彼の背広の両肩は濡れそぼっている。

「お待たせしました」

日下部は傘をたたむと、規制テープをずらしてキーを差し込みドアを開けた。部屋の中から、何かの腐敗臭がした。

「台所の生ゴミが腐ってますね」

先に中へ入り、蛍光灯をつけた日下部がドアの横にある小窓を開けた。ビニール袋がガサガサこすれる音が聞こえているのはゴミを捨てているのだろう。少し間があってから、日下部は冬美たちを招き入れた。

「お邪魔します」

と声をかけ、素早く中に入る夏恵の背中にくっついて続く。臭(にお)いは少し残っていたが、我慢できないほどではない。ローヒールを脱ぎ、スリッパの代わりに日下部が用意したビニール製カバーを着用して上がり框(かまち)へ上がる。

四畳半の台所には、まな板の上に包丁、ガス台には雪平鍋(ゆきひらなべ)が載っており生活感が漂っている。その足元に、いま日下部が固く閉めたゴミ袋があった。京都市指定ゴミ袋は黄色の半透明で、コンビニ弁当らしきものが見えている。自炊が苦手な冬美の部屋でもよく目にするものだけれど、こんなにわびしく見えているのだと気づかされた。

そこから布団が敷かれたままの和室に目を転じる。見るともなしに欄間が目に入り、顔面にヒヤッとした空気を感じた。

布団の側に寄り添うように四角い座卓があり、その上に茶碗やスプーン、クスリ袋、醤油や塩などの調味料、テレビのリモコン、眼鏡、スーパーのレシート、大学ノート、なぜか歯磨き粉や歯ブラシまでも載っていた。その他にも、プラスチック容器がいくつかあって肝心のご飯を食べるスペースは僅かだった。

今日帰ったらテーブルの上だけでも片付けようと冬美は思った。

「どうしたん？」

夏恵の声で冬美は我に返った。

「いえ」

「ところ狭しとものが載ってるって思ったんやろ？　体が上手いこと動かんようになったら、みんなこんな風になるんや。たいがいのものを手の届く範囲に置くようになるさかい。歯磨き粉とか、びっくりするやろけど」

「確かに、それはちょっと」

「たぶん牧子さんの食後の歯磨きのために置いてはるんやろ。その横にあるのは、粉タイプの入れ歯安定剤」

夏恵は慈しむように座卓の品々に目を注ぐ。

「この場所で、奥さんの面倒をみておられたんだって、伝わってきます」

冬美は、二〇センチほどの高さの籐製の座椅子に置かれた、継ぎ接ぎだらけでぺたんこになった座布団を見た。

「鑑識さんが散らかした訳じゃないですよ。調べた後、だいたいの場所に戻してありますし。この座椅子は動かしてますが」

日下部が背後から声をかけてきた。

「じゃあ、これを足場にしはったんですね」

夏恵が小声で確かめた。

「ええ。そうです。念のために、これもお願いします」

と日下部は二人に手袋を差し出した。

手袋を受けとったはいいが、籐の座椅子に乗って首を吊ったと知り、手が強張って上手く動かなかった。指が動かしづらいと、こんなに手袋をつけるのが難しいのだ。

「しかし奇遇です。谷廣夫妻の周辺を調べようと思っていたところだったんです」

「グッドタイミングですか。よかったです、お役に立てて」

死後委任事務契約のこともあるし、牧子のかかりつけ医で訪問医だった三雲と共に谷廣家を訪れていて、夫妻のことをよく知っている。介護している孝造ともできるだけコミュニケーションをとっていた。書き残した文章『人生の栞』がないのはどうしても解せない、と夏恵は、日下部に申し出たのだそうだ。

「孝造さんの無理心中の線が濃厚なんです。しかし犯罪の可能性を完全に否定するまでは、念には念をいれておかないといけません」

日下部は毅然として言った。

「孝造さんが、犯罪やなんて……」

夏恵が肩のバッグを畳の上に置いた。

「いや、それが無理心中、つまり自殺幇助だとしても……です」

「情状酌量されるんやないんですか」

「その辺りは裁判で。我々の仕事は、まずは事件か事故かを見極めることです」

「でも警察は事件性がないと判断したら、捜査を打ち切るんでしょう。うちらはそういう訳にはいかへん。終末ケアで老老介護となると、追い詰められる人も多いんです。ケアのあり方を模索する上で、原因を知りたい。今後の看護や看取りに影響が出てきますから。何が悪かったのか検証する必要があります」

「なるほど、そうですね。我々も孝造さんを牧子さん殺害の容疑で被疑者死亡のまま送検するにしても、きちんとした裏付けがほしい」

日下部は一拍置いて、

「さきほど津川さんがグッドタイミングという言葉を使われましたが、自分はまさにそこで悩んでまして。ジャーナリスト杉作舜一氏の訪問のタイミングです。彼の存在がなければ、早々に無理心中で落ち着いてますよ」

と、夏恵と冬美の両方の顔を見た。

「まるで訪問に合わせて牧子さんを殺して、自殺したようやって言うんでしょう？　同じ疑問を持ってはるのが、国吉さんなんです。なあ冬美ちゃん」

「ええ、まあ」

急に話を振られて、あたふたしてしまった。

「国吉さんは、杉作先生とも面識があって、事件の夜も話をしてるんです。その話をしてあげて」

夏恵は仔牛のような愛くるしい目で冬美を促す。

「杉作先生は、孝造さんがわざと自分に遺体を発見させたんじゃないか、と思っていらっしゃいます」

「わざとって、なぜ、そんなことを？」

日下部は眉を寄せた。

「そこに、何か谷廣さんの意図があるんじゃないかって」

「奥さんと自分の遺体を発見させて、いったい何をしようとしたんですか？」

日下部が首をひねるのも分かる。その点に関しては冬美も夏恵も納得できている訳ではなかった。

「杉作先生ならその意図を汲んでくれる、と谷廣さんが思った。もしそうなら現場に何かあるんじゃないかなって」

「そうか、だから彼、現場を見せろと、言ってたのか」

とつぶやき、腰に手を当て日下部が部屋を見回す。

「杉作先生が現場を？」

「ええ、ここしばらく居場所が分かるようにしてくれと頼んだら、当面京都にいるから、もう一度現場を見たいと」

「居場所が分かるようにって、まさか先生に嫌疑が？」

恐る恐る冬美は尋ねる。

「第一発見者ですから」

日下部は、無理心中が濃厚だと言ったが、決めつけているのではないと強調し、杉作だけでなく、他の侵入者の可能性なども否定せずに調べを進めていると言った。

「先生を疑うのは見当違いです」

「それはこれからの捜査で明らかになります。完全に疑いが晴れるのは、無理心中であることが確定してからです」

「先生は今回の取材で、はじめてここにこられたんですよ」

「そうですね、杉作氏自身も、孝造さんとは前日初めて会った、と証言しています」

「そうでしょう？　なら先生がそんなことをする動機がないじゃないですか」

「となれば、孝造さんが何か訴える相手に、初対面に近い杉作氏を選ぶのも解せない。そんな人間を巻き込まなくても、遺書を書けばいいはずだ」

「やっぱり遺書はなかったんですね」

「初動捜査の係官も、状況から無理心中を疑って真っ先に遺書がないか確認します。それでも遺書の類いは見つかってません。津川さんがおっしゃる牧子さんの人生をまとめようとしていた原稿も。それはどのようなものですか」

「これの元になる原稿です」

夏恵は、サンプルを用意していた。それを両手で丁寧に日下部に渡す。

「『人生の栞』……これは津川さんの？」

日下部は栞の表紙に目を落とす。

「ええ、うちの夫のです」

「権堂さんから、津川さんのご主人のことは伺ってます。大変でしたね。その経験から、三雲診療所にお勤めになったんだと聞いてます」

「そうです。うちも三雲先生に助けてもらいました。それで看護師として終末期の患者さんはもちろん、家族のケアの必要性を痛感して、先生とこに半ば強引に押し掛けました」

三雲が少しずつ話を聞き出して夫の半生をまとめる傍らにいて、夏恵は感じるものがあったのだ、と補足した。

「拝見してもいいんですか」

「どうぞ」

日下部はさっと黙読して、

「……生まれてから、子供時代、青春期、そして奥さんとの出会い……病気になってからの暮らしまで書いてあるんですね。柔道が好きでたまらず、柔道大会で結果を残したい、という気持ちが伝わってきて、自分にも胸に迫るものがあります」

と日下部は唸り、目をしょぼしょぼさせた。

「日下部さんは剣道ですってね。実は私も柔道やってましたんで、主人の悔しさがよう分かります。けど、柔道以外のことでも知らんことがぎょうさんありました。ほんまにその栞があってよかったなと思てます。いまは、うちが、三雲先生と患者さんの会話を聞き取って栞にしてるんです」

「なるほど、これがあると、亡くなるまでの様子とか、どんなことを考えているのかが、よく分かりますね」

日下部は、純幸の『人生の栞』に何度も目をやる。

「谷廣さんの場合は、それがはじまったばかりやったんです。そやから栞そのものはまだありません」

「では、電話でおっしゃっていた文章というのは？」

「校正原稿です。第一回の聞き取り分を文章化して、孝造さんに渡してました。記述に間違いがないか、確認してもらうためです。牧子さんは脳梗塞の後遺症で記憶が曖昧なところがあるし、話が行ったり来たりしてましたから」

「それが、この部屋にあるはずなんですね」

「ええ、孝造さんが赤ペンで訂正してくれてるはずなんです」

孝造はやる気満々だったので、その場で自分が持っていた赤ボールペンを進呈したのだと夏恵は付け加えた。

「うーん、用紙はこれと同じですか」

と日下部は手にした栞を示して質問した。

「そうです、Ａ４サイズで書式も同じ縦書きです。校正用ですから、表紙はなく一枚だけのものです」

「赤の手書き文字が書かれていれば目立ちますね。鑑識係官が、証拠品として持ちかえるか、そうでなくても、必ず写真に収めているはずなんですが」

「紙一枚ですけど、大切なものやと分かってもらえたら、うちらが探してもよろしいですか」

夏恵は手袋を五指にフィットさせるために袖口を引っ張った。

「鑑識活動が済んでいるとはいえ、それはダメです。探す場所を言ってもらえば自分が確認します」

「分かりました」

夏恵はそう答えると、冬美に目配せして言った。

「どこか気になるところある？」

「私はここが」

と冬美は書棚の前へ移動した。

年季の入った木製の書棚のほとんどを時代小説の文庫が占領しており、それ以外は、一番下段に脳梗塞、認知症と終末医療や介護に関する単行本が並んでいた。

「では、自分が」

大きな体を中腰にして日下部は、一冊一冊本を引き出しパラパラと中を見る。書籍と書籍の隙間も丹念に調べたが、ここでもレシートしか出てこなかった。

「箪笥(たんす)の引き出しや、テレビラックの中はどうですか」

冬美が言った。

日下部は捜査報告書に目を通しながら、

「箪笥やテレビラックには何もなかったようです。敷いてあったお布団の下、押し入れの前に牧子さんの寝巻きが畳んであるでしょう。その横にある孝造さんの服のポケットの中も調べてますね」

と答えた。

「亡くなったときに着ていたものも、確認したんですよね」

夏恵は敷いてある布団の前に正座した。

「もちろんです」

「やっぱり、おかしいですね」

夏恵は今一度座卓の前ににじり寄り、その上のものを一つ一つ食い入るように見る。

「間違って捨てたのかな」

そうつぶやき、日下部は台所にある古新聞の入ったビニール袋の中を覗いている。

「そんなことないと信じたいですけどね。これは？」

夏恵が大学ノートを指さす。

「ああ、それも調べてますね。どうぞ手に取っていいですよ」

日下部の言葉を聞いて夏恵は、ノートを手にしてページをめくる。時代劇のタイトルと放送される時間が書き留めてあるだけだ。残念そうにノートを閉じた。

「校正は、ここでしはると思うんやけど」

夏恵がノートの上を見ながら漏らした。

「他にものを書く場所ってありませんものね」

冬美は夏恵の横に正座する。

「これに挟んではったんとちがうかなあ」

夏恵はノートを冬美の顔の前にかざした。

冬美はそれを受け取って、夏恵と同じように中を見る。どこにも何も挟んでなかった。未練がましく座卓の上に返す。

光の加減で表紙にでこぼこができているのが見えた。

「あっ」

冬美は再び手に取る。

「どうしたん?」

「ここ、見てください」

「表紙?」

ノートを受け取った夏恵が、顔を近付けた。

「赤い点々があるなあ」

「これは、私もやっちゃうんで、分かります。校正していて裏面まで使わないといけなくなったとき、赤ボールペンで書いた裏面に文字を書くと、転写されたように下の原稿を汚してしまうんです」

ノートの表紙の真ん中辺りにボールペンのインクだまりのような赤い点が、いくつか見受けられたのだ。

「どういうこと？　冬美ちゃん」

「おそらくこのノートの上で、原稿を校正していたんじゃないですか。そしてそれは片面で済まず、裏面に至った」

「ちゃんと校正をしてはったってことか」

「赤ボールペン、夏恵さんがあげたんですよね」

念を押した。

「そうや。赤ボールペンあったかいな、って言わはったから」

そう言うと夏恵は座卓の下に顔を突っ込み、手のひらで畳を撫(な)でる。そして顔を上げ、

「お布団、見ていいですか」

と日下部に訊いた。

「布団？　まあいいでしょう」

「ほな」

夏恵は掛け布団を持ち上げた。次にカバーの中に手を入れる。

「あった、赤ボールペン。お布団のカバーの中に落ちてた。うちの布団カバーにも香織のクレパスが入ってたことがある」

「それは、津川さんが孝造さんに渡したものですか」

日下部が、ペンを覗き込むような格好をした。

「そうです、うちのです。何かの拍子に転がり落ちてカバーの中に入ったんでしょう。使てくれてたんや、これ」

夏恵はノートの上にペンを置いた。

「うーん、肝心の校正原稿がなぜないんでしょうね」

日下部は、台所と居間の間にある柱に吊り下げられた状差し、電話台の引き出しの中を見ながら言った。

「津川さんは、気になることがあると電話でおっしゃってましたね。それが原稿のことなんですよね？」

日下部も座卓の前に腰を下ろした。

「原稿を作成するのに使ったカセットテープを、ここに持ってきてます」

夏恵はバッグからカセットレコーダーを取り出し、座卓の上に置く。

「なんでうちが、校正原稿にこだわるのか、まず聴いてもろたほうがええと思います」

夏恵は手袋を外し、三雲の許可も得ているから、と言ってカセットレコーダーの再生ボタンを押した。

「これは治療というよりも、牧子さん、あなたを主人公、主役にした物語を、私たちと一緒に作る、共同作業です」

滑舌のいい話し方は三雲のものだ。初めて聴く人は、冷静過ぎて冷たい印象を抱くかもしれない。終末期の患者が、医師の表情や話し方から病状を感じ取り、一喜一憂することを避けるために、センテンスを短くして正確に言葉を伝える話し方になった、と夏恵から聞いたことがある。冬美は、患者を前に話す三雲の様子を初めて耳にして、夏恵の言っていたことが何となく理解できた。

「主役？　誰が？」

弱々しく、語尾が消え入るようで聴き取りづらい。

「そう、牧子さんが、主役ですよ」

三雲の言葉は、本当にぶつ切りだった。

「うちは、お店の看板娘やから」

笑ったような引きつった息づかいが聞こえた。

「看板娘、だった。それは、どんなお店です？」

「お漬物」

「お漬物屋さん、ですか」

三雲のもう一つの特徴は、鸚鵡返しが多いという点だ。

「わしは昔の二条駅のすぐ北側で、京漬物の『たにひろ』いう店をやっとりました。老舗の漬物屋『辻庵』に奉公したんですが、若旦那と揉めて三一のときに自分の店を持ちました」

低音でざらついたダミ声が割って入った。孝造の声にちがいない。ついに孝造の肉声を聴くことができたと、冬美はレコーダーに耳を近付ける。

「ご夫婦でお店をされていた」

「『辻庵』で家内と知り合うたんですわ。で、一緒になって店を……」

「それで看板娘ということですね」

「私は『おか八』の看板娘やったんよ、先生」

「おか八？」

「家内の旧姓は岡本で、実家が大宮七条の八百屋でした」

また孝造が口を挟んだ。夏恵が言っていたように、牧子の話は孝造の注釈がないと分からないことが多い。

「そうですか、牧子さんは、八百屋さんのお嬢さんだった」

「はじめは、大根とか白菜を並べるお手伝いしたら、お父ちゃんがキャラメルくれはった。それが嬉しかったから、いっぱいお手伝いした」

「小学校時代のことやと思います。いったりきたりしてすんません」

孝造が謝った。

「いえ、それでも話すことが大事です」

「お客さんも牧ちゃんの顔見にきたよって言わはって……」

牧子は子供のような声を出す。夏恵にあらかじめ聞いていたからよかったけれど、そうでなければ、もっとびっくりしていただろう。

「確かに看板娘ですね。そして孝造さんのお店でも、同じように」

「ちがうよ先生。辻庵では事務員やってまして。こう見えても、そろばんが得意やったんです」

急に落ち着いた声になり、口調も大人しい。

「孝造さんと、知り合った頃ですか」

「孝さん……お店……苦しい、辛い」

今度は、いままでにないほど甲高い声を出した。

「どうしました？　どこが苦しいんですか、何が辛いんですか」

「何もかも」

牧子の声が再び低くなる。テープだけでは別人が話しているようにしか聞こえない。

「何もかも？」

「あー何もかも全部」

「それでは、牧子さん。一番辛いことを教えてくれますか」

三雲の話し方は、変わらず冷静沈着だ。

「お金、家……腰が痛うてお店に出られへんし」

牧子は、孝造とお店をやっている頃の気持ちになっているのだろうか。

「腰が痛いからお店をお休みして、おうちで寝ているんですよ。いまは休んでいてもいいんです」

否定も訂正もしないで、三雲は牧子に話を合わせていた。

「そんなことしてたら、借金取りが……もう表にいますさかい、助けてくださいな」

「外には誰もいません。安心してください」

「何もかも、うちと孝さんから取り上げるつもりや……」

牧子の声が大きくなった。呂律がはっきりせず、最後の方は何を言っているのか分からない。

「……恐ろし、怖い……」

震えた声で牧子は繰り返す。

「ちょっと脈を診ますね」

「牧子さん、お手てを出してくれはる？」

　三雲の言葉に間髪容れず、夏恵が優しく話しかけた。

　録音から察する位置関係は、布団にいる牧子と対峙する三雲、その隣に孝造、そして牧子の頭の方に夏恵が座っているようだ。

「嫌や……どうせ、どうせうちらを放り出すんや。野垂れ死ね言うんやろ」

　激しく布団がこすれる音と、

「牧子、何を言うてるんや。誰も放り出したりせえへん」

　と孝造の声がかぶさった。

「もう嫌や、もう死にたい」

「牧子さんのお体、そんなに悪くありませんよ。だから、もう少し気持ちを楽に持ちましょう。痛いところは腰ですね。まずはそこを」

「腰ちゃいます。ほんまはここです」

「頭が痛いんですか」

「脳みそが悪なったんです。お医者はんでは治せませんやろ。いっそのこと、コロッと逝けるお薬、ちょうだい」

　子供がねだるような言い方だ。

「牧子っ、ええ加減にせえ。先生になんちゅうことを」

　孝造がたしなめた。

「いえ、先生すんません。ちょっと混乱してるんですわ」

「何かあったんですか」

　三雲が孝造の方に向きを変えたことが、声の調子で分かった。

「先月、ここのアパートの大家さんがきはったんです」

「大家さんというと、永山油店ですか」

　三雲はこの界隈で有名な賃貸物件を所有する会社の名を出した。永山油店は、『A☆LIVE』の大きなスポンサーだ。

「そうです。永山さんがここを改築するさかい、四月いっぱいで宿替えしてくれと」

「あまり日にちがないですね。改築中は、どこに仮住まいを？」

「それが……改築後は貸してもらえへんので」

「追い出されるの、先生」

　牧子が叫んだ。

「追い出される？　どういうことですか」

「ここは民泊になるんやそうです」

　孝造が答えた。

「民泊、ですか」

「永山さんは、そんなこと言うてはりませんのですけど」

「では噂ですか」

「ええ、まあ」

「アパートがなくなると決まった訳ではないんですね」

「そうですが、もしアパートやとしても、家賃が上がりますので、わしらには無理やと思てます」

「いずれにしても、新しい住まいを探さないといけないんですね……あっ、なるほど、まだ引っ越し先が決まっていないので、牧子さんは放り出すとか野垂れ死ぬとかとおっしゃった」

「そうです。いろいろ探してますけど、同じような家賃の部屋は、なかなか見つかりしません」

　孝造の言葉に、放り出すという表現があながち間違っていないというニュアンスが滲んでいた。

「永山さんは斡旋してくれないんですか」

「丸三不動産にすべて任せてるさかい、そっちに言うてくれ、と」

「丸三か」

三雲がひとつ息を吐いたのが聞こえた。

「すぐに丸三に事情を話して、引っ越し先を見つけてほしい、と言うたんです。けど、どこも値段が合いません。そら年金を全部家賃に使こたら、どうにかなるとこはあったんですが、そこも病人の高齢者はちょっと、と断られてしもて。その上しっかりした保証人がないとあかんのです。にっちもさっちもいきません」

孝造の深いため息を、テープレコーダーが拾っていた。

こんなところで『A☆LIVE』の親会社、丸三不動産の名前を聞くとは思ってもみなかった。それ以上に驚いたのは、谷廣夫妻の話が本当だとすれば、丸三は老夫婦の住まいを取り上げて、民泊で商売をしようとしているということだ。東京オリンピックまでは増え続けるであろう外国人観光客を見込んでいる。

そのため最近は、古い空き家や空き地を不動産屋がこぞって買い取っている。にわかバブル景気だといってもいい。

だとしても、自分たちがアパートを追い出すなら、その代わりを見つけるのがプロの不動産屋としての仕事だと思うし、それが人情ではないか。冬美は、丸三不動産がそんな不人情なことをしていることに、大きな衝撃を受けた。同時に、これが本当だとしたら、その子会社で丸三の宣伝をしていることに虚しさを覚える。次から次へと風情ある民家が宿泊施設に変わっていくのを目の当たりにしていたが、谷廣家の例は氷山の一角のような気がする。

空き家と古民家とに挟まれた家屋が、まるでオセロゲームのように宿泊施設と化していく光景が浮かび、その陰で谷廣夫妻のように泣いてる人がいると思うと、嫌な気持ちになってくる。

「うーん。これから先の住まい、心配ですね」

少し間を置いて三雲が言った。

「ここの住人は、もう皆引っ越し先を決めてます。それを聞くと、ああやっぱりもうここには戻れへんのやなと思いますし、焦りますわ」

「他の不動産会社に、相談してはいかがですか」

「もう七、八ヵ所に当たってます。区役所にも相談してますけど、どこにも空きはないいうことでした」

孝造は首を振ったのだろう声が揺れた。

「道端でなんか寝とうない。冷めとうて固い地べたはいやや、いまでもあっちこっち痛いのに堪忍してぇ、ほんまに堪忍や」

牧子は喘（あえ）ぎながら声を発し、辛そうなのが伝わってくる。

「おい、やめぇ。先生に言うても仕方がないことや」

「あんたが売らへんからや。もっと安うせえへんからこんなことになったんや」

「こんな調子で、埒ができますやろか」

牧子の言葉を無視して孝造が三雲に訊いた。

「大丈夫です。津川くんが整理して、まとめますから」

「看護師さんが」

と孝造に訊かれて、夏恵が登場する。

「うちが言葉足らずのところは補って、分かりよいように文章にします。けど事実と合ってるかどうかとか、もっとこれを入れてほしいいうことも出てくるでしょうし、ちゃんと孝造さんに見てもらいます。孝造さん自身のことも思い出してもらわないといけないし、そうやって一緒に作っていくんですよ」

「商売やってるときに、カタログとかチラシを作ったことありますけど、校正いうやつですか」

「そうです、赤いペンで訂正してほしいんです」

「赤ペンなんかあったやろかな」

「ほなこれを。うちが使てるもんですけど、よかったら」

「おおきに。赤を入れても、看護師さんの文章がどうのやないんで、その辺ご容赦ください」

「そんなこと、気ぃ遣わんといてください」

「いや、家内はときどき思ってもいいひんことを言い出すんですわ」

「思ってもいいひんとは、どういうことですか」

「暑いとき寒い、嬉しいのに悲しいみたいに、正反対のことを口走るんです。なんでそんなことを言うのか分からへんのですけど」

そう言ってから、ごく小さな声で、

「おおかた、わしに対する仕返しやと思てます」

と孝造は誤魔化すように咳払いをした。

「仕返しやなんて、そんなこと」

と夏恵の笑い声がした。

そこで夏恵はテープをとめ、

「ここからは、患者さんのプライバシーに関わりますので」

と日下部と冬美に断った。

「生々しいやり取りですね」

日下部は足を崩してあぐらをかいた。正座する夏恵より、顔の位置は高い。

「このテープだけやと、谷廣さん夫婦は大丈夫やろかと思わはるかもしれませんが、これでもうまいことといってる方なんです。牧子さんは言いたいこと言うて、そのうち眠ってしまいます。その寝顔は穏やかで、高齢なんですけど可愛らしい。そう孝造さんが言うてはるんです。うちもそう感じました」

「そうですか。それでこのテープの内容を文章にされた。それを校正用として孝造さんに渡したんですね」

と日下部は確かめるように言った。

「牧子さんに焦点を当てた栞ですから、一旦は彼女が話したことをできるだけ忠実に文章にします。さっきうちの主人の栞を読んでもらったように、独白形式です。牧子さんの場合、孝造さんの解説なしではとても無理だと分かってもらえたと思います」

「確かに、校正のレベルを超えてますね」

「文章化したんをご覧に入れてもいいんですけど、たぶんそのままでは分からへんでしょうね。つまり、うちが渡した校正原稿は、孝造さんによって真っ赤っかになって戻ってくるはずでした」

「それが見当たらないのは、どう考えてもおかしいですね。ちょっと待ってください、杉作氏にも今一度確認してみましょう」

日下部は立ち上がり、台所の端に移動して後ろを向く。

「もしもし杉作さんですか。中京署の日下部です。ちょっと伺いたいことがあるんですが、いまよろしいですか」

すぐに杉作とつながったようだ。

「谷廣さんの家に入ったときのことをよく思い出してほしいんですが、Ａ４サイズでプリントアウトされた紙はなかったですか。縦書きで、赤いボールペンで書き込みがしてあったかもしれません……あれば気づくとおっしゃるんですね。分かりました。ありがとうございます。ではまた、お尋ねすることがあるかもしれませんので」

電話を切って日下部は振り返り、

「杉作氏曰く、職業柄文章が書かれたものには敏感だから、あれば見逃すはずはない、ということでした」

と二人を見下ろした。

「ここに座ってうちの渡したボールペンで、両面に渡って校正をしてくれたとしたら、それを孝造さんが捨ててしまうなんて、ありえへん」

夏恵はつぶやき、眉を顰めた。

三人が黙って自らの周辺をもう一度確認していると、冬美のケータイが鳴った。

「すみません」

そう言ってケータイの画面を見ると、そこに杉作のナンバーが表示されていた。あっと声を上げそうになった冬美は、慌てて玄関口へ向かう。

「はい、国吉です」

「いま、大丈夫ですか」

「ええ、まあ」

ちらっと日下部の方をみて、曖昧な返事をした。日下部は夏恵と何かを話していた。

「聞きたいことがあるんですよ。いま日下部刑事から電話をもらいましてね。赤ボールペンで文字を書いたA4サイズの紙が、どうのと言ってたんですが、ご存じですか」

「それは……いまちょっとその現場にいるものですから」

冬美は日下部を気にしつつ、答えた。自分も記者の端くれだから、現場という言葉を使ってもおかしくない。

「じゃあ、いま電話してきた日下部刑事はそこから。そうですか、冬美さんも現場にいる。それは都合がいいな」

「どういうことですか」

「僕は第一発見者としてマークされています。そのこと自体大した問題ではないので気にもしてません。滞在期間が延びることを出版社に報告すると、むしろ編集担当者が喜んだくらいです」

「喜ぶって、どうしてです？」

と、冬美は日下部を気にしながら訊いた。

「僕が現場にいたこと、警察に事情を聴かれたことに拍手を送っているんです。言い知れぬ迫真性が出るからね。不謹慎な言い方になるが、ルポライターとして、面白くなってきた」

杉作は妙に明るい口調で続ける。

「マスコミも嗅ぎつけてきたようだし、いい傾向です」

「いいこと、なんですか」

日下部がまだ疑っているのを知っているだけに、杉作の言うことが理解できなかった。

「注目度が上がっている証拠じゃないですか。孝造さんの主張に多くの人が関心を示してくれるという意味です。それにしても、よく現場に入ることを日下部刑事が許しましたね」

「それは……」

説明すれば、誰と話しているのかが分かってしまう。

「うーん、警察の見解を知りたいな」

と杉作はつぶやき、

「そこでのやり取りを教えてもらえないですか。当夜に隣人の話をレポートしてくれたみたいに」

「よろしいんでしょうか」

冬美はさらに小声になった。

「この間断ったことが引っかかってるんですね。謝ります。あなたはうまく現場に入ることができた。そこでのやり取りが、次作品にどこまで関わってくるのかは不明ですが、僕はそれを知りたい。改めて協力してください」

「それはもう、私の方は喜んで」

大きな声にならないよう注意しながら、

「で、具体的には？」

と尋ねる。

「まずは日下部刑事の言葉を、できるだけ忠実にメモしてください。それと、なぜいま日下部刑事と現場にいるのか、その経緯もまとめておいてください。ではまた連絡します、よろしく」

「はい、分かりました」

切ったケータイを握りしめたまま、大きく深呼吸した。

「仕事の電話？」

奥から夏恵が訊いてきた。

「そんなところです」

冬美は茶を濁し、

「やっぱり、見つからなかったんですか」

と話題を変えた。

「どこにもあらへん。ほんまにおかしいわ。こんなボールペンだけ残して」

夏恵は立ち上がって、ボールペンを持ち上げる。

「念のためこちらに、お預かりします」

日下部は用意していたビニール袋の口を広げて、そこに夏恵がペンを入れた。三人とも立ち話の状態になった。

「そうだ、津川さん。疑問があるんですが。麻痺が残っている奥さんの介護をするのに、畳に布団というのは大変じゃないですか」

「うちらはベッドをお勧めしました。電動式で体を起こせる簡易ベッドいうのもあります。けど、倒れてすぐ運ばれた病院で落ちそうになった経験があったんやそうで、牧子さんが絶対に嫌やと言わはったんです」

「食事や入浴、腰にきますよね。検視報告で孝造さんの腰にコルセットが巻いてあったとありました」

日下部は自分の半分以下しかない体重だった祖母の介護を手伝ったことがあるのだ、

と苦笑しながら腰の辺りを拳で叩いた。

「牧子さんは、孝造さんよりも重かったと思いますから負担やったでしょうね。うちの先生も、だいぶ説得したんですけど、家内が怖がるのを無理にとは言えへんって、孝造さんが。せめてコルセットを装着するようにって先生が提案しはったんです」

「孝造さんが奥さん思いだったことは分かりますが、無理が重なっていたんでしょう。精根尽き果てたのかもしれません」

「限界やったら、うちも先生もそれは感じ取ってるはずです。老老介護の好例や言うて、杉作先生に紹介したりしません」

苦しみを乗り越えて、共に生きていこうという気持ちがあった、と夏恵は真顔を日下部に向けた。

「それも踏まえ、無理心中との結論は、まだ出してないんです。ただ杉作氏は、自分に何かを伝えようとしたんだと主張しているんでしょう？　つまり孝造さんの意思で、牧子さんを殺害し、自らも首を吊ったと言ってるようなものです。一方で津川さんは無理心中は考えられないとおっしゃる。こちらとしても決めつけずに調べを進めますよ」

「校正前の原稿は、提供できますけど、カセットテープは勘弁してください。守秘義務があるいうことで、うちの三雲からの言付けです」

「分かりました」

「さっきも言いましたけど、いくら整理したというても、支離滅裂な部分があります。そやからあらかじめテープを聴いてもらいました」

夏恵と日下部との会話を聞いているふりをして、冬美は部屋の中のようすを記憶にとどめることに神経を注いでいた。もう一度現場に足を踏み入れることが叶わない杉作に、イラストを見せようと思いついたからだ。

「日下部さん、お二人のご遺体はいつ帰ってこられるんですか」

もしものことがあったら、三雲診療所が葬儀と告別式を執り行うことになっていると、夏恵は話した。

「そうでしたか。どこに連絡すればいいものかと困ってました。一両日中にはお帰りいただけます。搬送はどのように」

「ほな、うちに連絡してください。うちと契約してる業者さんが伺いますんで。国吉さん、何か訊いておくことある？」

「いまさらこんなこと訊くのも変なんですが、孝造さんの遺体を調べて、他殺の可能性はないんですよね」

冬美は、容疑者リストから杉作を除外させたかった。そうなれば本格的にルポの手伝いができる。今回の取材が上手く行けば、助手として杉作の事務所で働くチャンスをもらえるかもしれない。

老老介護で辛い目に遭っている人を追い出し、転居先も用意しない不動産会社の片棒を担ぐ仕事から抜け出したい、という気持ちが一気に膨れあがっているのを冬美は自覚していた。

「断定はしていません」

日下部はそれ以上は言えないという顔つきをした。

9

会社に直帰する旨を電話で伝え、冬美はマンションのリビングテーブルでケント紙に向かっていた。より正確に谷廣の住まいをイラスト化したかったのだ。

絵を描きながらノートパソコンを開き、夏恵や日下部との会話を思い出して、内容をまとめていく。画像と言葉を同時に扱うと、より鮮明に記憶が蘇(よみがえ)った。

台所、居間の座卓の上、敷かれたままの布団、左の壁の書棚と押し入れ、向かいの壁には箪笥とテレビ、一番奥の壁には腰高窓があった。厚手でクリーム色のカーテンが開いているところも丁寧に描く。雨が降っていて、昼間なのに蛍光灯をつけていたため窓の印象は薄いが、カーテンの厚さはしっかり覚えている。窓は西側にあって、晴れていれば西日が強かったにちがいない。

最後に、内側からみた玄関口を描こうと頭の中の画像を思い出す。夏恵の取り計らいで現場に立つことができたお陰で、さほど苦もなく細密なイラストは完成した。

日下部が調べていたアルバムで盗み見した二人の写真を思い出し、似顔絵をケント紙に描いた。それを眺めていると、本当に仲睦まじい夫婦だということが伝わってくる。

この優しい目の孝造が、牧子の首を絞めたなんてやはり思えない。夏恵があり得ないと言うのもよく分かる。

もし心中なら、そこによほどの理由があるはずだ。日下部は、夏恵のテープを聴いて、谷廣夫妻がアパートを追い出され、転居先が見当たらず、やむなく路上生活者となることを恐れての心中だと思ったかもしれない。

それなら杉作の訪問に合わせる理由が分からない。またそこまで切羽詰まっていたのなら、三雲も夏恵も当然察知しているだろうし、杉作に紹介したりしないはずだ。

心中でないのなら、第三者による殺人ということになる。この場合、真っ先に疑われるのは杉作だ。しかし杉作と谷廣とは前日が初対面だ。殺す動機がない。いや、過去に何か因縁があったとしたら……。やっぱりおかしい。紹介したのは三雲で、夏恵もそれに不自然さは感じていない。

まさかそれが狙い――？　誰かが杉作を陥れようとした。

孝造との間に、何時に訪問するという約束は交わされていない。杉作の訪問直前に、誰かが孝造の首を絞めて殺害することが可能だろうか。

もし自分が犯人ならどうする、と冬美は考えた。

新しいケント紙を透過照明台に置き、2Bの鉛筆を手にした。自分を三頭身のマンガにする。犯人らしく黒い帽子に眼鏡、マスクをつけさせ、黒いコートを着せた。風貌はステロタイプだけれど、分かりやすいキャラクター、「黒冬美」と名付けた。

その他の登場人物は「杉作氏」「孝造さん」「牧子さん」「三雲先生」「夏恵ちゃん」の五人で、「杉作氏」が宿泊しているホテル、谷廣のアパート、そして「黒冬美」のいる謎の場所を簡単な線で描き、俯瞰してみる。

さて、この「黒冬美」がどういう情報を入手すれば犯行が可能なのか、を書き出す。

谷廣の住所、孝造と牧子の顔などはもちろん、暮らしぶりに加えて、杉作の訪問の日時、つまり杉作の予定を把握しなければならない。さらに、あらかじめ心中に見せ掛けるつもりなら、適当な長さの紐を用意しておくか、谷廣の家の中にあるもので目星をつけておく必要がある。ただでさえ難しいのに、紐はさらにハードルを上げているとしか思えない。

なぜ「黒冬美」は、心中に見せ掛けたかったのだろう。

杉作に嫌疑をかけるのなら、そんな面倒はいらない。やりやすい凶器でただ二人を殺害すればいい。むしろその方が杉作はダイレクトに疑われ、その場で逮捕されるにちがいない。そうなれば、いまよりもっと立場が悪く、場合によってはルポライターとしての生命を絶つことができた。

他に「黒冬美」の目的があったということか。

やはり心中で、孝造はその死に様を通じて杉作に何かを訴えたかったのだろうか。

自分が描いた孝造に目をやる。

今度は「孝造さん」にスポットを当ててネームを描いてみよう。

愛する妻の面倒をみることに疲れた訳ではない。スムーズではないけれどコミュニケーションもとれている。牧子は徐々に弱りつつあったものの、いますぐ亡くなるという心配はなかった。ただ収入は二人が暮らすのがやっとで、不安はあっただろう。

そこに持ち上がったのが、アパート改築の話だ。

住み慣れたアパートを追い出され、路上で行き倒れになりたくない、と泣き叫ぶ牧子の顔を見るのが辛かった。しかし病人を抱えた高齢者が入居できる住まいは数少ない。現在の家賃と同じくらいのところは見つからない。公共の施設には空きがない。

孝造の言葉を借りれば「にっちもさっちもいかない」状態だ。

いま住んでいるアパートは改築後民泊になるという噂がある。もはや京都に高齢者の終の棲家はない。

そう思って横たわる妻を見ると、路上生活などさせられない。ならばいっそのこと、あの世へ旅立った方が苦しまないで済む。

ただ世間に負けたと思われるのは癪だ。いま自分を取材しているルポライターは、社会派で骨がある。彼なら、老老介護する身の過酷さを分かってくれるにちがいない。

冬美はそこまで台詞付きのプロット、漫画でいうネームを描いて、鉛筆がとまった。自分の遺体を最初に発見するのが「杉作氏」だと分かっているのなら、遺書を用意する方が手っ取り早い、という当初の疑問に突き当たってしまうのだ。

「黒冬美」、「孝造さん」のいずれの視点に立っても、しっくりくるネームはできない。まだ他に登場人物がいるのだろうか。

冬美はベッドに移動して、俯せに倒れ込む。

世の中って、そんなにお年寄りに冷たいものなのか。病人を抱えているからこそ住まいが必要なんじゃないのか。孝造のように、戦争を体験し、真面目に働いてきて人生の総仕上げの年齢となって、住まいを追われるなんてどう考えてもおかしい。八八歳と七九歳の夫婦を路頭に迷わせる国が、正常であるはずがないではないか。まさに杉作のルポルタージュのテーマがここにある。

ケータイの呼び出し音が鳴った。冬美は、ベッドサイドテーブルに乱雑に積み上げられたコミックの間に落ちたケータイを、取りあげた。夏恵からだ。

「夕刊紙なんか、見てへんよね？」

つながったとたんに夏恵が言った。今日の礼を述べようとしていたのに、出鼻を挫かれた格好だ。

「エッチな記事が載ってるやつでしょう」

「うちかてそんなん読まへん。さっきコンビニで、たまたま見つけたんや」

夏恵にしては言い訳がましい。

「何かあったんですか」

「とにかく写メするさかい、目を通して」

それだけ言うと夏恵は電話を切った。

パソコンでメールを受けとり、画像ソフトで拡大した。ケータイやパソコンの画面に焦点が合わない。最近、急に視力が落ちて、眼鏡を作らねばならないと思っている。画面を見るとき目を細めてしまう。それが癖になりつつあった。

『夕刊激報』のトップ記事のようで「京都、老夫婦無理心中事件。遺体の第一発見者が自ら語った」という見出しで、杉作の顔もカラー写真で掲載されていた。

三月二二日午後六時三〇分頃、京都市中京区のアパートの一室で、無職谷廣孝造さん（八八）が首を吊り、妻牧子さん（七九）が布団の中で首を絞められて死んでいるのが見つかった。警察に通報した発見者の男性に詳しい事情を聞いていることが、今日二五日京都府警への取材で分かった。事情聴取を受けたのは、近年『業火〜残影のなかに』『終演〜夢のあと』などのベストセラーを連発する人気ルポライター杉作舜一さん（五一）だ。事件は遺体の状況から、牧子さんを殺害した後、孝造さんが自殺した無理心中として捜査を開始。ただ遺書らしきものがなく、杉作氏の訪問時刻に合わせて自殺したとみられるなど、心中と断定するには不自然な点も多く、警察は他殺も視野に入れ、杉作氏に話を聞いた模様。

まさに渦中の杉作氏が、本紙の記者に心境を語った。「孝造さんは、私との取材時間に合わせるかのように自死したとしか思えない。そこに彼の思いがある。心の叫びがあると私は直感している。自死の寸前に愛する妻を自らの手で殺めたのだ。彼は妻殺しと自分自身を殺すという二重の罪を犯したことになろう。そんな罪を犯してまで、彼は何かを訴えたかった。枯れて軽くなった孝造氏の体を抱きかかえたときの、ほのかな温もりがこの手に残っている。そこに彼の決断、心が宿っていると感じた。これから私は彼の『残心』を追い求めることになる。いや、もうすでに私のルポは始まってる」。

杉作氏は遺体を発見し、警察に通報すると共に、谷廣さんのかかりつけ医に連絡。

医師によって、二人の死亡が確認された。

関係者の話では、牧子さんは紐状のもので首を絞められたことによる窒息死で、抵抗の跡など目立った外傷はなく、孝造さんも首を吊ったことによる窒息死と見られるという。老老介護の末の悲劇は後を絶たないが、その現場に居合わせたのが「老い」をテーマに活躍する杉作氏だったことで、さらなる問題提起を期待したい。

冬美は二度、黙読して画面から顔を上げた。おもむろにケータイを手に取り、夏恵にかける。

「もしもし、冬美です」

「読んだ？」

後ろから香織の、ママを呼ぶ声がする。

「いま、いいですか」

「かまへん。ちょっと香織、そっちで公文（くもん）やっといて。ママ大事なお話してるさかい……堪忍な、甘えたで困るわ」

そう言いながらも夏恵の声は楽しげだ。

「香織ちゃん、本当に可愛いですよね」

人懐っこいくりくりの目を思い浮かべた。

「おおきに、香織も冬美ちゃんのこと、大好きや。冬美ちゃんは絵が上手いし、おでこが可愛いって偉そうに言うてるわ。で、どう思う、新聞記事」

笑い顔から急に真面目な顔つきになったのだろう、口調が変わった。

「そのことなんですが、関係者というのは、三雲先生ですか」

あの夜、診療所で冬美が聞いた三雲の所見と同じだった。

「事前に杉作先生から連絡があって、その後記者から電話取材を受けたんやそうや」

「じゃあ勝手に書かれたんではないんですね」

「そう、杉作先生から『夕刊激報』に連絡したそうや。うちの先生には警察を牽制するためやって、言うたみたい」

「牽制って、自分が疑われるからってことですか」

「さあ。うちやったら、目立たんように大人しくしてるやろなぁ。警察を怒らせても得にならへんもん」

元警察官の妻だけに、警察の力はよく知っていると夏恵は言った。

「そうですよね。私もそう思って、三雲先生はどんな風に思われたのかが気になったんです」

「それは、冬美ちゃんが直接本人に聞いて」

「えっ、あ、分かりました」

「最近、仕事のこと以外で話をせんようになってきてるん。うちも思ったことを言わんようにしてるし」

夏恵の声に張りがなくなった。

「お互いを信頼してる上司と部下って感じで、私には羨ましいくらいなのに」

「隣の芝生は青いのかもしれへん。まあ、うちがこの新聞記事で気になったんは、もうルポは始まってるっていう箇所なんや……今日、冬美ちゃんが受けた電話、杉作さんからとちがうんか」

「いえ、そうじゃないです」

上手く舌が回らなかった。

「冬美ちゃんは嘘が下手やな。そんなに動揺したら、はいそうですと認めてるようなもんや。それに、あんなひそひそ話してたらすぐにバレる。当然、日下部さんも分かってたと思うで。杉作先生から何か頼まれてるんやったら、気ぃつけなあかん。関わると冬美ちゃんもマークされる。まあ、うちの勘違いやったみたいやから、気にせんといて」

「……はい」

「怒ってるんやないよ。そんな弱々しい声出さんでもいい。うちの先生にも釘刺しとこうと思てるんや」

「三雲先生にも」

「びっくりせんでもええやんか。うちと先生との考え方には、大きな……あっ堪忍、変なこと言うて。それこそ冬美ちゃんを巻き込んでしまうとこやった」

「夏恵さん、明日先生に会いたいんですけど、会えますか」

「明日やったら、往診が終わって何やかやカルテの整理をしはるし、そやな、夜の八時くらいには体が空くと思う。そんな時間でも、かまへんか」

「私の方は大丈夫です」

「分かった、聞いてみてまた返事するわ。うちはおらへんで」

「それは、かまいません。香織ちゃんのためにもできるだけ早く帰ってあげてください」

「そや、明日は先生の奥さん、亜紗子(あさこ)さんが見えるかもしれへん。会うたことないやろ？」

「はい、ないです」

万事厳し過ぎる人なんだと、三雲が冗談で話しているのを聞いたことはある。

「東京の人で、元厚生労働省の保険局に勤めてた東大出のエリート官僚やわ」

「聞くだけで気後れしちゃいます」

「うちも苦手」

「先生の家って診療所の隣ですよね」

診療所のある千本通に、三雲の自宅は軒を連ねていたはずだ。夏恵と知り合って半年、幾度となく診療所に出入りしているにもかかわらず、亜紗子と顔を合わせたことはなかった。

「奥さんは、ほとんど東京や」

「別居ですか」

「夫婦仲が悪いんとちがうで。奥さんは東京で運動してはる」

「はあ？」

「政治運動や。日本の医療制度を改革しようとしてはる。ゆくゆくは政治家にならはるんとちがうかな」

「わっ、おっかねえ」

「ええな、岩手弁」

「出ちゃいましたか。すみません」

「何で謝るん。方言で謝らなあかんかったら、うちなんかどうしたらええんや。とにかく奥さんが今日からこっちの家にきたはるらしいから。まあ冬美ちゃんは診療所で働いてるんとちがうさかい、何にも言われへんやろけど、注意はしておいた方がええで」

「気を引き締めて行きます」

明日、亜紗子がこないことを祈るしかない。

10

冬美は長谷川に何度も謝っていた。

長谷川は、デスクの椅子に座って腕と足を組み、目の前の冬美を睨んだままだ。組んだ足が、アシナガバチのようにぶらぶらと揺れている。怒りと苛立ち(いらだ)が高まっている証拠だ。

ほどなく足の動きがピタリととまり、口を開いた。

「いくら実績を出してるからと言っても、一年未満の新人が電話一本で無断で直帰するなんて、大した度胸だ。その上、先輩と組むのを拒むとは、そんな我儘(わがまま)が許されるはずないだろ」

冬美が新規広告を取ってこないのに業を煮やした長谷川は、柴田美和の助手をするよう指示してきた。美和の広告取りのノウハウを三ヵ月間で吸収できなければ、「読み物」をしばらく休めと言った。

「もう少しだけ、ひとりで回らせてください。その後は、編集長の指示に必ず従います」

冬美はまた頭を下げる。このまま谷廣の事件を追いたい。

「そんな勝手な言い分が通るはずないだろ、学生とちがうんだから」

「無理を言ってるのは分かっているんです。でも、自分で手応えを感じたいんです」

「手応えって何のだ？」

「ええっと……」

上手い言い訳が見当たらない。

「何もない、ようだな。分かったら、単独行動最後の外回りに行ってこい。午後からは柴田さんについてもらうからな」

「今日の午後から、ですか」

「そうだ」

「せめて一週、いえ五日だけいまのままで、お願いします」

「ダメだ」

長谷川が言い放った。

「では三日」

「話は終わり」

長谷川は体をデスクトップパソコンの大画面に向け、これ見よがしに顔を近付ける。

「あのう……編集長？」

冬美は声をかけたが、無視された。もう何を言っても聞く耳を持たない様子だ。

諦めて自分のデスクに戻り、鞄を持って廊下に出た。化粧室へ向かう途中に、仁王立ちの美和がいた。

「あっ柴田さん」

「国吉さん、ずいぶん抵抗してたわね。よほど私と仕事したくないみたい」

長谷川とのやり取りが廊下まで聞こえていたようだ。

「いえ、とんでもないです。そういう訳じゃなく……」

ファッション雑誌の表紙を飾るモデルのように整った顔とプロポーションの美和が、腰に手を当てて立っていると、何とも言えない迫力があった。

「いいわ、そんなに嫌なら私から言ってあげる」

美和はわざと、はすっぱなヒールの音を立て、オフィスに戻っていく。

「あ、いえ柴田さん、そんな……」

冬美は止めようと美和を追いかけたが、あまりの早足に追いつけない。冬美がオフィスに入ったとき、美和はすでに長谷川の傍らにいた。

冬美はローヒールの踵（かかと）をキュッと鳴らして止まり、その場で身を屈める。

企画、営業担当者は出払っていて、オフィスには四名の事務職員と三名の制作部員しかいない。冬美は隠れる場所として、年配の女性事務職員の隣に中腰で身をひそめた。変な格好で冬美が苦笑しながら会釈すると、女性は微笑(ほほえ)みを返してくれた。

「何？　どうしたの柴田さん」

長谷川は穏やかな口調だ。

「あの、国吉さんのことですが」

「そのことな、ほんとに悪いと思ってる。国吉、未経験なのに結構頑張ってると思うんだ。ただ、新規広告がね。何とか面倒みてやってくれないか」

「それについて、ご提案があります」

美和の声は小声でも甲高くよく通る。

「ほう、提案？」

「国吉さんのイラストは、ご存じのように、上手いと思います。それに文章も結構面白いんじゃないでしょうか」

「それが彼女の個性だからね」

「契約更新は上手くいってますので、営業に不向きということでもないと思います」

「その気になれば、新規の広告だってとれるはずなんだけどな」

このところ、仕事に身が入らないのは、孝造のことが頭から離れないからだ。無理心中の引き金が、アパートを追い出されることだったかも知れず、そうしたのが親会社丸三不動産だと知って、やる気が失せてきた。

「国吉さんは、『A☆LIVE』に広告を載せたり、クーポンを発行してもクライアントにメリットがないと思っているのかもしれません」

「それで失速し出した。じゃあ、そこをちゃんと教えてくれ」

「教えるのは難しいです、私では」

「そんなことないだろ」

「いいえ、そうじゃないんです。私もメリットを感じてないからです」

「おいおい柴田さん、どういうことだ？」

長谷川と同じように息を潜める冬美も、心の中で疑問符を打っていた。割り当てられた広告枠を最も早く埋める、トップセールスウーマンの美和の言葉とも思えなかった。

「それは編集長も一緒じゃないですか。このご時世、フリーペーパーの広告とか値引きクーポンでお客さんが増えたり、ものが売れたりしないですよね」

「それは、まあ、そうだけど。まったく利点がないってことないだろう」

「広告料に見合う利点はないでしょう？」

美和が、冬美と同じように思っていたことに驚いた。

「身も蓋もないな、柴田さんにかかったら」

「ただ私の場合は、無理やりメリットだと思ってもらう努力をしてます」

「そこが大事なんだ。そこのところを彼女に」

「でも努力することなんて、教えられないと思います」

美和は長谷川の言葉を遮るように言った。

「そんなことはないと思うけどな」

「国吉さんは、広告主への思いやりが強いんです。損させたくないって思うから、広告取りに二の足を踏んでる。ということはクライアントが喜ぶ顔を見れば、『A☆LIVE』の価値も分かって、自信とやる気が出るんじゃないですか」

「喜ぶ顔、と言っても……」

「あるじゃないですか、編集長。わーっと打ち上げで盛り上がって、みんなが喜んでくれることが」

「あー、なるほどイベントか」

長谷川のその言葉を聞いて、冬美は力が抜け、床に腰から崩れ落ちそうになった。

昼休み後のミーティングが終われば、冬美はイベント企画へ回される。美和の助手から、新とコンビを組まされるはめになる。

美和の香水も好きではなかったけれど、消毒アルコールの匂いはもっと苦手だ。これなら美和にあれこれ小言をもらう方が、まだよかった。

パン屋さんの看板のイラスト案を提出した後、特に約束もなくただ会社から離れたくて歩く。そのうちお腹が鳴り、時計を見ると一二時を過ぎようとしていた。

こんな憂鬱(ゆううつ)な昼休みは、午後の体育の授業で着る体操服を忘れた小学校四年生以来だ。

ふと前を見ると、三雲診療所の小さな看板が目に飛び込んできた。そのときやっと、自分が北へ向かって歩いてきたことを知った。

仕事の邪魔になるだろうな、と診療所をやり過ごそうとしたが、町家を改装した診療所の紅殻格子(ベンガラごうし)越しの窓に、夏恵らしき声と気配を感じると、無性に彼女の顔が見たくなった。

「こんにちは」

戸を開けて声をかけた。

「あれ、冬美ちゃん。くるのは夜とちごたんか」

玄関からすぐの受付窓口から夏恵が顔を出した。

「それはそれで伺います。いまはちょっとへコんじゃって」

「まあ、なんでもええわ、ぎょうさんお手製のドーナツがあるし、お昼まだやったら食べて行かへん？　患者さんの娘さんからいただいたんや」

「わあー、いただきます」

と黄色い声を上げ、六畳の待合室に上がり込んだ。昔は外来患者がこの和室に置かれたソファーに腰掛け、診察を待ったのだと聞いた。いまも名残の年季の入った黒革のソファーがあって、冬美はそれに腰を下ろす。

「あの、三雲先生は？」

診察室を気にしながら、座り直す。ソファーの表面には革が硬化してひび割れた所が数ヵ所あって、それを上手く避けた。

「うん、いまはK大学で特別授業をしてはる」

メディアに取り上げられてから、大学から呼ばれることが多い。医大、医学部だけではなく、看護系のカリキュラムを用意している大学、学部からの要請も少なくないそうだ。

「やっぱり看取り医としての授業ですか」

「それで有名になってしもたさかい。将来開業医を目指す学生さん向けに、痛みのケアの仕方と、どうやったらその人らしい人生の閉じ方になるか、いうのがテーマみたい」

「開業医向け？　病院勤めとは何かちがうんですか」

病院に勤めていたこともある夏恵なら、そのちがいを知っているだろう。

「病院は痛み止めも、毎日様子を見ながら投与できるし、機械で制御したりできる。けど開業医は、毎日訪問できないし痛み止めを出す頻度も少ないから、その間どうやって痛みを緩和したらええか考えなあかん。痛み止めに使う医療用麻薬の管理もあるし。開業医は知事の免許も必要なんや。ここにも奥の院長室に厳めしい金庫があるわ。麻薬帳簿をつけて、いつ誰に何のためにどれくらいの量を使こたかを記録していく。こんなこと、うちの先生みたいに勤務医時代、麻酔科の医師やからできることや。初めてでは難しい」

高齢化に伴う国の在宅介護の推進で、開業医の三割程度は、緩和ケアや看取りを否応なしに経験せざるを得ない。いざ開業しても、数種類ある医療用麻薬それぞれの特性を知らないと、痛みを軽減できなかったり、会話もできないほど朦朧（もうろう）とさせたり、せん妄を引き起こさせたりして、かえって本人と家族を苦しめるケースもあるのだそうだ。

「三雲先生の専門は麻酔だったんですか」

内科医だと勝手に思い込んでいた。

「そう、F医科大の。うちは知らんかったけど、ナースの友達に聞いたら優秀な麻酔医で、外科医からの信頼も厚かったみたい」

手術の成功は執刀医はもちろん、麻酔医の腕が鍵を握るのだそうだ。患者の様子をみて、場合によっては麻酔医が、手術を止めることさえあるという。

「凄いんですね麻酔医って」

「病院には絶対必要な人や」

「なのに、どうして病院を辞められたんですか」

必要とされているという言葉に、冬美は憧れていた。そんな存在になりたくて、いまもがいているようなものだ。

「病院の方針と合わなかったと聞いてる。相当揉めたみたい」

「ええっ、三雲先生みたいな温厚な方が？」

声を荒らげる三雲は想像しがたく、揉めごととは無縁のように思っていた。

「あくまでもナース仲間の噂やけど、終末ケアの医療用麻薬の使い方で意見が合わなかったんやそうや」

がん性の痛みを取ることを優先するあまり、薬の量をどんどん増やす。それでも痛みが消えない状態になると、鎮静剤で半分眠った状態にするのだという。

「それを『鎮静』いうんやけど、患者さんは起きてるのか寝てるのか分からない状態やから、ほとんど喋れへん。先生、そうすることに反対やったんやないかな。現にいくら痛みを訴えられても、鎮静剤は使わはらへんもん。薬は極力少なくして、会話することで苦痛を軽減しようとしはる」

「会話する、それが栞なんですね」

　人生を振り返ることだけが、栞づくりの目的ではなかった。夏恵が栞の校正原稿を大切に思っていたこともよく理解できる。

「最期のときに、家族や友達が集まっても、何の反応もなく文字通り眠ったままで逝かはるのが悲しかったんやと思う。先生のとこで働き出して、たくさんの方を看取ってきた。その人なりに最期の言葉いうのがあるもんや。『ありがとう』とか『もうあかんわ』とかな。そらドラマみたいなかっこええ台詞ではないけど、感動することもあるよ」

　そのときの家族の顔を見ると、看取ってあげてよかった、と夏恵は思うのだそうだ。

「苦労が多いけど」

　と夏恵は静かに笑みを浮かべた。

「それにしても、大変な仕事ですね」

「そやから、なり手が少ない。国は医療費がかかるいうて、病院のベッド数を減らして、在宅医療を推進してるけど、二四時間、三六五日気が休まるときなしの仕事なんて、いまどき流行（はや）らんやろ」

　患者の変化に対応するためにケータイは手放せないという。何があっても患者の元へ駆けつけることが、在宅療養支援診療所の認可の条件なのだそうだ。

「本気でやったら、在宅医の方が早よ死んでしまうと、うちは思う」

二四時間体制で一人の患者をきちんと看取ろうと思うと、医師が三人から四人は必要だと計算した人もいるんだ、と夏恵は言った。

「つまり、乱暴な言い方をしたら、普通のお医者さんより三、四倍働いてはる、うちの先生」

「全然知りませんでした。夏恵さんも大変ですね」

「まあ、うちの代わりは何人かいるけど、大変は大変かな。とにかく患者さんが急変したら家族は慌てふためくやろ？　まずは先生が顔を見せて安心させせんとあかんしな。うちの方が早くつくこともある。そのとき苦しんではる患者さんの背中をさすったりしながら待つんやけど、それだけでも落ち着かはる。まずは訪問しないと、何も始まらへんから。あら、冬美ちゃん取材上手やから、ついいらんこと話してしもた。お昼休み終わってしまうな。ちょっと待ってて」

夏恵が、コーヒーと一緒に盆に載せてもってきてくれた皿の中には、小ぶりのドーナツが八つ盛られてある。

「応接間はいま掃除しててごちゃごちゃやし、堪忍やけどここで食べてな」

「すごい」

「まだまだあるし、気張って食べて」

「ところで今晩、奥さんは？」

「きはるで。そやからいま応接室を掃除してる。冬美ちゃんが八時頃訪ねてくることは先生に伝えてあるし、上手いこと鉢合わせせんようにしはるんとちがうかな。で、ヘコんでるって何があったん？」

と夏恵はドーナツを口に運ぶ。

冬美もドーナツをつまんで一口かじる。まぶされた砂糖の甘みで頬がキューッと痛くなって落ちそうだ。けれどその痛みが、疲れた気持ちをほぐしてくれる。

「いま在宅医の話を聞いて、私の悩みなんかちっぽけなことだと思いました」

「そんなこと言わんと、せっかくここまできたんやから」

「口に出すのも恥ずかしいですよ」

「ええから、遠慮せんと」

夏恵が大きな口でドーナツを頬張った。

「じゃあ言っちゃいます。例の潔癖くんと組むことになっちゃったんです」

冬美もドーナツを口に放り込んだ。

「あらま、それは一大事や」

「夏恵さん、笑ってます？」

「そんなことあらへんえ。漫才でも性格がちがう方が面白かったりするやんか。どんな感じになるのか、ちょっと楽しみなところもある」

と笑ってしまうのを誤魔化すように夏恵は、二つ目のドーナツを食べた。

「潔癖くんをよく知らないから、そんな暢気なことを言ってられるんですよ」

「イケメンさんやとしか、知らんもんな」

夏恵はとうとう笑った。

「夏恵さん」

新入社員歓迎の飲み会で撮った写真を夏恵に見せたことがあった。そのときはまだ、新の潔癖さを知らず、「ちょっとだけイケメンの先輩」などと紹介していた。

「堪忍え。そやけどコンビを組んでしもたら、彼の小言もなくなるかもしれへんで」

「ますます酷くなると思います。私を天敵扱いですから」

「冬美ちゃんが嫌がってるのは、谷廣さんのことを調べられなくなるからとちがう？」

「それも、ありますね」

孝造や牧子の終の棲家を営利目的で追い出そうとした親会社に憤りを感じ、会社と距離を置きたい気持ちが膨らんでいることを打ち明けた。そんな気持ちになったのには、憧れていた杉作を間近で見て、話したことが影響している。

「まさか冬美ちゃん、甘い考えを持ってるんとちがうやろな」

「甘い考えですか」

りにできるチャンスだと思ってるだけです」

「ないです、ないです。前にも言ったと思いますけど、杉作先生のやり方を目の当たりにできるチャンスだと思ってるだけです」

「うちが言うたこと覚えてる？　警察を向こうに回したら損や。完全に疑いが晴れてから、協力したらどうえ？」

素直に、はいと言えず、冬美はカップのコーヒーに目を落とした。

「しょうがないな、何かあったらうちに言うて。できることは協力してあげるから」

夏恵は肩をすくめて大きなため息をついた。

玄関の引き戸が勢いよく開く音がした。

夏恵と冬美が玄関口を見ると、モデル立ちをした中年女性が立っていた。帽子もスカーフも、スーツもピンク一色だ。

「奥さん」

夏恵が素早く立ち上がって、亜紗子を出迎えた。

冬美はドーナツを皿に戻し、ハンカチで口元を拭い居住まいを正す。

「あなたは？」

夏恵に荷物を持たせ、亜紗子は待合室に上がってきた。

化粧は濃いけれど、そんなにしなくても目鼻立ちがはっきりして整った顔立ちだ。

五〇代後半の三雲の妻だから、五〇そこそこだと想像していた。しかし、どう見ても四〇になったばかりに見える。

「は、初めまして、私はこういうものです」

冬美はお辞儀をしながら立ち上がり、名刺を差し出した。

「フリーペーパーの記者さん」

「三雲先生には取材をご縁に、お世話になってます」

「で、今日は？」

亜紗子は、盆に載ったドーナツとカップを見る。

「お昼休みに寄せていただいて……」

「うちがお引き留めしたんです。もらい物があったんで」

夏恵がさっと言い添えてくれた。

「そう。ちょっと津川さん」

亜紗子が目配せをすると、診察室へ入っていった。

「ごめん、冬美ちゃん」

「もう失礼しますんで、こちらこそお邪魔してすみませんでした」

きびすを返す夏恵の背中を見て、バッグを手にし下足場に下りた。

そのとき診察室から、激しい口調の亜紗子の声が聞こえてきた。

「どうして、あんな患者を紹介したのよ。要介護三か四で、上手くいっている夫婦くらい、他にもいるでしょうに！」

怖くなった冬美は、急いで靴を履くと表へ飛び出した。

ゴールデンウィーク特集号のイベント企画が決まっていた。二条駅周辺の飲食店、雑貨店、さらにパチンコ店にまで割引券で協力をしてもらう企画を新は担当していた。その候補店への主旨説明に冬美は同行した。

イベント企画というものが不慣れなのと、亜紗子の言葉が気になるのとで、新の横にただ立っているだけだった。時折冬美に質問してくる担当者もいて、企画書をそのまま読むのが精一杯、これならいない方がましで、完全に足手まといもいいところだ。

冬美に対して嫌みばかり言っている新だけれど、イベントの説明をするだけで先方をその気にさせるトーク術には、目を見張った。まったくちがう面を見せられ、戸惑うばかりだ。

夏恵に愚痴をこぼしていたことが、恥ずかしかった。

「企画書、読んだのかな」

夕焼けの千本通を歩きながら、新が口を開いた。いつものような険のある響きはなかった。テストで悪い点数をとった子供に、教科書勉強したのか、と言葉をかけるような口調だ。

「慰めようとしてくれてるんですか」

「まさか。呆れてるんだ。企画の意図をまるで分かってないんだから」

「そんなことはないです」

「企画、バカにしてる？」

「だから、そんなことないって言ってるでしょう」

大きな声を出してしまった。

「ボクは、意地悪で言ってるんじゃない。第一、ボク自身もうちの情報紙が、今日会った人たちに役立ってるとは思ってないからね」

「え？　里中くん……」

「ボクを馬鹿だと思ってるのか。ネットがもてはやされてるいまどき、情報紙とのタイアップ企画をやったところで思い通りの集客なんて無理だ。そんなこと百も承知で企画に参加してくれるのは、何もしないことへの不安をなんとかしたいからだ。もちろん成功例だってないことはない。だから楽しげに話すボクに乗ってくれている。同じやるなら、渋々より笑った方が、自分たちも楽しくなるからだよ。それだけ何がどうなるのか分からない世の中になってるんだ。ボクも含めて不安なんだ」

新は、前を向いたまま早口で話した。長い言葉の中に、冬美への皮肉も批判も混じらなかったのは初めてだ。

「知らなかった。里中くんはもっと自信家だと思ってた」

「自信があったら、細菌やウイルスなんて怖がらない」

「いつから怖くなったの？　聞いちゃいけなかった？」

「学生時代かな。下宿先でノロウイルスが流行ったんだ。そのとき次亜塩素酸系の消毒剤を作ってドアノブとかに噴霧したのが始まり。ノロだけじゃなく、見えない敵を意識するようになった。うちは寿司屋で、親父がたぶん潔癖症だったと思う。その遺伝子かもな」

逃れられない宿命だ、と新は自虐的に鼻で笑った。

「それにしても、冬美ちゃんは平気過ぎるよね。机の上の散らかし方、半端ない」

「平気でもないよ。きれいな机は気持ちがいいし、仕事もはかどりそうだって思うんだけど、気づくと荒れ地になってるのよね。私も怖いんだと思う。いろいろ資料を身の回りに置いておかないと不安になっちゃう」

「不安って？」

右手に大きなスーパーが見えてきた。交差点を越えれば、二条駅前ビルだ。冬美は歩く速度を落とした。天敵と、なぜかもう少し話をしたかった。

「私、マンガ家を目指してた。ドラえもんみたいなタッチの子供向けストーリーマンガが描きたいと思って、大学のマンガ科に進んだの。でも全然実力が伴わない。斬新なストーリーが思いつかないのよね」

アイデアを見つけようと、とにかく資料をいっぱい集め、傍らに並べ始めた。そうすることで懸命に取り組んでいるような気になったし、実際いくつかの作品をどうにか形にできた。

「作品が生まれたんなら、資料集めも無駄じゃなかったんじゃないの」

新が優しいことを言ってくれた。

どうしたのだろう。今日の新はどこか変だ。

「そう、でも資料に依存したものしか描けなくなった。記事も同じで、やたら資料を集めて、安心してる。資料に囲まれてないと一行も書けないんじゃないかって、怖くなる」

夏恵にも漏らしたことのない本音を、新に吐き出している自分に驚いた。

自分も変だ、と冬美は思った。

「ボクたちに共通なのは、恐怖心か」

「克服しないと変わらないのよね、きっと」

「ただし、君とボクとでは恐怖の質が……」

市バスが通過して、語尾が聞き取れなかった。

「質が何？」

「冬美ちゃんのは、何かを生み出そうとしてる。ボクはただ逃げてるだけで、何も生まない。たぶんマンガも文章も、君にとって大事なものなんだと思う。いいものを創り出そうとしているから失敗を恐れるんだろう。真剣にやりたいことのすぐ隣には、恐怖が潜んでいるもんなのかもな」

羨ましい、と新が小声でつぶやいたのが聞こえた。

「文章を書く仕事をしたいと思うようになってから、上手く書けるかどうか不安になってきたのかも」

「文章を書く仕事って、ライターになりたいの？」

「ライターというより興味があるのは、これ」

冬美はバッグの『終演』を新に見せた。

「杉作舜一か。ボクも知ってる。じゃあ社会派のルポライターを目指してるんだ」

と新が言った。

二人が駅の敷地に入ると、高架線に列車が着いたのだろう、大勢の制服やスーツ姿の人たちが駅舎から出てきた。人混みを避けるようにして「サンコウ」のオフィスのあるビルへ入る。

「実はいま、杉作先生京都にいらしてて、仕事を手伝ってるの」

まだ何もしていないが、そう言い切りたかった。

「もしかして心中事件？」

と新が立ち止まって言った。

「夕刊紙を読んだよ。警察に調べられたんだろう杉作さん」

「そう、まだマークされてて動きづらいから、私が」

冬美は杉作と知り合いになるきっかけを手短に話した。

「心中したの、三雲先生の患者さんだったのか。それにしても凄いよね、磁力っていうのかな」

「ジリョク？」

奇妙な文言が引っかかった。

「優秀な記者やカメラマン、ルポライターは、事件を追うんじゃなくて、自分に引き寄せるって言うじゃない。磁石みたいにさ」

「磁力か、確かに」

取材先で二人の死体を発見したのだから、杉作の磁力は相当なものだ。その辺りが、一流のルポライターなのかもしれない。警察に呼び出されたことも、ルポに緊張感を持たせるエッセンスに変えてしまうのだろう。

「そうだ、まったくちがうことなんだけど、いいかな？」

新が真顔を向けてきた。

「はい、何です？」

冬美は、また注意か嫌みを言われるのかと、身構えた。

「君、知り合いだったよね、三上葵さんの」

「大学の先輩ですけど」

新は周りを気にして咳払いをし、

「彼氏、いるのかな？」

「知りません」

そう言い放った冬美は、新の優しさの原因が葵にあったと分かると、気を許して本音を漏らしたことがバカらしくなってきた。

11

緊張をほぐすため、志津屋のあんパンを食べて、三雲診療所へ赴く準備をしていた。歩いて二〇分ほどで着けるが、一〇分ほどの余裕を見て部屋を出たとき、夏恵からの電話を受けた。

患者が急変し、今晩が山場だということだった。

「夏恵さん、さっきは大丈夫でした？」

冬美は部屋の中に戻って、靴を脱ぎながら聞いた。三雲夫人の怒鳴り声が耳朶（じだ）に蘇る。

「やっぱり聞こえてた？　奥さんの声大きかったし。心配せんでもええよ」

看取りになりそうだから緊張しているのか、沈んだ声だった。

電話を切り、リビングテーブルに座る。時間が空いてしまったので、いやな仕事を片付けることにした。

「もしもし、葵先輩、冬美です」

「おお冬美、久しぶり」

「いま話してもいいですか」

「いいよ、晩酌中やけど」

酔いが回る前でよかった、と笑った。それは、彼女が酔っ払ったときに出す高音の笑い声だ。

「変な質問しますね、怒らないで聞いてください」

「お淑（しと）やかな葵ちゃんは、いつも優しいから怒る訳ないやん」

「それを信じて聞きますね。先輩、いま彼氏います？」

「……冬美、どこからの情報や」

葵は笑い声から一転、低い声になった。

「情報ってなんのことですか」

「私が、最近酒浸りやと聞いたんやろ？」

「知りませんよ、そんなの」

「一週間前の話を聞いたんやな」

からみ酒も葵の代名詞だ。

「私、何も聞いてないんですけど。ある男性からの頼みごとで」

「えっ？　どこのどなたか知らないけれど、私に彼氏がいるかどうかを聞いてほしいと？」

「声のトーン、よくそんなに変えられますね」

「誰やろ、そんな見る目のある人。彼氏なんかおらへんって言ってあげて」

一週間前に意中の人からフラれ、その痛手を毎晩アルコールで癒やしていると葵は言った。

「じゃあ、そう伝えておきますね」

「その人、どんな方？」

「一度会ってると思いますよ、新入社員の歓迎会で」

好印象を持っている場合は、自分の名前も告げてほしい、と新から頼まれていた。

「あれってもうずいぶん前やね」

「去年の六月です」

「三次会にいた？」

「ええ」

その三次会で眠ってしまった葵の寝姿が、この約九ヵ月間、夜ごとまぶたの裏に出てくるのだそうだ。

「三次会は四条のスイーツの店やったっけ」

「プリンアラモードを注文して、すぐに寝ちゃったんですよ。途中で突然起きて、プリンは食べましたけど、その後またおねむで」

「プリンは鮮明に覚えてるし、そのときすでに六名だったから……ああダメだ、思い出せない。誰よ教えて」

「里中くんです。私の同期の。数ヵ月だけ先輩ですけど」

「線の細い感じの子よね。結構イケメンだったのを微かに覚えてる。でも私、年上が好みだからな」

「分かりました。じゃあ彼氏がいることにしときますね。すみません気持ちよく酔っ払ってるのを邪魔しちゃって」

と切ろうとした。

「待って、冬美。将来性に賭けてみようかな」

「将来というなら、うちの編集長には信頼されてると思いますよ」

「そうなんや。じゃあ彼氏はいないってことにしておいて。近いうちにサンコウにお邪魔するわ。丸三の旅館・宿泊所事業部を任されることになったから、統一ロゴをサンコウに依頼しにいくんよ。親しみやすいのがええから、冬美に頼むつもりやったん」

「旅館・宿泊所事業部……それって民泊の」

「ううん、旅館業法で認められた簡易宿所や。民泊はもう古い。みんな民泊って呼んでるけど、違うの。民泊には営業日一八〇日以内という制限がある。簡易宿所には、それがあらへん。火災報知器の設置とか、対面受付や宿帳記載とかの条件はあるにしても、こっちの方が断然利益が見込める。不動産会社が、商業地以外で宿泊施設を経営するなんて、これまで考えられなかった。大きなビジネスチャンスや」

「ビジネスチャンス……ですか」

「もっともっと洗練されたもんにしていくつもり。そやから明るくて、可愛いイラストを使いたいの」

よくないイメージを払拭（ふっしょく）したい、と葵は言った。

「京都の古い家とかアパートを建て替えてるんですね」

「朽ち果てて、近所迷惑になってる物件もたくさんあるしな、京都は。住民には不評やけどオーナーさんには喜ばれてるんやで。そのうち近隣の人らも分かってくれると思う。なんせシャッター通りが蘇ったところもあるんや。インバウンド景気のお陰でね」

「でも、その陰で困ってる人もいるんです」

自分の描いたマンガの孝造と牧子が泣いているようで、ムッとしてしまった。

「困ってるってご近所さんか、自治会の人？　そんな人らも町が活気づいてくると、認識を」

「そういうことじゃないです」

葵がしゃべり終わる前に、冬美は否定した。

「誰よ、困るって」

「先日、老朽化したという理由で、建て替え予定のアパートの人が立ち退きを迫られてるという話を聞いたんです」

「ちょっと待って、冬美。老朽化してるいうことは、耐震対策もされてないということやで」

「それは分かってるんですが、立ち退かされようとしてるのは高齢者なんです。しかも老老介護状態のご夫婦」

「話が見えてこない」

「古いアパートだから家賃も安いんです。でも建て替えたら、当然値上げしますよね」

「設備投資したんやから、仕方ないよ」

「それでは戻ってこられないんです、お年寄りは。それどころか解体工事中の仮住まいさえ見つかりません。不動産屋さんが、高齢だとか、病人連れを理由に断るんだそうです」

「聞き捨てならんわ。そんな薄情なことしてへん、少なくともうちとこは」

　葵は怒声になっていた。

「だったらいいんですけど」

「何よ、その言い方」

「建て替え後、そこがアパートになるのならまだしも、簡易宿所になったら、絶対に戻れないですよね」

　薬袋や調味料、歯ブラシが並べられた谷廣家の座卓が目に浮かび、その前に座って牧子を介護している孝造の姿を思うと、胸が詰まってきた。哀しさでもないし、侘しさでもない、孝造の暮らしの工夫、日常のやり繰りを踏みにじられた情けなさ、が込み上げた。

「だから、そんな場合は、きちんと代替の住まいを紹介してるって言うてるの」

「中京区の永山油店さん、ご存じですよね」

「うん、その界隈でも有名やからね。それにうちのお客さんやし」

「永山油店所有のアパートの一つで、心中事件があったんです」

「ああ、なんや、そのことか」

葵は拍子抜けしたという声を出した。

「知ってたんですか」

「杉作舜一が調べられた事件やろ？　それに杉作さんもそうやろけど、こっちもえらい迷惑してるし」

葵が何かをグラスに注ぐ音がした。ボトルの口がグラスに当たった音で、彼女の好きな白ワインだと思った。

「杉作先生は迷惑だなんて、思っておられません」

杉作のことに触れるつもりはなかったけれど、聞き捨てならない言葉だった。

「冬美に何でわかるの？」

「直接会って話しました」

自慢したいのを我慢した。

「ひゃー凄いやんか。何で？　どうしてそんなことに？」

「ある方に紹介されたんです」

詳しくは話したくなかった。

「ふーん、けど、ネタのひとつくらいに思ってるやろ。こっちは大損しそうで困ってる」

「損とはどういうことですか」

「そら損やで。表向きは耐震対策の改築で、近隣対策の準備ができたら京都情緒が漂う宿泊所として、ホテルとか旅館並みのプロモーションをしようとしてたのに、完成前から妙な噂が立ってしもたんやから。そのなんたらさん、奥さんの病気を悲観して無理心中したそうやんか。それでも首吊りは最低や。イメージが悪すぎるわ」

「先輩、それは酷いんじゃないですか」

「酷いって……心中が、まるでうちの会社のせいみたいな言い方するなぁ？」

「そんなことは言ってません。でも、高齢で、病気の奥さんがいて、住む場所を奪われたら、将来が不安になりますよ」

「ちゃんと代替物件を用意してると言うてるやろ。話、聞いてた？」

「だから言ってるじゃないですか、家賃が高いとか、高齢の病人連れはダメだとか、条件が合わず……」

「そんなはずあらへん。すべてコンピュータで処理してる。条件さえ言うてもろたら、必ず物件を見つけられるはずなんや。そこらの不動産屋さんと一緒にせんといてんか。ルポライターの手下になって、何でもかんでも問題にせんといて」

「私はそんなことしません」

「あんたの話は、子会社の人間が、親会社にいちゃもんつけてるんやで」

葵は完全に怒っている。

「そんな……」

「組織が壊れるのは、外敵ではなくて、気を許した内部の仲間からやって、うっとこのパパがよう言うてるわ。冬美、頼むから、その引き金にならんといてや。あんたの紹介者は私なんやから」

「……先輩」

葵とは学生時代に二度諍いがあった。一度は画風が古くさいから、改めた方がいいと言われたとき、もう一回は、自分はこんなアホらしい虚構の世界から卒業する、とマンガ科の追い出しコンパで宣言したときだった。これから夢に向かって頑張ろうとしていた冬美はムキになって、アホらしいという言葉を撤回してほしいと迫った。

二度とも、葵の言いたいことはなんとなく理解していた。

葵も冬美の気持ちを分かろうとしてくれたし、次に顔を合わせると、何もなかったように接してくれた。喧嘩をして嫌いになったかといえばそうではなく、いっそう仲良くなった気がする。だから、仕事の話ももってきてくれたし、冬美もありがたいと入社面接を受けたのだ。

いまは、どこかがちがっている。

「誰に感化されたんか知らんけど、うっとこの会社に対して批判的になってるとは、びっくりや。妙な正義感振りかざされて、いっぺんに酔いがさめてしもた。冬美に杉作さんの本を勧めるんやなかったわ」

「先輩、これだけは言わせてください。谷廣さんは、体の不自由な奥さんを抱えて、路頭に迷うところだったんです。死ぬほど辛いことかもしれませんよ」

「親しかったんか、その谷廣さんと冬美は」

「いえ、実際には会ったこともないです」

「そやのに、そう言い切れるん？」

「……それは」

反論できなかった。

「ルポライターに憧れてるんやったら、もっと取材せんとあかんのちがう？　あーあ、飲み直そ、杉作大先生によろしく」

葵の言葉に嘲（あざけ）りが含まれていると感じた。

12

冬美は京都駅八条口にあるホテルのロビーで、杉作を待っていた。昼間、新と外回りをしているときメールが届き、ディナーをご馳走(ちそう)したいと誘われたのだ。約束の時間が午後七時で、最後の営業先へのアポイントメントが六時、間に合うか微妙な時間だったが、新は一人で対応するからと言ってくれた。まさに葵効果だ。

夏恵からの杉作に関する助言が頭をよぎったけれど、彼の声を聞くと胸が躍った。それは情報紙の記事を書く取材とはちがう高揚感だった。

誘いの目的が事件の報告なのは分かっている。とはいえホテルでのディナーだから、少しはおめかししようと一旦家に戻り、春物のピンクのワンピースに着替え、馴れないヒールを履いてきた。胸元が寂しかったので、岩手県久慈市の親戚から就職祝いにもらった特産品の琥珀(こはく)で作られたネックレスをつけた。今週に入ってから初夏の暖かさだった。事件の夜の肌寒さが嘘のようでカーディガンは羽織らなかった。

結局、新入社員歓迎会とまったく同じ装いになってしまった。少しは新しい洋服でも買って、おしゃれにも気を配る必要があるかも、と思うと葵の顔が出てくる。葵は普段から、冬美には分からないブランドの洋服に身を包み、一見して高価だと分かるアクセサリーで飾っていた。

もともと葵とは生活のレベルがちがう。孝造たちが住まいを追われ、引っ越し先が決まらない痛手など分かるはずもない。彼女にとっては、きっとどこか遠くの出来事なのだ。

「やあ、冬美さん、突然誘って申し訳ありませんでした。待ちましたか」

声をかけられ顔を上げると、ジャケットを手に持ち、淡いブルーのワイシャツに紺のネクタイをした杉作が目の前にいた。

「あっ、嫌だ、私ぼーっとしてて」

冬美は立ち上がって、

「今日はお誘いありがとうございます」

と頭を下げた。

「洋服似合ってます。一瞬分かりませんでしたよ」

「一張羅なんです」

恥ずかしさで顔が火照(ほて)った。

「地下の中華料理の店に予約を入れてありますが、よかったですか」

「はい、大好きです。あの杉作先生、大丈夫ですか」

冬美は、追っ手を気にするように、辺りを見回す格好をした。

「大丈夫、彼らも無理心中だと分かってます。ただ僕という存在のいかがわしさが腑に落ちないだけですよ」

杉作は笑いながら、地下への階段に冬美を誘導した。

辛めの四川料理だったが、すべて美味しかった。お酒もビールから始まり、紹興酒を飲んだ後、

「実家が日本酒の蔵元だったなんて、それじゃ飲まないわけにはいきません」

と杉作が言って日本酒を飲むことになった。

「先生はお強いですね。私はもうかなり回ってます」

と、冷酒の入ったグラスに口をつけた。

「じゃあ、酔ってしまう前に、頼んでおいたものを」

杉作はおしぼりで、自分の前のテーブルをさっと拭う。ボックス席で、それほど周りを気にしなくてもよかった。

「はい、私なりにまとめてみたんです。谷廣さんのプロフィールは、まだ聞けてないんです。結構個人情報には厳しい人ですので、津川さん」

冬美は用意していたノートを手渡した。

「そうでしょうね。むしろそういう人の方が信用できる。いいですよ、気にしない

で」

とノートを開き、

「では拝見します」

杉作は真剣な目で黙読し始める。

冬美は、参考資料として描いた谷廣家の見取り図と細密なイラストを、杉作がノートを読み終わったら渡そうと見直していた。

頭の中にある記憶と照らし合わせていく。ガス台の油汚れ、壁のしみ、襖（ふすま）の日焼け、カーテンや積まれた寝巻きなどの皺に至るまで、再現できていると自信が持てた。

「栞の校正原稿が鍵だな」

と杉作は、開いたままのノートをテーブルに置き、冷酒を美味しそうに飲んだ。

「津川さんは、孝造さんが校正原稿を捨ててしまうはずない、とおっしゃってました」

「僕も、レポートを読んでそう思いました。それに赤い点描の発見は、冬美さんのお手柄ですよ。津川さんの勘を、より確かなものにしたんですからね。赤ボールペンを持っていなかった孝造さんが、両面に渡って書き込んだもの、それが栞の校正だった確率は極めて高い」

「でも、私たちも探したんですけど、どこにもありませんでした。先生が孝造さんと話をされたときも、座卓の上はこんな様子でした？」

冬美は参考までに描いたものだ、と言い添えてケント紙を見せた。

「これは凄いな。細密な絵も描けるんですね。陰影がリアルで、この日雨で薄暗かったんだというところまで伝わります。まるで写真だ」

「写真とまではいかないですけど、かなり実際に近付ける努力はしました」

と照れながら、座卓周りだけでなく、その他を描いた残りの四枚も差し出した。

受け取ると、杉作はマンガ雑誌の編集部に持ち込んだときの担当者のような早さで、ケント紙に目を通した。

「現場に行かなくても、いいくらいだ。これは、写真より有効かもしれません」

「そんなことはないと思いますけど、喜んでもらえて嬉しいです」

「いや、本当に写真よりいいんだ。写真だと、カメラの端に偶然写り込んでいるってことがあるでしょう？　撮った本人も気づかないものが写っている。しかし、絵の場合は、印象に残っているものしか描いてない。描いた本人が把握してるってことです。だから例えばこれ、何ですかと冬美さんに問えば……？」

杉作の指は、座卓の右奥、醤油差しの手前にあった水色の容器の上にあった。それは一〇センチに満たない、首の短いマヨネーズ容器に似た形をしていた。

「新ファストンという名前の入れ歯安定剤です」

「と、答えられるでしょう。いや商品名まで覚えているとは思ってなかったけどね」

「現場で気になってたんです。記憶に残そうと眺めたとき、ロゴマークと商品名が分かったもので」

「記憶？　その場所でデッサンしたんじゃないんですか。事件現場でしたみたいに」

「いえ、日下部刑事が一緒だったから」

「これ全部を覚えて……もしや右脳記憶？」

杉作は五枚のケント紙をパラパラとめくり、冬美の顔を見て目を細めた。

「そうみたいです。子供の頃からそうなので、自分では普通だと思ってたんですけど、結構びっくりされちゃいます。気味悪がられることも」

「何人かそういう人に会ったことはあります。しかしその人たちには、これほどの画力がなかったから、言葉での再現でした。それでも凄いとは思ったけれど、絵で見せられると、感動ものですよ」

「素直に喜んでもいいんですよね」

声がうわずった。

憧れの杉作と食事をしているだけでも信じられないことなのに、絵を褒められるなんて飛び上がるほど嬉しかった。

「これは真剣な話、この絵を僕の本に使わせてほしい」

杉作が前のめりになって冬美を見つめる。

「使っていただけるんですか」

「いや、使わせてくださいと、頼まなければならないのはこっちの方です。お仕事の方は大丈夫ですか」

以前、手伝いたいと言った冬美に厳しい言い方をしたのは、ルポライターの仕事の厳しさを分かってほしいという気持ちもあったけれど、本職に支障が出るのを懸念したのだと、杉作は言った。

「それは自己責任ですから、何とかやり繰りします」

「それを聞いて安心しました。じゃあこれを預かってもいいですね」

「はい」

「よし決まり。これまでは僕の下手な写真ばかりだった。新しさと、写真にはない別の臨場感と温かみが出る。いいですよ、これは」

杉作は自然にグラスを上げて乾杯を求め、冬美もそれに応じた。

「他にも必要なものがあったら、言ってください」

「そうだな、可能なら天井の絵がほしい」

一日中牧子が見つめていた風景が知りたい、と杉作は言った。

「牧子さんの……」

天井は見ていなかった。つまり冬美の中に、牧子の視点がなかったのだ。杉作はこれまでの著作でも常に、もっとも弱い人の視点を重視していた。無理心中だとすれば、自分の意思にかかわらず、最愛の夫に殺された牧子こそ、一番の弱者だ。

「見てないんですね？　もう一度、現場に行けますかね」

「遺体が戻ってきたら、三雲先生たちがお葬式をされるんです」

「そうですか。そこには僕も出席できますから、そのとき現場が見られますね」

杉作の目が鋭くなった。

「三雲先生に連絡をとってみますよ。気になることがあるんです、あなたのこの絵を見ててね」

「気になることって、何ですか」

冬美は杉作が見つめる絵に目を落とした。それはものがひしめきあうように載っている座卓の絵だった。

「僕が家に入ったとき、すぐに孝造さんの異変に気づき、慌てて駆け寄りました。生々しくて申し訳ないが、孝造さんの体を抱きかかえた瞬間、座卓の上を見ている。もしこの配置が、事件当夜のままだとすれば印象がちがうんです」

杉作は、再度絵を見て、

「ノートのある場所に何か、そうだな新聞紙があったように思うんです。冬美さんのような記憶力があれば、即疑問解決なんだけど」

と唸った。

「台所に古新聞紙を入れておくビニール袋がありましたし、地元紙を購読されていたようです。それを読んでたのかも……あっ、でもこれから自殺するという人にしては、ちょっと違和感がありますね」

冬美は思いつきを口にした。

「そうですね。新聞じゃなかったのかな」

「もしかしたら、こんなものでは？」

冬美はバッグから常に持たされているプロモーション用の『A☆LIVE』を取り出す。その中から、物件情報だけを掲載した一枚物のＰＲ紙面を引き抜き、杉作に渡した。

「こんな感じだった気がします。うん、文字の詰まり具合、版面（はんづら）が似てますね」

「両面とも不動産情報なんです。引っ越し先を探していたのなら、これを見てたとしても不思議ではないです」

「あなたのレポートにもありましたが、住み処を追われることが谷廣さん夫妻にとって大きなストレスだったでしょう」

「それが心中の原因なんでしょうか」

冬美は首をかしげながら言った。住む場所を探す行為そのものに、前向きな姿勢を感じたからだ。

「うーん、それなら分かりやすいんだが。不安材料ではあるでしょうが、心中に踏み切るには弱い。僕の訪問に合わせるほどの緊急性を感じません。僕、ルポライター杉作舜一だから、決行したんです」

もし自分でなければ、心中はなかったかもしれない、と杉作は自分を責めるように首を振った。

「そんな、先生」

「順序とタイミングが、物事を左右する。僕が三雲先生の訪問医療に興味を抱かなかったら、孝造さんにお目にかかることもなかった。僕が谷廣孝造という方を、再度取材しなければ……」

「先生の取材動機は、老老介護ではなく、三雲先生への興味から始まったんですか」

「ええ、三雲先生の取り組みはテレビで拝見してたんです。機が熟したのは、三雲先生の奥さん、亜紗子夫人と話してからですが」

「亜紗子夫人……先生の奥さんをご存じなんですか」

診療所で見た亜紗子の風貌と共に、夏恵へのきつい言葉が冬美の耳の奥で響いた。

「お目にかかったのは、ある堅苦しいパーティでした。夫人も退屈されていたんでしょうね、僕に声をかけてくださったんです。三雲先生のことや京都の現状をいろいろ伺って、次回作のイメージが湧いてきましてね」

と杉作は、皿に残っていたザーサイを口に放り込み、酒を飲んだ。

「失礼な言い方になるんですが、事件の前日が、本当に孝造さんとの初対面だったんですか」

孝造への取材の発端が亜紗子だったと聞くと、以前から孝造のことを知っていた可能性もある。

「そうですよ。夫人は個々の患者のことなんてご存じないですからね。谷廣さんを選ばれたのも、三雲先生でしょう。やはり孝造さんが、初対面の僕を信じたことが、あなたも解せないんですね」

「すみません。やっぱり分かってもらえるという確信がないと、自殺なんてできないですし、奥さんを殺してしまうなんて考えられません」

「警察もマスコミも、皆信じてないですから、冬美さんも疑問を持って当然です。話すつもりはなかったんですが、外ならない冬美さんだから、どうして孝造さんが僕に何かを託した、と確信をもっているのか、その種明かしをしましょう。こちらに座ってもらえませんか」

杉作が自分の隣の椅子に手を置いた。

躊躇したけれど、杉作を信じて冬美は彼の左席へ移動した。

「すみませんね」

杉作はタブレットをテーブルに出して、二人の間に置いた。それは杉作が書いたルポだった。

「これは？」

「次回作のプロローグと第一章一節、まだ草稿段階ですが。前日の孝造さんとのやり取りを書き留めています。僕はあなたのように記憶できないんで、取材中は手許を見ないで速記をしながら話を聞きます。なのでかなり忠実に再現できる。まあ、これをさらに膨らませていくんですが、骨子は分かるはずです」

「読んでもいいんですか」

息を詰めて、確かめた。

「ええ、特別にね。僕は君を信じて見せるんです。君も僕を信じてもらわないと、今後のこともあるから。プロローグに続いて第一章が始まります。谷廣孝造さんは浜尾玄三、牧子さんは久乃と記述しています」

「分かりました。では心して読ませていただきます」

冬美は深呼吸した。そして前髪が垂れてこないように左手で押さえながら、画面の文字を追った。

13

結果から言えば、生きている玄三さんと会ったのは、この日が最初で最後ということになる。

直接会った人間のくせに異変に気づかなかったのか、と言う声が聞こえてきそうだ。いったい何年ルポライターを生業（なりわい）としてきたのか、取材した人間の数も多いはずだ、と私を責めたい気持ちは分かる。現にお前は明くる日、胸騒ぎを感じていたではないかと――。

しかし少なくとも前日の玄三さんには、無理心中をしようという気配などまったく見当たらなかった。介護を受け入れている潔（いさぎよ）さと覚悟のようなものしか感じられなかったのだ。

もし読者が私と同じように、玄三さんと会って話していたとして、果たして彼が翌日に心中を遂げると察知できるだろうか。その様子をできるだけ客観的に描写してみようと思う。なお、本人の承諾は得ているが事件の性質上、仮名とし敬称は略す。

私は玄三に、取材に応じてくれた礼を述べ、名刺を渡して訪問の主旨を告げた。ある程度の内容は在宅医である三雲彰医師から聞いていたようで、余計な説明は必要なかった。

三雲医師は京都F医科大学の麻酔医を経て、一三年前に千本丸太町で『三雲診療所』を開業し、かかりつけ医として地域医療を支えるという観点から、在宅医療に力を注いできた。そして二〇〇九年に「在宅療養支援診療所」の認可を受け、痛みのない終末ケアを標榜（ひょうぼう）し、「看取りの三雲」として京都だけでなく全国に名を馳せた。ことに最後まで家族や友人と会話ができる麻酔技術は「三雲メソッド」として知られていた。

その三雲医師から、老老介護の上手くいっている例として紹介されたのが浜尾家だ。ただし、紹介者の三雲医師には悪いが、医者の患者への評価を鵜呑（うの）みにするほど素直な性格では、ルポライターは務まるまい。なぜなら、医者が良しとする治療において、いらぬ苦痛をもたらされた患者を多く見てきたからだ。元々患者と医者は対等ではない。患者は、病気になったのは自分が悪いと思っている。どこの誰が名付けたか「生活習慣病」という言葉は、あなたの暮らしぶりが招いた病だ、と責任を患者に押しつけているとしか思えない。

それに病気にならない人間などいない。生活習慣を正しくすることも病気になるリスクを軽減するだろうが、どうあれ目の前にいる患者を治すのが医師の仕事だ。

病気の捉え方には、医者と患者との間に大きな溝があると言えよう。この点は医療を考える上で、重要な要素だと思っている。だからあえて、医者が上手くいっているという患者の生の声を引き出したかった。

話を元に戻そう。

私は、浜尾夫妻の姓名と年齢を確かめた後、こう切り出す。

「ずっと京都ですか」

出自を言いたくない人もいるから、婉曲（えんきょく）に尋ねる。

「出身は滋賀の草津やけど、一〇歳から京都です。家内は京都生まれの京都育ちです」

玄三は布団に寝ている久乃を見る。

「一〇歳から？」

「貧しい農家やったさかい、末っ子のわしが丁稚（でっち）奉公に出されたんです。口減らしいうやつですな。いまの時代は考えられへんでしょうけど、昭和一五年頃は女の子は子守なんかのお手伝い、男の子は丁稚見習いなんてざらやった」

「京都の何をやっているお店に奉公されたんです？」

「お漬物屋です」

玄三は京都市内の千本五条という場所にある、老舗(しにせ)京漬物店『辻庵』の名を出した。

そこの寮で寝泊まりし、行儀や商売を仕込まれる。朝は早くから店のあらゆる場所の掃除、白菜など野菜の水洗い、馴れない作業を終えてからようやく朝食を食べる。小学校から帰るとすぐに、先輩について卸売問屋へ配達、漬物職人の手伝いをして、四畳半の三人部屋に戻るのは午後八時を回ることもしばしばあった。気の休まる暇もないほど働かされ、子供にとっては窮屈な暮らしだけれど、同部屋の子供たちと仲が良く、辛いとは思わなかった。玄三の実の父親は、酒を飲んでは暴れ、母親と五人の子供たちを怒鳴り散らしていたから、むしろ自分は幸せだと感じたのだそうだ。

田舎では、すでに一八と一六の長男と次男が野良仕事をして、一五の姉は近所の庄屋のお手伝いとして働いていた。九歳の妹は、ぜんそくでほとんど布団の中だった。すぐに扁桃炎を起こす玄三は、野良仕事の役に立たず、薬代ばかりかかる子供で、浜尾家には要らない子供だったと、玄三は苦笑いする。

「けど『辻庵』では、暗算が得てやったから、結構重宝されました」

「『辻庵』はあなたの性に合っていたんですね」

それは懐かしそうに語る、玄三の目を見ていれば分かる。

「ええ、先代、辻井社長はほんまようしてくれはりました。私が昭和三六年まで勤めさせていただいたんは、先代のお陰ですわ」

「昭和三六年まで勤めたということは、昭和一五年で一〇歳でしたら、三六年には三一歳ですね。まだお若いのに『辻庵』を辞められたということですか」

「まあ、その辺は若気の至りということで」

玄三が頭を撫で、茶を濁そうとしたとき、布団の中から久乃が顔を出し、

「この人がアホやったんや」

と声を張り上げた。

「お目覚めですか。私はルポライターの杉作と言います」

「ルポ？　お医者さんやないん？」

久乃が右手で布団をめくると、寝巻きの胸の辺りまで露わになった。私の顔をよく見ようとしたにちがいなかった。

「この方は本を書く作家さんや。わしらのことを本にしてくれはる」

「そしたらうちの商品を宣伝してもらわなあかん。この人が採算度外視して作った白菜、壬生菜、蕪のお漬物、ここにもってきて」

「まだ漬物屋をやってると思てますんや」

「久乃さんも漬物屋さんに？」

「『辻庵』の事務員でした。で、わしが漬物職人として独立したとき、一緒に」

「独立、つまりは暖簾分けということですね」

「いや、暖簾分けとはちがいます。社長とぶつかりましてな」

このとき久乃が言った「採算度外視」という言葉の意味を理解した。職人気質と営業利益の追求の相克は、永遠のテーマだと知っているからだ。そして、妥協点が見つからない場合、関係は崩壊する。

「玄三さんと社長の目指すものがちがった？」

「それはええですやろ。もう昔のことやし、わしの店ももうあらしません。結果から言うたら、社長が正しかったということです。お客さんの舌があちらを選ばはった。いまもなくならんと続いてる店の勝ちですわな」

その言葉に床の久乃が、

「ほんまにアホや、みんなアホや」

とつぶやいた。

ここまでの会話で、玄三の人柄はなんとなく分かってきた。ここからは久乃の病気について訊く。

久乃の体に異変が起こったのは、一四年前の三月だった。長男が店を継いだが、自転車操業は相変わらずだ。それでも若い経営者なりの工夫で借金の返済の目処も立ちつつあった。しかし、思いも寄らぬ不幸が浜尾家を襲う。息子が三九歳の若さでこの世を去ったのだ。野菜を仕入れに行った途中の交通事故だった。

「毎日泣いてました。わしも、家内も気が変になりそうでした。わしより、お腹痛めた母親の苦しみの方が強かったんですやろ。自分を責めて、ついには心臓を壊してしまいよった」

息子の死の精神的な苦痛からか、元々心臓弁膜症だった久乃は心房細動を患う。医師から抗不整脈薬と血栓をできにくくする抗凝固薬を処方されていたのだが、その年の五月、急激に気温が上がった日に、意識を失った。救急車で搬送した病院の医師は、熱中症による脱水で血栓ができ、それが脳血管につまった脳梗塞だと診断した。

「わしがもっと早よう気づかなんだのが悪いんです」

玄三も気温の変化で体調を崩し、横になっていた。久乃は夕餉の支度をするために台所に立っていたという。

わかめと筍を炊いていて、それが焦げ付く匂いで台所を見ると、久乃は床にしゃがみ込んでいた。

「それまでもめまいとか心臓が苦しい言うてたことがあったもんやから、そのときも軽く考えておったんです」

火を止めて、声をかけたが右手がバタバタと動くばかりで返事がなかった。抱き起こそうとしたが、左半身がだらりと異様に重い。

「それでようやく、これはおかしいと救急車を呼んだんですさかい、遅過ぎた」

二日後に意識が戻り、左手と左足が不自由になった。

「それでも三カ月ほどで、リハビリの甲斐があって、足を支える装具をつけると、少しは歩けるようになったんです」

退院後は身の回りのことを自分でできるくらいにはなっていた。玄三が手を貸せば、椅子に座ってではあるが、好きな料理もできるし、ごく近くまでなら買い物にも行けた。

「ちゃんと準備しておけば、わしが朝釣りをしに行くこともできました。二人で好きな時代劇もぎょうさん観たしね。けど五年ほど前から……」

それは料理の味付けができなくなったことから始まった。要介護認定一で受けられる通所介護の入浴サービスを拒みだし、夜中に大声で歌を唄ったり、暴言を吐いたりするようになったという。

「わしへの暴言は我慢できます。けどヘルパーさんとか看護師さん、病院の先生にまでいらんことを言うのには難儀しましてな。元気で明るく、ほんまに優しい性格やったさかい、余計にわしが傷ついてしもて。男のくせに情けないと思わはるかもしれへんけど」

「いえ、それはよく分かります。僕の母も、同じ病だったもんで」

詳しくは話さなかったけれど、母から、財布を盗んだ犯人扱いされたときの悔しさと寂しさだけは、玄三に伝えた。

「あんたも辛い目にあわはったんや。可哀想に」

「だから、僕はこんな仕事をしてるんです」

「誤解してましたわ。ルポライターちゅう仕事は、人の不幸をお金に換えてるんやと、あっこれはすんません」

三雲医師からの紹介でなければ、門前払いだったようだ。

「優しい分だけ、人を傷つける姿を見るのは辛いもんです。うちの母のように、ものがなくなった、盗まれたっていうようなことはなかったですか」

「しょっちゅう泥棒扱いですわ。もう馴れましたけど」

久乃が寝息を立て始めたのを確認して、老老介護の人に必ずする質問をした。

「面倒を見るのが嫌になりませんか」

身内だから、許せないことがある。他人なら、一歩家を出さえすれば、自分の暮らしに戻れるだろう。が、身内には逃げ場がない。頭の中は、常に病人のことでいっぱいで、自分自身のことを考える余裕がない。ようやく自由な時間を作っても「身内なんだろう、面倒見るのが人の道だ」と言う声が聞こえ、罪悪感さえ覚えると言う人もいた。

使命感と逃げ出したい気持ちとの間で揺れながら、なだめすかして食事を摂らせ、下の世話をする。デイサービスが一時の心の解放に役立っていることは否定しないが、暮らしの大部分を閉塞感が支配していることに変わりない。

医療費削減と施設の人手不足を理由に、在宅介護を推進してきた国は、そんな実情を把握しているのか疑問を感じる。

「口にだしたら、崩れます。ただ、ほんまは、もうちょっと治療してもろた方がええんとちがうかと思うときがあります」

「認知症の治療というのも、進んできてはいますからね」

「いや、そっちの治療やのうて、心臓とか脳とか」

もう一度心臓から血栓が飛べば、死に至ることもある、と救急病院の医師は言ったのだそうだ。その心配が付きまとい、介護の不安を増幅させているという。

「リハビリするのも怖々ですわ。また血栓が飛ぶかもしれへん。気張ってやってもええもんかどうか、分からしません。退院が早すぎたんやないかと思います」

「もう少し、病院で様子を見てほしかったということですね」

その件で救急病院の主治医に見解を聞いたところ、こんな返答だった。

「個別の案件には守秘義務がありお答えできない。一般論で言えば、脳梗塞で搬送された患者さんは救急救命を施した後、入院加療し容態が安定、つまり急性期を脱すれば、退院していただきます。当病院は救急病院であり長期入院病床を設置してないので」

入院病床は、「一般」と「療養型」とに区分されている。一般病床は主に急性期の疾患を扱い、療養病床は慢性期の疾患を扱う。次々と運ばれてくる急性期の患者を受け入れるためにベッドを確保しておきたいから、慢性期の患者は退院してほしい、ということだ。一般病床と療養病床では建物や設備など、構造設備基準のちがいはあるが、一番大きいのは入院基本料金、すなわち診療報酬だ。診療報酬は点数化されていて、一点一〇円で計算される。

算出方法は複雑で、医療事務従事者でないかぎり、医師でも完全に把握している者は少ない。一人の看護師が受け持つ患者の重症度、医療や看護必要度などによって異なるが、重要なのは入院日数によって加算される点数だ。一八日以内と二一日以内では加算される点数が変わる。概(おおむ)ね三〇日を超えるとゼロになり、九〇日を過ぎ長期入院に至れば、入院基本料金が減る仕組みなのだ。それが三カ月退院の大きな理由で、病院の経済論理が優先され、患者の病状は関係ない。もちろん家族の不安などどうでもいい。

「大きな病院は急性期患者の治療に専念させたい、というのが国の政策ですが、病院は患者を回転させることで経営を成り立たせているのが現状です。とはいえ黒字経営の病院は一握りなんですが」

「そういうことやろうと思いました。病院はわしらみたいな高齢者には、ええお薬も使いたがらへんのですやろ？」

玄三は、医療費がかさみ、国民皆保険制度が崩壊寸前だ、と話す評論家をテレビで視たと言った。

「まあ、そうですが……」

「戦後の日本を一所懸命頑張って働いて支えてきたのに……何や、お荷物やと言われてる気がします」

そんなことはない、と私には言えなかった。医療費が四〇兆円を超える中、皆保険制度も破綻(はたん)寸前だ。そしてその主たる原因が、高齢者医療だからだ。

いまは高齢者一人を現役世代四人で支えているが、二〇三五年には、団塊世代が八五歳を迎え、三人で一人を支えないといけなくなると言われている。皆保険制度を維持するために、国が医療行為の料金を保険点数として定めている。これが前述の診療報酬だ。

皆保険制度があるから、日本全国どこでも、三割や一割の負担で医療サービスを受けられる。確かにありがたい制度だが、その財源が足りず、保険料と同額以上の国庫支出金が使われている。つまり医療費が増えればそれだけ、税金を投入しなければならない。そしてその支出の占める割合が多いのが、高齢者の慢性期と終末期、さらに延命治療だと分析する者もいる。

「早く死ね、と言われてるようや」

とつぶやき、

「東大出のエリートはんがぎょうさんいて、その人らが作った制度とちがいますんか。何でそうなることを予想できませんでしたんや。長生きしたら誰だって持病の一つや二つ抱えることになる。受けられるんやったら、ちゃんとした治療をしてほしいと思うのが人情ですやろ？」

玄三は険しい表情を見せた。

「それは、そうです。そもそも年齢や入院日数で医療の質を変えることがおかしい」

「要は、いまの制度を作った人ら、みんな平等に年取るいうことを忘れてたんやな。全員が老いぼれる、そこからは誰も逃れられへんのに」

「頭では分かっていたんでしょうが、実感がなかったのかもしれません」

そんな言葉で済まされることではない。誰も経験したことのない超高齢社会、つまり日本という国もあらゆる面で老いを迎えている。

「わしは、どないしてでも家内（これ）より一分でも一秒でも長生きせんとあきません。そのためには何でもしてほしいんですわ」

布団の膨らみを一瞥して、訴えるような目を向けてきた。私はどう答えていいのか分からず、しばらく沈黙が続いた。

その後一旦昼休みをとり、午後のインタビューに入る。そして「プロローグ」でも触れたように、久乃が暴れ出し、そこで取材は中断せざるを得なかった。

14

「もう亡くなってしまったなんて思えないです。やり取りが生き生きしていて」

冬美は、タブレットから顔を上げた。強い喉の渇きを覚え、グラスを見たが空っぽだった。

その様子を見た杉作が、急須に入ったジャスミン茶を湯呑みに注いでくれた。

「ありがとうございます」

冬美は、ほんのり温かい茶を一気に飲んだ。

「しっかりしているというと失礼だが、医療のことや老いに対して、自分の考えをもった方だと思いませんか」

と、杉作は自分の湯呑みにも茶を注ぐ。

「確かに、悲観して自殺するようなタイプには思えないです」

「速記を見直して、改めて強い意思をもって行動したんだと思いました。だって一分でも一秒でも長生きしないとって言ってたんですからね」

杉作は大学ノートを出して、感慨深く中身を見る。

速記文字でぎっしりと埋まった紙面は、マンガの地模様に使用するスクリーントーンのようにしか見えなかった。

「その孝造さんが、愛する奥さんを殺め、自殺してまで訴えたかったことってなんだったんでしょう」

そう言いながら冬美は元いた席に戻る。杉作と面と向かって話したかった。

「まず僕はこう考えた。遺書を残してないこと自体が、メッセージじゃないかと」

「あえて残さなかった?」

「これこれこういう理由で無理心中を図りました、というほど単純じゃないんだってことです。何て言うのかな、そうだ、言葉にすると嘘になると思うことってないですか」

人は自分の気持ち、心をすべて把握しているとは限らない、と言い切り、

「にもかかわらず、他人に気持ちを伝えようとすると、妥協と誤魔化しが介入する。近似値ではあるけれどイコールじゃない。そんな経験あるはずですよ」

杉作はいっそう険しい視線で冬美を見る。

「それは私にもあります。後輩がマンガ雑誌の新人賞に入選したとき、悔しいよりも嬉しいと思う気持ちの方が強かったんです。その子のことそれほど好きじゃなかったし、私から見て他の人より努力してるとは思わなかったんです。ちょっと時間をおいて、何で私、喜んだんだろうって考えたとき、嫉妬が強すぎて、それに支配されそうだったのを避けたのかな、なんて思ったりしたんです。でなきゃ偽善者か、もうマンガというものへの興味を失ってるのかと、いろいろ考えました。ですが、分かりませんでした」

そのときの気持ちは、未だに分からない。

「冬美さんは、根っから人がいいと言われたら、そんなことはないと否定しながら、かもしれないなんて容認してしまうでしょう？　そう思われた方が、分かりやすいし、悪い気はしない。あえて説明したりしないですよね」

「できないですから」

「彼は自分の言葉を持った人だ、とプロローグでも書きました。そんな方だから、嘘をつくくらいなら言葉にしたくなかった。それはあり得ると思ったんです」

「遺書を書いても、それは嘘になってしまう……そんなものがなくても、先生には分かってもらえると……」

「強引なようですが、僕が訪ねる時間と事実を考え合わせれば、そうとしか思えない」

「それほど思い悩んでいたのに、なぜ三雲先生や津川さんに何もおっしゃらなかったんでしょうか」

そうだ、何も初対面の杉作でなくても、身近に信頼できる人がいたではないか。三雲たちは、牧子さんの病気だけではなく、孝造の精神的なケアも心がけ、どんなことでも相談できる関係を築いていたはずだ。

「それは僕も思いました。地域包括ケアシステムって考え方が、二〇一一年の介護保険法から盛り込まれてましてね。高齢者が希望する場所で暮らし続けられるよう医療や介護の専門家だけでなく、行政とか地域の人々、企業なんかと一緒に支えていく仕組みなんですけど、三雲先生なら充分把握されているはずですから」

「……あの先生」

ほんの一瞬、逡巡（しゅんじゅん）したが、

「もうひとつ、ひっかかることがあるんです」

と言った。

「何ですか」

「レポートにも書いたんですが、谷廣さんたちはアパートから出なければならなくな

っていました。そのことを先生たちは知っていたはずなのに、杉作先生に紹介した。介護そのものは上手くいっているのかもしれませんが、不安を抱えた家庭です」

「取材対象として相応しかったのか、ということですね」

「他にいなかったのかもしれませんけど……」

「いい疑問です」

杉作は目を細めて、冬美を見て、

「問題を抱えていたから、僕に取材させたのかもしれない」

と、つぶやいた。

「わざと、ですか」

「まあ、どんな小さな疑問も一つ一つ氷解させていくのがルポです。僕の文章を見せた上で、三雲先生に確かめようと思っていたんです。どうです、あなたも一緒に」

「ご一緒できるなら、ぜひ、お願いします」

冬美は、親会社である丸三不動産の対応に問題があると思っていることを、話した。

「それも大きなテーマになるな。高齢者の衣食住ならぬ医食住、か」

と杉作がタブレットに『医食住』と入力して冬美に見せた。

「孝造さんとの話でも出てきてましたけど、医療の問題は深刻ですね。うちの祖母もまだ治っていないのに病院を追い出されたと、母が文句を言ってました」

「皆保険を維持するために、国が定めた医療報酬、正式には『医療サービス価格表』っていうんですが、それに病院が拘泥されてますから」

初診、再診、入院の基本診察料、検査、投薬、注射、麻酔、手術、放射線などすべてが管理されている、と杉作はため息をついた。

「だから、保険証さえ見せればどこの病院でも同じ料金なんですね。しかも三割負担で」

「世界に冠たる制度でした。少子高齢化でなく、まだ経済が右肩上がりだった時代にはね。医療保険は所得に応じた金額を納める仕組みですから、働く人が多くてみんなの収入が多ければ、保険料の総額は増えるでしょう？　でもその逆だと財源は乏しくなる。このままだと立ちゆかないから抑制しろということになります。単純化すると、あなたが支払った治療費は三割、残りの七割に保険と税金が投入される。例えばここに、保険を使って購入できるよく効く薬があるとします。しかし高額だ。それを投与すると三割の自己負担も増えるけど、七割の保険金と税金も増大します。それなら効き目はそれほどでもないが、安い薬を使おうってことになりませんか」

「そんな、患者はどうなるんですか」

「決して良い医療を受けている、とはいえないでしょうね。その影響は病院にも出ます。患者を救いたいから、お医者さんになった人がほとんどだ。そこにやり甲斐を感じる。しかし、目の前で苦しむ人に最善を尽くしたいのにそれができない、となればば」

「モチベーションが維持できませんよね」

「そういうことです。だからといって保険外治療は高額になってしまう。金持ちばかりを相手にする病院は潤うんですが」

杉作は顔をしかめて笑った。

「岩手でも立派できれいな病院と、なんか薄暗くてちょっと怖い病院がありました」

「一概には言えませんけれどね。日本の病院の半数以上は赤字経営です。国公立病院の場合は国が損失補塡しますが、民間病院は悲惨です」

「病院というか、お医者さんのイメージが変わりました」

「やる気のある医者ほど、苦しんでますよ。より精度の高い診断を下すためには高額な検査器機が要ります。そうすると莫大な設備投資をせねばならない」

旧態依然とした医療体制でやっていても、報酬は変わらないのなら何も無理する必要はない、と諦める医師もいるのだそうだ。

「どうです、冬美さん、興味が湧いてきました？」

「はい。いままで無頓着だったなって反省してます」

医療費の増大が問題視されているのは知っていた。効果のある抗がん剤を保険適用するか否かを決める過程で、後期高齢者への使用の是非まで議論されたことも小耳に挟んだ。そのときは、国が命の峻別を年齢で決めることへの疑問を抱き、憤りさえ覚えた。しかしそれ以上深く考えてこなかった。

「僕の仕事が問題提起であることは、拙作を読んでくれている冬美さんなら分かっているでしょう？」

「何度も著作で書いておられますもの」

「言わば『問い』を見つけ出す作業です。日常生活の中で、多くの人が当たり前のようにやり過ごすことの裏には、必ず何か問題がある。そう思ってものを見るんです。話を聞くんです」

第一線で活躍する杉作が、ルポライターとしてのいろはを直接教えてくれている、と冬美は受け取り、やる気がさらに膨らんでいくのを感じていた。

「先生、私、頑張ります」

と言った瞬間、石鳥谷の両親と兄に、出来上がったばかりでインクの匂いが残った本を見せるシーンが、冬美の頭のスクリーンに出てきた。本を手にした笑顔の兄の、「何だ、マンガ本ではねえのが」という台詞まで聞こえてきたのだった。

15

明くる日の午後五時過ぎ、仕事帰りの冬美は『幸い荘』に立ち寄った。杉作と共に三雲医師と話をする前に、もう少し孝造のことを知っておきたかった。

一〇一号室のドアに貼られたままの黄色い規制テープが、薄暗い街灯に映えていた。異変があった場所はここだ、と声高に示すテープを見るのはやっぱり怖かった。とくに一人だと腰が引けた。

それでも勇気を出し、ドアの前を通って一〇二号室の小窓の明かりで在宅を確認する。呼び鈴を鳴らすと、中から女性の返事があった。桜木智代美だ。

「夕方のお忙しい時分に申し訳ありません。わたくし『A☆LIVE』の記者で国吉と申します」

冬美はドアスコープに向かって、社員証を提示した。初対面の相手には必ず示すよう言われている、顔写真付きの身分証明書だ。

「あら、『A☆LIVE』のクーポンはよう使わせてもろてるわ」

そう言いながら、智代美はドアを開けて顔を見せた。あの夜に目撃し、マンガにも描いたせいで初対面とは思えなかった。第一印象通り、気持ちをほっとさせる丸くて愛嬌のある笑顔だ。

「それは嬉しいです。ご愛読、ありがとうございます。今日はお隣の谷廣さんのことで伺いました」

「谷廣さんのことで？　『A☆LIVE』の記者さんが？」

智代美は半身をドアに隠し、不思議そうな表情をした。

「うちの親会社は丸三不動産でして」

「それは知ってます。ここから引っ越すさかい、『A☆LIVE』の広告をよう見せてもらいましたわ」

それほど離れていない場所に、いい転居先が見つかったそうだ。好意的なのは、そこを紹介したのも丸三不動産だったからのようだ。

「でも、急な建て替えには驚かれたでしょう？」

「老朽化いうんは住んでるもんがよう分かってますけど、立ち退きを言われたんが、先月です。そら目の前が真っ暗になりましたわ。なあ、あんた？」

事件の夜と同じように、智代美は部屋の奥に向かって夫に同意を求めた。

「何やね？」

奥から夫の剛の声がした。

「『A☆LIVE』の記者さんが、お隣のことできたはるんや」

「中で話したらどうや」

「そうやな。狭いところやけど、入って。いま椅子持ってきますわ」

智代美はドアを大きく開き、冬美を請じ入れた。

「お邪魔します」

中に入り、ドアを静かに閉めた。

孝造の部屋と当然間取りは一緒だ。けれどまったくちがって見える。台所の前に二人だけが座れるテーブルがあり、そこに白いテーブルクロスが掛けられ、透明の花瓶に赤いミニバラが差してあったからだ。

「玄関でごめんね」

智代美は丸椅子を玄関に置いてくれた。

「いえ、私こそ突然すみません。夕飯の支度をされてたんではないですか」

「支度は済んでますし、かましません」

智代美は、話しやすいようにテーブルの椅子を冬美に向けた。

「急に引っ越しだなんて、本当に不安ですよね、ご主人」

冬美は、智代美の肩越しに剛に尋ねた。

「ほんま寝耳に水でした。ここより築年数が少ないとこは家賃が高いし、保証人かてこの歳になるとおりませんさかいな。夫婦二人、いっそ……あっ、いらんこと言うてしもた」

「うちらはまだ元気やし、娘もいます。少し家賃が上がりましたけど、なんとかなりました。けど、孝造さんは、病人さん抱えたはるし、保証人もないから借りられへん、と言うて困ってはった。そんなんで思い詰めはったんかなぁ」

智代美が、剛の軽はずみな言葉をフォローした。

「そのことですけど、相当悩んでおられたんですか」

「そらもう。最近、牧子さんがヘルパーさんを嫌がるようになって、介護も大変なようやし、宿替えなんかしたらもっと悪くなるかもしれへんって。あの、『A☆LIVE』の記者さんが、そんなことまで？」

智代美が上目づかいで尋ねた。

「……それはですね。ご存じの通り、このアパートも丸三の仲介物件で、建て替えた後のことを考えて、やっぱり事故物件になりますので」

散々考えた取材の口実だったのに、上手く舌が回らなかった。

「事故物件、か。それは大変やな。けどあなたみたいなお嬢ちゃんが、事故係か」

「事故係ということではないんです。谷廣さんがどういう方だったのか、また何に悩んでおられたのかをご近所さんから伺うのが私の役目です」

「そうやろな、うちの人、警備員やってたんや。警備保障会社の事故係の人って元警察官いうのが多いさかい、若こうてきれいなお嬢さんがそんなことしてはるんかな、と思て。堪忍え、変なこと訊いて」

「あ、いえ、こちらこそ説明不足で」

　頭を下げるしかない。

「この際やから訊きますけど、建て替えた後、民泊になるいう噂、それほんまなんですか？」

　二度と戻ってこられないのなら、その心づもりが必要だから、と智代美は言い添えた。

　長年住み慣れた場所への愛着を捨てきれない智代美の気持ち、冬美にはよく分かる。いまのマンションに引っ越すとき、タツノオトシゴに見えていた下宿の壁の黒ずみにさえ、後ろ髪を引かれる思いをしたからだ。

「申し訳ありません。私どもには分からないんです」

　また、ここでも謝るしかなかった。

「そう。けど、民泊は殺生や。老朽化して耐震化もせなあかんいう理由とはちがうんやもんね。よう落語でも出てくるやろ、大家と言えば親も同然、店子（たなこ）と言えば子も同然って。何も嘘をつくことはないのんとちがう？」

「そんなこと、この人に言うてもしょうがないで」

テーブルの剛が智代美に声をかけた。

夫の言葉に何度もうなずく智代美に、冬美は質問する。

「無理心中だとすれば、やっぱり引っ越し先が見つからないことが原因だと思われますか」

「それもあるやろね。ここ最近牧子さんの病状も思わしくないようやし」

暴言も酷かったが、暴力が可哀想だったと、智代美は眉を寄せた。

「暴力というと」

「ここ壁が薄いから、叩く音とか『痛いから、やめてくれ』って言う孝造さんの声も聞こえてくるんです」

「そんなに酷かったんですか……円満なご夫婦だと伺っていたんですけど」

老老介護が上手くいっていると三雲が判断したのは、孝造の我慢によるものだったということか。

「夫婦仲はよかったえ。何でか知らんけど、急にそんな風になるみたい。傍で見てても、ほんまに辛いわ。うちの人、わしやったらとうに逃げ出してる言うてたもんな……こんな話聞いて、病人抱えてるもんには、やっぱり家を貸さへんって言いにきたんとちがうやろな」

柔和な智代美の目がきつくなった。

「そういう調査ではありませんから」

智代美の疑問はもっともだ。事故物件がどうのという取材理由に無理があったようだ。本当のことを言うべきだろうか。

冬美が迷っていると、剛が、

「孝造さんの場合は、ちょっとちがうんやないかな」

と言った。

「ちがう？」

「そうやな」

返事をしたのは智代美で、

「あれは、ちょうどこんなことになる十日前やったわ。この人が飲みに誘ったことがあったんや。そのときのこと話したげたら？」

剛の方に体を向けた。

「けど記事にするんは具合悪いな」

剛が難色を示す。

冬美は、三雲医師と懇意にしてもらっていると伝えた上で、

「円満なご夫婦で、介護も上手くいっていたと先生から伺っています。なのにあんなことになりました。実は、第一発見者の男性、杉作舜一さんの手伝いのようなことを

していますから『A☆LIVE』とは関係ありません。ごめんなさい、本当のことを言わなくて」

冬美は立ち上がって、深く頭を下げた。

「そうか、三雲先生と……ほんであのルポライターの手伝いか」

智代美が言った。

「杉作さんは、孝造さんが何かを訴えたいんではないか、その思いを汲んであげたいとおっしゃってまして」

悪気のない杉作の気持ちを伝えようと、床を見つめたまま言った。

「今日、杉作はんがテレビに出てたな」

剛の声だ。

「そ、そうなんですか」

「もう頭上げよし。あんたがいま言うたようなことをしゃべってはった」

と言った智代美の顔は穏やかだった。

杉作は、無理心中の第一発見者として事情聴取を受けたことについて、死者からのメッセージを受け取るに相応しい人間だと、認めてもらったからだ、と断言したらしい。そしてそれは、戦後の日本を支えた高齢者を蔑ろにした日本の「医・食・住」政策のひずみへの警鐘にちがいない。命を賭して投げかけた問いを徹底解明するつもりだ、とコメントしていたそうだ。

「杉作先生ご本人が、そうおっしゃったんですか」

テレビでそこまで言い切ってもいいものなのだろうか。

「堂々としてはったわ。あれ、全国に流れるんとちがうやろか。京都で起こった無理心中事件なんて、地元新聞は大きく扱うやろけど、東京とかではそうでもないやろ？うちの娘は学生時代東京にいてたんや。こっちで話題になってる殺人事件が、ごく小さくしか載ってなかったって言うてたわ」

「そうかもしれません」

「杉作さんが出はったんで、二条駅界隈とか、このアパートもテレビに映ったわ。今日の昼間、表が騒がしかったんは、レポーターとかカメラマンがきてたせいや」

「レポーターまできてたんですか」

メディアの騒ぎを肌で感じる機会だったのに、昼間は新とイベントの説明で北山通に出向いていた。

「それに三雲先生も電話で、声の出演してはったし」

「三雲先生が」

杉作は三雲と連携しているのか、それともテレビ局が勝手にした演出なのだろうか。

「それだけやないで。杉作さん、自分の本の宣伝もちゃっかりしてはった。ええっと……何やったっけ？」

智代美は、やはり剛に助けを求める。

「残心や」

まちがいない、と自分の言葉に剛は強くうなずく。

「それは、確かに次回作のタイトルです」

タイトル名を聞いて少し悲しい気分になった。次回作に関することは、二人だけの秘密のような気がしていたからだ。

「つまりは、お嬢さんはそのお手伝いをしてるいうことか」

智代美が尋ねた。

「そう、です」

彼女の言う通り、冬美は自分から手伝いたいと申し出たのだった。どこで誰に向かって次回作の話をしようと、杉作の勝手だ。

「杉作さんいう人は、谷廣さんのこと思てはるみたいやった。本人も亡くなってはるし……」

剛は、孝造とした飲み屋での話をしてもいいのか、逆にそっとしておいてあげたいのか、どちらとも取れる言い方をした。

「孝造さんの本当の気持ちを知りたいんです。いえ、そう簡単に分かるものではないと思っていますが、少しでも近付けないかと」

「そうやな、ルポライターさんもいろいろな情報があった方が、間違わへんやろからな」

そう言うと剛は、椅子を持って智代美の横に座った。岩手の観光イベントでよく行われる、語り部による昔話の車座の趣だった。

「よろしくお願いします」

「孝造さん、お酒をやめてたんやけど、私の誘いにのってくれはったんです」

剛は深呼吸すると、細長い足を組み、

「こちらの意図を、なんとなく分かってくれてはったんでしょうな。こちらの心配をね」

と話を続けた。


智代美が牧子の様子を見ているからと、剛が孝造を連れ出した。剛の行きつけの居酒屋は、二人の足で一五分ほど歩いた二条駅の向かい側にあった。

そこかしこで桜がほころび始めていた。ここからは見えないが、二条城城内にある二〇〇本近い桜もやがて見頃になるだろう。今月の二三日からはライトアップが始まり、さらに多くの観光客で賑わうはずだ。

剛は桜の話題を持ち出そうとしたが、孝造の暗い顔を見てやめたのだそうだ。二人はひと言も話さず、目的の店に到着した。

平日の五時過ぎということもあって、まだ店内に客はおらず、二人は一番奥の壁際の席に座ったという。完全なＢＯＸ席ではないけれど、柱と衝立（ついたて）で囲まれて話しやすいと思ったからだ。

「迷惑をおかけしてます。どうか勘弁してやってください」

剛が生ビール、孝造がウーロン茶のジョッキを軽く合わせるとすぐ、孝造が自分たちの立てる騒音を詫びた。

「そんなん気にせんといてください。それより家内と心配してるんです。どうなんですか、奥さんの容態は？」

「おおきに、心配してもろて。家内の病気ですけど、良うなる気配はありません」

婉曲的な言い方に、あまり触れられたくないという気持ちが表れているようだ。

「ヘルパーさんと、うまいことといってないんとちがいますか」

ヘルパーを罵（ののし）る牧子の声もよく耳にしていた。

「とにかくよその人の世話は嫌がります。ほな私のことは嫌がらないかというと、そうでもない。なんやかやと怒ります」

「三雲先生は、どう言うたはるんですか。このまま家で……」

「先生は在宅医ですさかい、家で看取れるように一緒に準備をしていきましょうって言うてくれてます」

「それが谷廣さんの望みなんやね。けど谷廣さんもお歳や。もっと負担が減る方法がないもんでしょうか」

「家内、だいぶん心臓が弱ってきてますさかい、そんなに長くないと思います。もう一回血栓が飛んだら……こんなこと言うと、あいつが亡くなるのを待ってるみたいで嫌なんですけど」

「いえ、誰もそんな風には思わしません。ほんまに、よう面倒見てあげてるの、私らも知ってます。ただ谷廣さんが参ってしまわへんかと心配なんです」

「一番怖いのは、私が倒れてしまうことやと思てます」

そのときの孝造の思い詰めた表情に嫌な予感がした剛は、一拍おいて、

「どこかお悪いんですか。いや、この歳になると、みんなどこかしらにガタがきてますやろけどね」

と、できるだけ明るい口調で尋ねた。

「私は腹黒い人間なんやと思います」

「はい？」

剛は年甲斐もなく頓狂な声を上げてしまった。冗談を言うには、あまりに孝造の表

情が強張っていたからだ。

「ふた月もせん間に、バラバラになりますな」

　孝造が話題を変えた。

「殺生な話ですね。急に出て行けやなんて。うちは何とかなりましたが」

「うちは難しいです。もう無理かもしれません。長い間、何かとご迷惑をおかけしましたが、それももう少しの辛抱です、桜木さん」

「そんな、寂しいことを言わんといてください。それに腹黒いってどういうことですか」

「忘れてください」

「そう言われても、気になるやないですか」

　また長い沈黙が続き、その間に枝豆と焼き鳥が運ばれてきた。剛は枝豆を口に運び、孝造は焼き鳥を自分の皿に取る。彼は親指が動きにくいからとおしぼりで串を押さえ鶏肉を外し、箸で突き刺して食べると、旨いと漏らした。

「指、痛みますか」

「ときどき。最近は痺れの方が強いです。竹串みたいな細いのはつまみにくいんで」

　その頃ようやく客が入り始め、そこかしこで乾杯の声が聞こえた。店内が賑やかになってくると、剛は孝造との二人の静けさが心地悪かった。

「具合悪いのは手だけですか」

「……ここだけの話です」

「もちろん、他言したりしません」

「やっかいな病気になってしまいましてね」

「やっかいなっていうと……」

剛は孝造の目を見た。

「そういうことです」

孝造は視線を外さなかった。

彼の態度で、あえて言葉に出す必要はなく、がんであることはすぐに分かった。

「いまは新しい治療法もありますから」

「私は入院なんかできひんし、先進医療は保険がきかへんから無理です。何より、もう手遅れなんですわ」

「手遅れ」

「家内と競争ですんや、どっちが早よ逝くか」

孝造は口元だけで笑い、ウーロン茶を飲む。

「またまた、そんなこと」

「ほんまです。もうターミナルケアしかあらしません」

と首を振って、孝造は鶏肉を頬張った。

「ターミナルケアやなんて、三雲先生と相談しはったんですか」

在宅医であり看取りの専門家の三雲先生なら、孝造の不安を放置しないはずだ。何らかの方法を提案しているのではないか。

「そこです、腹黒いと言うたんは。三雲先生は末期がんの場合自然死を勧めはるでしょう。前はそれもええかなと、思てました。けど、何が何でも家内より先には死ねんのです。そやから京洛総合病院で検査を受けました」

「つまり三雲先生には内緒やいうことですか」

在宅医として信頼している顔をして、一方で京洛総合病院の検査を受けていることを孝造は腹黒いと思っているようだ。

「谷廣さん、それは腹黒いのとはちがいますよ。三雲先生とは守備範囲がちがうんやから、別のお医者さんに診てもらうのは普通のことやないですか。うちの娘なんて歯医者でも二、三軒渡り歩いてます」

「桜木さん、看取ってもらう相手なんですよ、三雲先生は。人生を終える瞬間、最後の最後に寄り添ってくれる人を信じ切れていない。どうしようもない人間ですわ」

「考えすぎですよ。誰でもそう簡単に他人に命を預けられるもんやないですから」

剛自身は、身勝手だが智代美に看取ってほしいと願っているし、智代美もそう思っているはずだと言った。

「そんなことわしには望めん」

孝造の口調が険しくなった。

「そ、そうですね、奥さんが先に病気にならはったんやからね。気ぃ悪せんといてください。そんなつもりで言うてるんやなく、三雲先生への義理立ては不要やと」

「罪滅ぼしなんや。家内があんなことになったのはわしのせいやから」

孝造は吐き出すように言って、うつむいた。

「病気なんてどんなに注意してても、なるときはなるもんやと思います。それは誰のせいでもないです。一人で何でも抱え込むのは良うないですよ」

「うちのが倒れたんは、孝幸（たかゆき）が事故に遭うたさかいや」

孝造は一人息子の名を口にした。そして、孝幸は京漬物『たにひろ』を継いでおり、大原の野菜農家から漬物に使う「日野菜」「菜の花」「夏カボチャ」を仕入れる途中、高野川に転落して亡くなった、と絞り出すように言った。

息子が事故で亡くなっていることは剛も知っていた。店も何もかも売って借金を返して『幸い荘』に引っ越してきたと、半身は不自由だったけれど、まだしっかりしていた牧子から聞いている。

「その事故にしても、孝造さんのせいやないでしょう」

「それが、そうやないんです。わしが、わしが……やっぱりお酒、もろてもええですか」

孝造は剛がうなずくのを確認してから、二合の熱燗とおちょこ二つを注文した。ややあって運ばれてきた酒を酌み交わす。

酒の苦みが喉を通過した。その刺激を借りて、

「何があったんです？」

と空になったおちょこに酒を注ぐ。

「息子は事故の前日、通信販売会社の人と打ち合わせがあって、かなり酔っ払って帰宅しよったんです。契約してる農家への仕入れがあるさかい、深酒はするなって言うてたのに。それで、三時間ほど仮眠して四時半に起きたんですが、案の定二日酔いでしんどそうやった。家内は明日に日延べしてもらえと言うたんや。けどわしは、こっちの事情で日延べなんてとんでもないって叱りつけた。長年かかって築いた信頼も、一日で壊れてしまうと」

孝幸は頭痛薬を飲んで、軽トラックに乗って大原に向かった。

「勇さん、待っててくれてるもんな」

それが息子の最後の言葉だったそうだ。勇さんとは契約農家の人のことだそうだ。

「その勇さんから、今日まだ孝幸くんがみえないようけど、明日、市内に行く用事が

あるさかい、そのとき届けようかという電話をもろた直後やった、警察から連絡があったんは」

話し終わると、孝造は苦そうに酒を飲み、

「ほんまに皮肉なことや。息子は、寝不足と飲み慣れん頭痛薬のせいで、居眠り運転をしたんやないかちゅうのが警察の見立てやった。自分からガードレールを突き破って川の方へ転落した。誰も轢かんかったのが不幸中の幸いやと……家内の言う通り日延べしてやってたら、あいつは死なんでよかったんや。日野菜、菜の花の季節になると、あいつの言葉が聞こえてきます。家内も今頃の季節になると、わしを責め立てるんです」

「そんなことがあったんですか。辛い話ですね」

「わしが悪いんやから、責められて当然なんや。罵ったり叩いてきたり、その方が気持ちが楽になる。おかしいと思わはるでしょうな、こんなこと言うたら」

そう言った後、久しぶりのアルコールでつい口が滑った、もう忘れてほしいと孝造は頭を下げた。

剛が話し終わると、芳ばしい匂いが漂ってきた。

智代美がインスタントコーヒーを作ってくれていて、剛と冬美に手渡す。

剛は喉が渇いていたのだろう、すぐにコーヒーを啜り、

「あの夜、お巡りさんから話を聴かれたときは、仲のいい夫婦やったいうことを言いたかったさかい、息子さんのことなんか思い出しもせんかったんやけどな」

と漏らした。

ところがつい最近、杉作が孝造の死は何らかのメッセージではないか、と語っている新聞記事を目にして、居酒屋でのやり取りが鮮明に蘇ってきたという。

「谷廣さんがあんなことになったのは、息子さんのことがあったからだとおっしゃるんですか」

冬美は首をかしげた。杉作の草稿の中に息子の死は登場したけれど、印象が薄い。それに、息子の死に対する自責の念を、杉作に訴えたところでどうなるものでもないだろう。

「ちゃう、ちがいます。その反対ですわ」

剛がカップを智代美に返して、両手で否定した。

「反対？」

「訴えるとか、そんなもんないんとちゃうかと言いたいんです。つまり、どうやら自分の寿命の方が、牧子さんより短いかもしれん。その場合牧子さんを残しておけへん。そやからあんなことをしはった。ただ、その時期が息子さんの命日に近いし、お彼岸

いうのも重なって、そんな気になってしもたんやないかと」

「息子さんが亡くなったのは、いつですか」

「それは聞いてないんですけど、三月は間違いないしね」

剛がそう言うと、隣の智代美が、

「こないだ雑誌で、記念日反応いうのが出てたんや」

と言った。

「何ですか、それ」

「記念日っていうさかい分かりにくいけど、命日反応ともいうそうや。命日が近づくと不眠とか食欲不振とか、パニックになる人もいると書いてあった。難しいことは分からへんけど、亡くなったときの喪失感を思い出すみたい」

「命日反応で無理心中……」

「しっかりしてるときやったら、耐えられるんやろうけど、夫婦そろって重い病気に罹ってしもて、家まで追い出されるとなったら」

智代美が冬美の顔を見て、ため息をついた。

「となると、杉作先生の訪問に合わせたんではない、ということになりますね」

「そう、偶然」

智代美の言葉は、いやに力強かった。

「何か他に、お気付きになったことがあるんですか」

少なくとも桜木夫妻は杉作以外で、遺体発見直後にあの現場に入った人間であり、智代美は牧子の様子を目撃していることは確かなのだ。そして杉作とはちがう受け止め方をしている。客観視することがルポでは重要になるはずだ。もし二人が、座卓の上にあったものを覚えていれば、それはそれで大きな収穫になる。

「あの夜の出来事、話していただけませんか」

冬美は改まった言い方で、お願いした。

「いまみたいに落ち着いてたら、もうちょっと詳しくお巡りさんに話せたんやけど」

と言いながら、智代美は事件当夜を振り返った。

今日と同じように夕飯の支度をしておいて、二人でテレビを観ていた。その時間はいつもＮＨＫ総合にチャンネルを合わせており『ニュースほっと関西』が終わった頃、杉作の叫び声が聞こえた。聞き慣れない男性の声に驚き、二人は外に出た。

一〇一号室の前に行くと、ドアは開いている。中を覗くと懸命に孝造の名を呼ぶ杉作の背中が見えた。

智代美は夫と一緒に、部屋の中へと入った。

「実は、ちょうどいまお嬢さんが座ってる、ここらへんで立ち止まってしもた。金縛りみたいに動けなくなって、私は腰が抜けてしもた。何かあったことはすぐに分かったさかい。抱きかかえられた孝造さんの体は、操り人形みたいにぶらぶらしてたし、よう見えへんかったけど頭の方から紐が下がってた……」

二人に気づいているのかどうかは分からなかったけれど、杉作が電話をかけ、ケータイを頰と肩で挟んだまま孝造を畳に寝かした。

「三雲先生への電話ですね」

「そう。ほんでそのまま心臓マッサージをやりはじめはった。そのとき、やっと、わたしらは履物を脱いで、家に上がって『どうしたんですか』って尋ねたんや」

「杉作先生は何と？」

「約束の時間に訪問したら、孝造さんが首を吊ってた。鴨居を指して、すぐに下ろしたけれどって言うて、首を振らはった。私は牧子さんのことが気になって、居間に行った」

智代美は、杉作の横を通り抜けて布団に近づき、牧子の変わり果てた姿を見た。

「思い出すのも嫌だと思いますが……牧子さんの様子は？」

そう訊いたが、申し訳なくて冬美は謝った。

「この歳やから、亡くなった方は何人も見てきた。けど首を絞められて亡くなった人なんか知らんもんな」

「それがすぐに分かったんですか」

「顔は、生気のない普通の遺体や。普通って言い方が妙やけど。けど首の紐の痕を見たら、背筋がぞうぞうして震えてしもた」

智代美は体をすくめた。

「一見して亡くなってるのが分かったんですね」

「そんな時間は経ってないんやと思うけど、分かるな、命があるかないかって。あれはなんでやろ」

「温かさ、ですか」

「けど、すぐには冷えへんやろ？　魂が抜けてしもた感じかな」

見えないものでも感じるんやろな、と智代美は神妙な顔つきになった。

「その後はどうされたんですか」

「杉作さんが心臓マッサージをやめはって、警察に電話をしはった。ほんでちょっとしてから三雲先生が到着しはったさかい、私らは表に出た。ずっと体が震えてて、悲しいという感情がすぐには起きひんかった」

「あの、お布団のすぐ側に座卓があったと思うんですが、その上ってご覧になりました？」

「座卓の上？」

智代美はショートカットの丸顔を突き出した。彼女のボディーランゲージは、言葉にも増して豊かだと感じる。

「そうです座卓の上に、新聞か何か、あったと思うんですけど」

「台の上に……新聞」

智代美は自分の家の居間を見て、思い出そうとしていた。

「ものがいっぱい載ってたと思うんですが」

「そうやった、そうやったわ。ごちゃごちゃしてると思った。薬の袋とか、調味料まで置いてあった。それは、うっとこもちょっと放っておいたらすぐにそんな風にものでいっぱいになってしまうさかい、この人にも口うるさく言うてる」

気にしているから、座卓の上が散らかっているのが目に付いたのだと、智代美は剛を睨み、

「新聞、あったかもしれへんな」

と言った。

「たぶんうちの不動産広告ページだと思うんですけど」

「それはよう知ってる。この間から、ずっとにらめっこしてたもんやからね。あったようやけど、広告を見て、それを書き出してはったんかも」

「書き出す？」

「うん、帳面みたいなものに」

「帳面は、開いてあったんですか」

「白い紙が見えてた。そこに赤い文字が書いてあったで」

「赤い文字、本当ですかっ」

声を張り上げてしまった。

「何やびっくりするやないの」

「すみません。ずっと探していたものだったので」

孝造は赤ペンを持っていなかった。その彼が赤い文字を書いていた。

「探すって何を？」

「こんな大きさの紙なんです」

冬美はＡ４判の企画書を出して、大きさを示した。

「新聞が浮いてて、そこからチラッと覗いてただけやから……帳面というよりそんな紙やったかも」

新聞の下にあったのが、校正原稿だった可能性が出てきた。もしそうなら事件当夜、あの座卓には『人生の栞』の校正原稿があったということになる。

「赤い文字は、ボールペンでしたか」

「と、思うよ。何やそんな重要なことなんか……？」

智代美は椅子に座り直した。

「三雲先生が患者さんの人生をまとめられているものがあるんです。『人生の栞』っていうんですが、その原稿に間違いがないか、チェックしてもらっていたんです」

「間違い直しか、それを赤色のボールペンで」

「それは、校正いうやつやな」

すかさず剛が言葉を発した。マンガ雑誌の編集現場を映したドキュメンタリーで見たのだそうだ。

「ええ、校正原稿っていうんです。それがあるはずなのに、現場にはなかったんです」

「警察の人が持って帰らはったんとちがうの？」

智代美は、当日の遅くまで警察関係の人々が出入りしていたのを見たと、話した。

「いえ、警察の方にも伺って、どこにもなかったことを確認してます。それに、ついこの間、刑事さんと一緒に部屋を見て回ったんですけど」

「あらへんかったんか。それは変やな。あんた見てへん？」

そう聞かれた剛が、

「そうやな、見たような見なかったような。衝撃的な現場やったから……」

と薄く目を閉じた。

「頼りないやろ、この人。うろはきたけど、見るべきもんは見てる。昔から肝は据わってるんや、うちの方が」

智代美は笑った。

「本当に助かります。事件の日までに孝造さんが捨ててしまったり、なくしてしまったりしていないことが分かっただけでも、ありがたいです」

「先生かな」

「はい？」

「三雲先生が知ったはるんとちがう？」

「三雲先生が……」

冬美は三雲に校正原稿のことを直接訊いてないことを、智代美の言葉で気づかされた。夏恵の話は、すべて三雲の了解を得ているだろうから、三雲本人に確認したと錯覚していたようだ。

「何や訊いてないのん？」

「先生なら何も問題ないですもんね」

冬美は気になっていたことを思い出しながら、愛想で微笑んだ。

ずっと気になっているのは、谷廣の部屋を日下部と訪問した際、激しく降る雨を見ながら「先生の許可も、もろてるさかい」と言ったときの夏恵の目が泳いでいたことだ。その前に孝造の肉声テープを聴きたいと冬美が言って、了解を得るために三雲に電話した後も、夏恵の表情は曇っていた。

　夏恵は、三雲に校正原稿のことを確かめていないのだろうか。いや、そんなはずはない。プライバシー保護の観点から、見当たらないことの方が問題になる書類だ。その所在を確認するのは、まさに業務の一環ということになる。

　なぜ目が泳ぎ、表情が曇ったのか。

　喜怒哀楽をマンガで表現するには、眉の傾き、瞳の位置と大きさ、唇の形、頭の角度を微妙に調節する。ほんの数度の傾き、数ミリ位置が変わるだけで狙った感情表現にならない。だから道行く人、バスや電車に乗り合わせた人の顔を観察した時期があった。表情の変化には敏感だし、見逃さない自信がある。

　三雲と夏恵の間に何かがある――？

「お嬢さん、どうかしたん？」

　智代美の声が聞こえた。冬美は慌てて、

「あ、いえ、今日は突然押し掛けてすみませんでした。あの、三雲先生が谷廣さんのお葬式をされるそうです。日程が決まったらお知らせしたいんですが、お引っ越しはいつですか」

　と言った。

「三雲先生がお葬式を。引っ越しは来月の初旬ですけど、参列させてもらいますさかい、知らせてください」

冬美は丁寧に礼を述べて、桜木の部屋を出た。

16

三月三〇日午後四時過ぎ、谷廣孝造と牧子の遺体が葬祭業者の専用車に乗って「幸い荘」一〇一号室に帰ってきた。

現場保存の必要なし、との日下部の許可を受けた夏恵は、葬儀社と共に簡素な祭壇をしつらえたそうだ。

そして午後六時から、三雲と夏恵、アパートの住人と町内会の役員だけで通夜が営まれたのだった。昔の職場などへの知らせは、故人の遺志を尊重して行われなかったのだという。

仕事の関係で、設営などの準備は手伝えなかった冬美だが、通夜にはなんとか間に合った。慌てて部屋に飛び込むと、桜木夫妻が黙礼してくれた。冬美が返礼したとき、読経が始まり、新から借りた数珠を手にかける。

読経と参列者が焼香を終えるのに、三〇分もかからなかった。皆、無理心中だと思っているせいか、そこまで切羽詰まっていたとは知らなかった、といった声が聞こえてきた。

孝造を近くで診ていた三雲や夏恵でさえ、そうなのだから、ご近所さんにはなおさら分からなかっただろう。

午後七時には弔問客はいなくなり、後片付けを済ませた夏恵は、葬儀社の担当者と明くる日の一〇時から行う告別式の打ち合わせに入った。

冬美は台所で茶を飲む三雲に近づき声をかけた。

「先生、『人生の栞』の件ですが」

冬美が電話で確認すると、夏恵は三雲に校正原稿が見当たらないことを告げていなかったことが分かった。そして、なぜか自分で確かめてほしいと、言ったのだ。明らかに何かわだかまりがある言い方だった。

「そうでした、国吉さんは杉作先生の助手を務めることになったんですね。それで?」

「校正原稿が、どこにもないのが気になって」

桜木夫妻と話したことを伝えた。

「少なくとも奥さんの方は、先生がいらっしゃる前に、卓上の新聞紙から覗く紙があったと記憶されています。それには赤い文字が書いてあったと」

「ほう。しかし現場にはなかったんでしょう？　そういう風に聞いてますが」

「ええ。杉作先生も、遺書のようなもの、つまり谷廣さんが書き残したものはなかったとおっしゃってます」

「そうなんですよね」

「先生は、座卓の上をご覧になりましたか」

「そうですね、私も新聞が載っていたと記憶していますね。その下は見てないですが、そのときあったのなら、なくなっているのが変です」

「桜木さんの奥さん、智代美さんは先生が持って帰られたのではと」

「持って帰ったのなら、そう言います。本当に新聞紙の下にあったんですか」

桜木夫妻が別の日に見たものと混同しているのではないか、と三雲は言った。

「そうかも知れません」

「杉作先生にも、もう一度確かめた方がいい」

現場に立てば、さらに記憶が蘇るだろうと、三雲は台所の片隅に折りたたまれた座卓に目をやる。

「杉作先生、もうじきこられると思います。通夜が終わった頃に、とおっしゃってたんで」

冬美は桜木夫妻の証言を報告したとき、杉作に言われたことを口にした。

「では、そのときに」

三雲が葬儀社の帰った居間に移動し、遺影に目をやった。祭壇の前に冬美と夏恵も座った。

祭壇は部屋の半分以上を占めており、その上に飾られた二人の遺影は、訪問医としてはじめて訪ねたときのものだそうで、いずれも元気な笑顔にはほど遠く、暗く沈んだ老け顔だった。それでも二つを並べると、老夫婦が寄り添っているように見えて、不思議に寂しさは感じない、と三雲が漏らした。

夏恵が用意していたおにぎりを皿に載せて、三人の真ん中に置き、

「冬美ちゃん、会社から直接きたんやろ？　食べよし」

と勧めてくれた。

「実はお腹の虫がさっきから鳴きっぱなしだったんです」

夏恵からおしぼりを受け取って手を拭き、

「いただきます」

と三雲にも言って、ごまのかかったおにぎりをつまんだ。

大きな口でかぶりついたとき、玄関で音がした。頬張った顔を向けると、そこに杉作の姿があった。

「せむせい」

先生と言ったつもりだった。

「冬美ちゃん、喉詰める」

夏恵が握らしてくれた湯呑みの茶で、ご飯を流し込む。

「もう弔問客もおられませんね。こんばんは、三雲先生、冬美さん」

と言いながら居間に上がり焼香を済ませると、車座に加わった。

茶を出す夏恵に、

「初めまして杉作舜一です。津川さん、ですね。冬美さんからお話は伺ってます。三雲診療所になくてはならない看護師さんなんだと」

さらりと褒めた。

「そんなことを言うてたん？」

夏恵が冬美を微笑みながら睨んだ。

「それはその通りです。よくやってくれています」

と三雲は真顔だった。

「で、二人の遺体が戻ってきたということは、現場保持もしなくてよくなった。つまり、孝造さんの無理心中で決着したってことです。さて僕の仕事はこれからです。世を儚んだだけではなく、孝造さんの訴えたいことが何だったのかを、ルポしないといけませんからね」

三雲に話しながら、杉作は冬美に視線を投げてきた。

「そのことなんですが、いま国吉さんとも話していたんですよ。患者さんに渡した原稿が見当たらない件を」

　三雲の方から切り出してくれた。

「卓上に新聞紙が載っていたことは記憶してるんです」

　自分が孝造の体を抱えて下ろしたとき一瞬目に入った。もし白い紙、赤い文字なら、やはり気づいていると、杉作は当夜を振り返り、

「僕は心臓マッサージをしたけれど、無理だったと言いましたよね。で、首に巻き付いていた帯紐を先生に見せた」

　杉作は帯紐を持つ格好をして三雲に示し、顔を祭壇の遺影に向けた。その視線はなぜか牧子の写真に向けられている。冬美の位置からはそう見えた。

「改めて私が、孝造さんの死を確認しました」

「ええ、先生は孝造さんの頸(けい)動脈に手を当て、瞳孔を調べて首を振られた。そしてすぐに牧子さんの方へ行かれました。そのとき僕も、先生の背後から牧子さんの様子を窺ってました。つまり座卓越しに見ていた訳です」

　と自分に念を押すようにうなずく。

「私も、杉作さんと同じで、しっかりと見たということではなく、目の端で、折り畳んだ新聞紙が置かれていたのをとらえています。問題はその下に校正原稿のような紙があったと、言っている方がいることです。妙でしょう?」

背筋を伸ばし、正座する三雲がゆっくりとした動作で茶を啜る。堂々としていて美しい所作だった。

「うーん。あの後、警察官がやってきた気配を感じて、僕は警官を誘導しに桜木さんたちと一緒に外に出ましたし、誰も卓上のものには触れていなかったですからね」

杉作もやはり、台所の折り畳まれた座卓に目をやった。

「杉作さんが警官を伴って再び部屋に入ってくるまでは、検視立ち会いの準備をしていましたから、誰も座卓には近付けませんしね」

変死の場合、検視の研修を受けた係官に医師が立ち会わねばならない、と三雲は補足した。

「その時点から鑑識さんの支配下ですから、鉛筆一本持ち出せませんよ。ましてや亡くなった本人が書き残したものなんて。本当に桜木さんは、用紙を見たと？」

杉作が冬美に視線を投げてきた。

「奥さんの方は、そうおっしゃってます」

冬美は取材内容を詳しく話した。

「つまりご主人の方は、はっきり見てないってことですね」

杉作は前髪を掻き上げた。

「ええ、奥さんほどは」

「それが本当なら、孝造さんが亡くなった後に、用紙は消失していることになりますからね」

あり得ない、と杉作は息を吐く。

「ですからさっき、桜木さんたちが別の日に見たものと勘違いしたのではないか、と言ったんです」

三雲は冬美に目を向けた後、杉作を見た。

「その辺りは重要なんで、再度確認した方がいいですね。どうです？　冬美さん」

「そうですね、先生に会っていただいた方がいいかもしれません」

「できるだけ早い方がいいから明日にでも、伺いましょう」

杉作の言葉を聞いて、これまで黙っていた夏恵が、

「栞の原稿を渡したのが、亡くなる五日前です。そやから桜木さんが赤い文字が入った校正原稿を見ることができるのは、その間だけいうことになります」

と言った。

「五日の間に、谷廣家を訪問したか否かを問えばいいってことですね」

「はっきりするんやないですか。本来は二〇日にうちが原稿を受け取りにいくはずやったんで、それまでに校正を終えてはったと思うんです。少なくても二二日は、赤が入った原稿になってたはずです」

「真っ赤っか、か」

杉作は独りごちた。

「ええ、たぶん。几帳面な方ですさかいに」

「嫌気が差して処分した可能性っていうことは？」

「なんぼ考えても、それはないと思います。あくまで今後のための練習なんで」

「校正箇所を打ち直して、再校という流れですね」

「そうです。何もかも全部を栞にはできませんし」

「些末（さまつ）な部分を割愛するんですね。本筋、つまり人となりを描くのが『人生の栞』の目的」

「そう思って編集の真似事をやってます」

夏恵が答えた。

「なるほど。栞のことはテレビのドキュメンタリーで見ましたが、いいものですね」

「時々辛くなることもありますけど、ほんまにええもんやと思てます。やり甲斐も感じてます。他人にはなんでもないことでも、ご本人やご家族にはかけがえのないエピソードがぎょうさんありますさかい」

「そういう意味でも、孝造さんが破棄するはずはないってことですね」

「まして他人が持って行くようなもんでもありません」

「桜木さんの証言、ますます重要になるな。津川さん原稿の控えはありますよね」

「ノートパソコンに。いまは持ってません」

夏恵は三雲の顔を窺う。

その視線を追う杉作は、

「そうか、また守秘義務の壁ですか」

三雲に目を転じた。

「いえ、かまいませんよ。ただそのままの公開は困ります」

「ありがたいです。本に掲載するときは、必ず先生の了解を得ます。それはそうと、孝造さんの病気のことですが、三雲先生は当然ご存じだったんでしょう？」

と杉作は改まった口調で尋ねた。

「それについては軽々に……」

珍しく三雲が言いよどむ。

「また守秘義務ですね。僕が見た感じ、そんなに切羽詰まった風には見えませんでしたけどね。どこのがんなのかは分かりませんが、終末期だったなんて。自分の観察眼の甘さを感じます」

杉作は首を傾け、浮かぬ顔となった。すでに空になった湯呑みの茶を啜ろうとする音で、苛立ちが分かる。

冬美はポットのところに行き、新しい湯呑みに茶を注いで杉作と三雲の前に置いた。

「杉作さん、医者の私から見ても、末期には見えなかったんですから」

と三雲は湯呑みを手にした。

三雲のその言動は、孝造が重い病であったことを知っていたと認めたようなものだ。

「しかし、孝造さんが、『どないしてでも家内より一分でも一秒でも長生きせんとあきません。そのためには何でもしてほしいんですわ』とおっしゃった意味が分かってきました。八八歳の孝造さんに積極的な治療の必要はない、と思わせた医師がいるってことじゃないですか。それに対する抗議ですよ、きっと」

杉作の目に力が漲り始めた。初めて会ったときの厳しい顔つきとなって続ける。

「孝造さんは、一義的には自分が死んだ後の牧子さんのことを不憫に思って、無理心中したんですが、そこに高齢者医療への問題点を浮き彫りにしたいという気持ちもあったんじゃないでしょうか。僕と皆保険のほころびについて話したせいもあるけれど、基本的に僕の考え方に何かを感じてくれたと思うんです」

熱が入ってくると杉作の顔面は小刻みに揺れる。早口で一言一言に力を込めて話すからだ。

「皆保険のほころび、ですか」

無表情の三雲が言った。微かに頰を紅潮させた杉作とは対照的だ。

「ええ、そうです。国民皆保険制度は、すでに一定の役目を終えたと僕は思ってます。健康保険制度のために、医療は国の紐付きになった。結果、国で面倒見きれないから、高齢者の高度医療や延命はやらない方がいいってことになってます。しかし孝造さんのような場合、確かに牧子さんを置きざりにしては死ねない。何が何でも生きないと……それができないのなら無理心中しかなくなってしまう。そんな叫びが聞こえてきそうですよ」

杉作が耳を押さえるしぐさをした。

「うちの妻は、皆保険を一旦リセットすべきだと言ってます」

三雲は居住まいを正した。

「リセット……改革ではなく？」

自権党のパーティに参加して、その壇上で医療制度改革を主張していたことは知っていたが、と杉作は驚きの表情を見せた。

「改革なんて生やさしいことでは、日本の医療そのものが崩壊すると言ってます」

「まさか、それを目玉政策にして次期選挙に出馬されるんですか。相当な反発が予想されますよ」

「皆保険堅持を標榜する医師会の票は見込めないでしょう。ただ医療産業の将来性に目をつけた財界は、かなり期待しているようです」

「日本の高度な医療は、大きく成長するグローバル産業ですからね。これほど利益が見込める分野はないと言ってもいい」

「妻は、病院を株式会社にしたいみたいです。つまり直接金融で資金を集めたい」

平たく言えば株券を発行して、それを投資家に購入してもらって資金を調達できるようにしたいのだそうだ。

「やる気のある医師と経営者しか残らない仕組みですね」

「病院が生き残りをかけてしのぎを削ると、自ずと医療の質が上がると言ってます。保険で守られているために漫然と治療を行い、新しい技術、知識を得ない医師には消えてほしいってね」

「自由競争ですね」

「ただ、自由競争、競争原理を導入して著しい格差が生じているアメリカなどの例から、みんなが怖がっています。いや、ひとの命を預かる病院が商売に走るなど、もっての外だと批判されます。だから世界に冠たる日本の皆健康保険制度を死守すべきだとね。でも航空会社も鉄道会社も、命を預かっていることに変わりはありません。医療と同様、食品会社だって、人々の健康を支えているもっとも身近な産業だ」

「けど先生、お金を持っている人はいいですが、そうでない人は困るんやないですか」

夏恵が声を上げた。

「医療産業の利益規模をいまの数倍、数十倍に成長させ、日本式を世界に輸出して得た利益、法人税をセーフティーネットに流用できる仕組みを彼女は作ろうとしてます。国民は保険料を納める代わりにセルフメディケーションにお金を使えますし、風邪や打ち身ぐらいで病院に行くこともなくなります」

「そんなことができるなら、確かに……」

夏恵は口を尖らせたまま、引き下がった。

「日本の個人金融資産は一七四〇兆円を超えていると言われています。もし医療の自由化が実現すれば、それぞれの病院経営者のアイデアで、みんなの一大関心事の健康や病気治療、長寿にもっとお金を使わせることができる。さっき航空会社を例に出しましたが、同じ命を預けて目的地に行くのに、ファーストクラスとエコノミークラスを料金で区別していますね。それでも商売は成立しています。病院もそんなクラス分けが行われるだけだというんです」

「治すだけならエコノミークラス、楽しみながら治したいならファーストクラスの料金を支払うんですね。また、何が何でも延命したいひとは高額を払い、延命を望まないなら廉価。それに天井知らずの料金でも、当人が望むならば、それもよし。利益を追求し大儲けした病院は、人材も設備も充実させられるし、社会貢献として低所得や生活保護世帯のためのプラン設定も可能になるってことか」

何度も杉作はうなずく。

「セーフティーネットは、むしろいまより充実させられるというのが、妻の言い分です。まあこれ以上は、ここではやめましょう」

「先生、その話を谷廣さんにされたこと、ありますか」

「いえ、患者さんにはしてないですね。皆保険制度が整えられて五七年、長い間健康保険を使ってきていますから、こんな話をすると、弱者切り捨てだと誤解されます。ああ、一度妻が地元紙にインタビューされたことがあって、そのことを告知したことはあります」

「その内容は、いまみたいな皆保険リセット案でした？」

「そうです、そこはぶれてないから、彼女」

「掲載されたのは、いつ頃ですか」

杉作はメモを手にした。

「インタビューそのものは一月ですが、掲載は二月の終わりだったんじゃないですか」

「谷廣さんが、保険制度に興味を持っていたのは、その影響かもしれない」

「さあ、それはどうでしょう。それはそうと杉作さん、警察の方は、どうなんです？」

三雲が杉作の顔を見つめる。

「孝造さんを、牧子さん殺害容疑で被疑者死亡のまま起訴するんだと思います」

「では、杉作さんは、もう大丈夫なんですね」

三雲は念を押すような言い方をした。

「ええ。あの状況で僕が何かしたのなら、真っ先に疑われます。いくら何でもそんな間抜けなことをするなんて、彼らも思っていないでしょう。とはいえルポライターなんて商売は胡散臭い（うさんくさ）とみんな色眼鏡で見ますから、一応、事情聴取したに過ぎない」

「これからは大手を振って取材されるということですね」

「そうです。明日の葬儀が終われば、この部屋をつぶさに調べたい。いいですか」

「それなら、私から言いましょうか」

冬美が声をかけた。親会社の管理物件だから、と理由を述べる。

「助かります」

と杉作は、引き締まった表情を見せた。

17

朝礼が終わると冬美は身支度を調え（ととの）、新のデスクまで行き、長谷川から頭痛を理由に早引きする許可を得た旨を伝えた。

「頭痛、か」

「まあ」

「やっぱりまだ、あの心中事件に首を突っ込んでるってことか」

と新が足を組む。

「えっ、そんなことは」

「葵さんと揉めたんだって？」

「先輩と上手くいってるんですね」

冬美が腕時計に目をやると、一〇時半を指している。谷廣家の告別式は一一時からだ。

「葵さん、ほんときれいだよね」

新は顔をほころばせ、それについては感謝してる、と小声で言った。

「では、お医者さんに診てもらいますんで」

頭を下げて立ち去ろうとした。

「杉作舜一に入れ込むのは勝手だけど、会社の方針に従うようにって言ってたぞ」

新が冬美の後頭部に言葉を投げてきた。

これには黙っていられなかった。冬美は振り向きざまに言った。

「私は、会社の方針に逆らってなんていません。そもそも方針なんて知らないし」

「大きな声出すな。編集長に聞こえるだろう」

「ごめんなさい」

「葵さんが心配してるのは、無理心中が『幸い荘』の建て替えに原因があったなんて風評が流れることなんだ。問題を大きくしたくないんだよ」

「人が亡くなってるんですから、小さな問題だとは思いませんけど」

「必要以上に広げることもないだろうさ。病気の高齢者を追い出したって言われてみろ、丸三不動産は困るに決まってる。うちの親会社なんだからな。杉作舜一がマスコミに顔を出すもんだから、ますます話が大きくなってきてるんだ」

「先生を呼び捨て？」

「面識ないんだから、いいだろう。松本清張とか横溝正史をさん付けで呼ばないのと同じだよ」

「まあ、いいけど。でも、世間体を気にするなら、むしろ心中の原因が、宿泊施設のために高齢者を路頭に迷わせたことじゃないって、はっきり分かった方がいいんじゃないですか」

　昨夜聞いた三雲と杉作の会話から、孝造の悩みは転居先が見つからないというような個人的なものではない、と感じた。

「おいおい、声のボリューム下げて」

新が首をすくめて長谷川の方を見る。

「すみません」

また謝った。

「人の話ちゃんと聞いてないよね、いつも。心中なんて、いくつもの問題が重なってどうしようもなくなった人しかしないよ。その一つが転居のお願いだったってことは充分ある。それでも丸三は困るんだ。アパートに目が行くのがよくない。アパートの住人から耐震化が必要だっていうのは嘘なのかって、問い合わせがあったそうだからね。藪の蛇を突かないようにしろってこと」

うちの親会社なんだからと、新が再度念を押す。

「ああっと頭が痛いので、とにかく早引きします」

壁の時計が目に入り、冬美は話を打ち切ってダッシュで社を出る。短距離だけれどタクシーに乗らないと告別式に間に合わない時間になっていた。

通夜よりも少ない弔問客で、寂しい告別式だった。式は二〇分ほどで終わり、葬祭業者は室内を片づけ、一二時一〇分前には二人の遺体を乗せた車は火葬場へと向かった。三雲と夏恵が診療所の車でついていき、冬美と杉作が留守を任された。

「やっぱり主がいなくなると、寂しいな」

座布団にあぐらをかいた杉作が、部屋を見回す。

「いまのうちに天井、見ておきます。先生が座っておられるところですか、お布団の牧子さんの顔の位置。私がきたとき、警察が動かしてるでしょうから」

「そうだったね、牧子さんの目になってもらうんだった」

杉作は立ち上がって、自分が座っていた座布団を動かす。そして四方からの距離を確認して、

「うん、この辺りだ」

と位置を決めた。

冬美は座布団に両手をつき首を真上に向ける。

「足は東、頭は西に向けて、横になるといい。それで、僕が孝造さんがいつも座っていただろう場所に座る。牧子さんが首を動かして見える孝造さんや天井、壁をスケッチしてくれるとありがたい」

「では失礼して」

気恥ずかしさと妙な緊張感から、スカートの裾がめくれていないか確かめ、ブラウスの胸元をきゅっと閉じる。

「もう少し、そうだな一〇センチほど左かな」

杉作が座椅子を側に置いて、顔を覗き込む。

「これくらい、ですか」

体をよじって左に移動した。たった一〇センチで、天井の見え方はずいぶん変わる。ただそれは冬美が天井板の黒ずみを、天翔る天女に見立てていたせいだ。僅かでも動くと天女が空飛ぶイルカに変わった。

右を見ると、座椅子に座る杉作の顔、上はテレビと書棚、左は低い長机に焼香盆と遺影が二つとその後ろの窓。普通は花や走馬灯などが飾られるが、ここにはない。

足元は首を起こさないとよく見えないけれど、押し入れの襖は目に入る。この前ここにきたときは、押し入れの前に畳んだ寝巻きが積んであった。夏恵がたぶん押し入れにしまったのだろう。他には収納場所がなかった。

何かが足りないと、冬美は体を起こした。

「先生、座卓があった方がいいんじゃないですか」

「置いてみよう」

台所から座卓を運び、脚を立てて杉作が冬美の傍らに置く。

冬美はもう一度仰向けになった。右斜め上に座卓の脚の一本が迫っている。

「とても窮屈な感じがします」

「それが牧子さんの世界なんだよ。病牀六尺(びょうしょうろくしゃく)ってね」

「正岡子規の随筆ですね、読んだことあります。『病床六尺、これが我世界である。しかもこの六尺の病床が余には広過ぎるのである。僅かに手を延ばして畳に触れる事はあるが、蒲団の外へまで足を延ばして体をくつろぐ事も出来ない』」

「諳(そら)んじてる、やっぱり特殊能力だ」

「いまはまだないですけど、今後記憶に押しつぶされるかもしれないって思うときがあります」

二〇代でこれだと、倍の四〇代になったときどうなるんだろうと、ときどき怖くなる。スクールカウンセラーに相談したことがあった。しかし見たものを写真のように記憶すること自体を分かってもらえなかった。

「そんな悩みもあるんだ。そういう能力を持った人たちをレポートするのもありかもしれないいな」

杉作は真顔だった。

「そのときは、全面的に協力させていただきます」

冬美は体を起こし、座布団の上に座る。

「もちろんお願いします。この孝造さんのことを本にしたら、すぐにでも。牧子さんの視点の風景はもう記憶した？」

「はい、いつでも絵にできます。そうだ先生。先生が孝造さんを発見されたとき、その座椅子は孝造さんの足元にあったんですよね」

「孝造さんの真下というより、半歩ほど玄関よりにあったんじゃないかな。帯紐に首をかけて、座椅子を蹴りぶら下がった。ただ高さがなかったから、つま先が畳に触れそうになってた。目一杯足を伸ばせば、助かったかもしれない」

「やっぱり低すぎますよね。座卓の方が高いなと思ったんです」

冬美はイラスト展のディスプレイで、立体オブジェをロープで吊り下げる作業をしたことがあった。ちょうどいい位置に設置したと思っても、すぐに下がってきた経験を話した。

「踏み台の高さが低いと、先生がおっしゃったように足が着いちゃうなって思って。すみません、私って細かいことが気になるんです」

「いや、それはいい視点ですよ。ただ首吊りは、完全に宙に浮いていなくても窒息死する。眠るように死にたいために、尻をついて壁にもたれたまま自殺した例もあるから」

「そ、そうなんですか。そんなんで死んじゃうんですか」

「踏み台の高低は関係ないってことです」

「納得しました。もしかしたら、孝造さんはどこかで自殺したくない気持ちがあったのかなって、思ったもんですから」

「足が畳に着くから？」

「それもありますけど、先生との曖昧な時間の約束です。暗くなった頃っていうのは、やっぱり主観的な感覚すぎます。言うなれば先生の感覚に、運命を任せたような気がして」

「賭けたと言うんですね」

「訪問が早ければ、心中を断念した。いえ、そうせざるを得ませんよね」

「僕がもう数分早く、ここにきていれば心中は中止……」

「そうなることも、またその逆も、すべてを先生に委ねたんじゃないですか」

牧子の首を絞める前に杉作の訪問があれば計画は中止。牧子殺害後、首を吊っても足が着いた場合は殺人犯として裁かれる。自分が死んで発見されれば、杉作の言論によって社会に訴えてくれるだろう、と三つのパターンを想定したのではあるまいか。あくまでも直感を冬美は話した。

「孝造さんの気持ちに軸足を置いているね。人の行動はすべてが理詰めじゃないけれど、物事を選択するときには案外合理的な判断をするものですよ。三つのパターンを用意するほど、孝造さんは迷っていたってことになる。僕も安閑（あんかん）としてはいられないなぁ、冬美さんが急成長してきたからね」

杉作が笑顔を見せ、座椅子から立ち上がって書棚へ向かった。

「ここは、日下部刑事も見たんだね」

「一冊ずつ出して調べてました」

「なら、いいね」

杉作はすべての本を棚から抜き出した。それらを積み上げ畳に腰を下ろすと、手に取って目を通し始めた。速読をしているように素早くページをめくる音がする。

冬美は座卓を居間の中央に移動させた。三雲たちが戻ってきて、昼食が摂れるように準備する。午後一時になれば、近所の弁当屋に頼んだお弁当が届く。

座卓を布巾で拭いた。上に何も載っていないと、結構広く見える。

調味料や歯磨き粉、入れ歯安定剤は台所に移動させてあったけれど、その他のここに置かれていたものは、やはり押し入れの中だろうか。気になる形のものがあった。ものの陰になってちゃんと見えなかったが、緑色をした「ちくわぶ」みたいな形のものだ。

確かめたくて、押し入れを開く。コンビニのレジ袋が目に入った。中を覗くと、見覚えのある薬袋や帳面が見える。手を入れて探したけれど、やはり新聞らしきものは見当たらない。それは当然で、自分が卓上をスケッチしたときもなかったのだ。

冬美はケータイに日下部の番号を打ち込む。

「はい、日下部ですが」

「私、国吉と言います。先日、津川さんと『幸い荘』を見せていただいた……」

「ああ国吉さん、どうされました？」

「いま、よろしいですか」

「ええ、かまいませんよ」

「今日、谷廣さんの葬儀を執り行いました。それでいま谷廣さんの家にいるんですけれど、些細なことが気になりまして」

「些細なことといいますと？」

「谷廣さんの使ってた座卓の上に、新聞紙はありませんでしたか」

「あの日、お目にかけたのは鑑識課が調べた後の現場ですから、多少ものは動かしてると思いますが。詳しく調べるために持ち帰ったものの中に原稿がなかったことは確認済みです。それ以外は、そのままにしているはずですよ。その新聞紙が気になるのはどうしてです？」

「事件のあった夜、卓上に新聞紙があって、そこから例の校正原稿が覗いていたと言う方がおられるもんですから」

冬美は桜木の話をした。

その間、背後に気配を感じて振り向くと、書棚の前の杉作が険しい目でこちらを見ていた。肩をすぼめて、顔を元に戻す。

「新聞の下に原稿がね。新聞紙も原稿もなくなってるってことですね。初動捜査班と鑑識に再度確認しましょう」

「すみません、ぶり返すみたいで」

「いや、疑問点は解決しておきたいです」

「ありがとうございます」

「ではその件、確かめます」

冬美はもう一度礼を述べて電話を切った。

「日下部刑事、ですか。彼は何と？」

電話の内容を踏まえて杉作は訊いた。

「初動捜査班と鑑識に確認するとおっしゃいました」

「僕と三雲先生がここにいたとき、二名の警察官が家に上がってきた。まずはその二人に尋ねるんだろうね」

それだけ言うと、杉作は再び本に目を通し始めた。

冬美はビニール袋の底に緑のちくわぶを見つけた。シリコン製でスプーンの柄にはめる補助具だった。

分かってみれば、卓上にあっても不思議ではないものだ。

現場イラストを完成させるときのために形と色を覚え、袋に戻した。

三雲と夏恵が帰ってきた。それぞれに白い布に包まれた小さな箱を手にしていたのだった。

18

冬美は、任されたイラストマップと苦闘していた。下描きを何度も描き、また消す。

リアリティを追求する情報と、そこを散策する人々をマンガ化するのだが、全体のバランスが上手くとれなかった。それは人物を基本的に三から五頭身で描くのがマンガだと思っているからだ。もっと言えば、それが冬美のポリシーだった。

少年マンガの歴史を調べたとき、藤子不二雄が師と仰ぐ手塚治虫を、時代遅れだと言った劇画の描き手たちの存在を知った。漫画的デフォルメが、リアリティを損なっているというのだ。マンガの描き手は、手塚マンガを否定されたことに憤りを覚えたけれど、時代は劇画に味方していった。

マンガの愛嬌は、少ない頭身にこそあると思っていた冬美は、劇画は描かないと心に決めていた。少年マンガの火は守らねばならない、と大それたことまで考えていたのだ。

だが、ふんだんに写真が掲載される紙面に、冬美の描くマンガはひいき目に見ても浮いている。親しみやすくユーモラスな紙面にしかならず、長谷川の「ファッショナブルな京都を演出する」というコンセプトに合わなかった。

今日中にラフスケッチを仕上げるように、と長谷川から言われ、イベント営業は新が一人で行っている。たぶんイベントの企画よりも、記者の方が向いていると新が報告してくれたのだろう。

親会社への不満を抱えたままでは、広告取りも記事を書くのも、企画営業も上手くいくはずはない。どっちつかずの気持ちで、このまま会社にいてもよいのだろうか。谷廣の事件で、杉作の手伝いをして、自分もルポライターのはしくれにでもなったような気になっていた。

自信があるのは記憶力だけか。

大きなため息をついて鉛筆を置く。

引き出しからノートを出してページを開いた。そこには牧子が見ていたであろう風景の下描きがあった。

その一枚目は天井だ。絵をじっと見つめていると、天井の黒ずみを見ていた牧子の目に、突然自分を絞め殺そうとする孝造の顔が現れた。空想なのに総毛立つほどの恐怖に襲われ、思わずノートを閉じた。

信頼している人間に首を絞められた牧子の気持ちを考えると、やりきれない。そんなことになるまで、誰も何もできなかったことが悔しい。腹立たしい気持ちをぶつける相手がいないことは、冬美も重々分かっている。だから余計に苛立ちが募った。

ケータイの呼び出し音で、冬美は我に返る。

日下部からだった。

「はい、国吉です」

「いま話してもいいですか」

「ちょっと待ってください」

冬美はロッカールームまで走って移動し、

「もしもし、お待たせしてすみません」

と深呼吸して息を整えた。

「お問い合わせの新聞紙の件ですが、結論から言いますと、遺体発見時現場にありました」

三月二二日付け、事件当日の『A☆LIVE』不動産特集だったそうだ。

「でも卓上にはなかったんですが」

「最初に臨場した係官は覚えてませんでしたが、鑑識課が持ち帰っていたことが分かりました」

「そうですか、一緒に原稿はありませんでしたか」

「新聞紙だけでした」

「なぜ、新聞紙だけを持って帰ったんでしょう」

「事件性がある場合は当然押収しますが、本件の場合はそこまでする必要は認められなかった。にもかかわらず鑑識が持ち帰った理由は、新聞紙に微量ですが白い粉が付着していたからだそうです」

「白い粉って、お薬ですか」

「鑑識が睡眠薬などかもしれないと疑い、調べたそうです。しかしすぐ、入れ歯安定剤だと分かりました。クリーム状のものは知っていましたが、粉状のものもあるんですね。鑑識の報告書を見直すと、座卓および周辺に入れ歯安定剤を検出とありました。だから卓上に新聞紙はあったということです」

「そうですか、分かりました。細かいことでお手間を取らせてしまって、本当にすみませんでした」

もし智代美の記憶が正しければ、新聞紙の下にあった原稿だけが消えたということになる。それは不自然だ。やはり原稿があったと言った智代美の、見間違いだったのかもしれない。

「いえ、ご協力を感謝しています。こちらも例の校正原稿の件については疑問がありましたからね。しかし本件、被疑者死亡で捜査は終了しました」

「無理心中ですものね」

牧子を殺害したのが孝造で、その孝造は自殺してすでにこの世にいない。心中の真相を解明するのは、警察の仕事ではなく、まさにルポライターの出番だ。

「国吉さんたちは、まだこの件を調べるおつもりですか」

「心中の原因、谷廣さんが何を訴えたかったのか、それを代弁するというのが杉作先生の目的ですから」

「うーん、国吉さんにこんなことを言っていいのか分かりませんが、私の考えを言わせてもらうと、やっぱり初対面の杉作氏に自分の思いを命懸けで託したというのは理解できない。考え過ぎではないのかなと。老老介護の問題は、うちの親も後期高齢者ですから身につまされます。その現状を世に問うのは意義深いと思うんですよ。杉作氏にとっても、不謹慎ないい方ですが、心中の現場に立ち会ったのは千載一遇のチャンスだ。だから力が入るのは分かるんですがね。国吉さん、くれぐれも気をつけてください」

「気をつける……？」

「あ、いや、今後も杉作氏の手伝いをされるのかと。今回は事件性がなかったからいいですが、ルポというものは事件だって調べるでしょう」

サツ回りの女性記者が、男社会の中でいろいろと苦労しているのを見ているから、と日下部は言い添えた。

「私は、まだそこまで……単なるお手伝いです」

「とにかく無理はしないでください。では津川さんによろしく」

「あ、はい、ありがとうございました」

冬美は、日下部の言いにくそうな話し方を気にしながら、ケータイを切ってロッカーのネームプレートを見つめる。

確かに『残心』は、あくまで杉作の本なのだ。自分の名前は表に出ない。

やっぱりルポを書くなんて夢のまた夢なのか。

冬美はグルグルッと首と肩を回すと、デスクに戻った。イラストマップの続きに取りかかろうとした。けれど、やはり孝造のことが気になって、谷廣の部屋を描いたノートを取り出す。

卓上の帳面にあった赤ボールペンの痕跡は、その上で原稿の校正をしていた証拠だ。書き込んだ原稿は、いったいどこに消えたのだろう。

絵をじっと見る。

手前にある茶碗やスプーン、薬袋……シリコン製の緑のちくわぶ。

また冬美はケータイを手にして、夏恵のナンバーを押しながら、ロッカールームに走る。

「冬美です、いまいいですか」

「車で移動中、ちょっと待って」

一〇秒ほど待って、

「はい、安全確保しました。で、何？」

明るい夏恵の声が嬉しい。

「あのう、孝造さんの卓上にあったものなんですが」

「変なもんでもあった？」

「いいえ、ないのが気になるんです」

「ないって、校正原稿以外に？」

「笑わないでくださいね」

「冬美ちゃんが一所懸命考えたもんを、笑ろたりするかいな」

「もう笑い声になってません？」

「堪忍、堪忍、笑うなって言われると、つい」

「しょうもないことなんで、きっと笑いますよ」

「大丈夫、もう笑わんさかいに言うて」

「お箸がないんです。スプーンは二つもあったのに」

スプーンは座卓の手前と向こう側にあって、一つの握りには介助のシリコンが装着されていた。

「ああ、それやったら、なくて正解や」

「えっ」

「孝造さん、お箸使わはらへん」

「そうだったんですか」

聞けば、単純なことだ。

「手根管症候群で、とくに親指が痺(しび)れてるからスプーンにしてはる。最近、牧子さんの補助具を自分も使い始めてはった」

「あのちくわぶ」

「ちくわぶ？」

「すみません、私が勝手にそう呼んでるだけで、あの緑色のシリコンでできたものですよね」

「関西ではあんまり馴染みないけど……ちくわぶか、確かに似てるかも」

牧子は右脳へのダメージが激しく、利き腕の左手が不自由だった。それで右手で食べられるようリハビリ補助具を使っていた。しかしそれもままならないようになり、孝造が食べさせるようになっていたのだそうだ。ところが孝造自身の指の痺れと痛みが強くなり、食事介助も自分の食事も補助具が手放せなくなったというのだ。

「お互いの体が不自由になると、介護は大変ですね」

思わずため息が出た。孝造はそんな大変な思いをして、最終的に心中を選ばざるを得なかった。日ごとに、できないこと、してあげられないことが増えていくのが怖かったのではないか。

「そうやな、頑張り屋さんほど、ほんまはケアが必要なんや」

「孝造さんって、弱音を吐くタイプじゃなかった感じですよね。ご自分の病気のことも隠して踏ん張ってる」

「ただな、冬美ちゃん、孝造さんはちょっとちごたんや」

「ちがう？」

「うん。介護は面倒くさいとか、嫌やなって誰でも思う。どんなに愛情があっても、そこは人間やもん。けど、孝造さんは面倒とか嫌とかいう感じがなかった。納得して、自分のために、それこそ修業してるみたいやった。だから取材してもろてもええと、うちも先生も思たんや」

「じゃあ、この間三雲先生の奥さんが、怒ってらしたことは的外れですね」

冬美は、亜紗子が診療所にやってきたとき『どうして、あんな患者を紹介したのよ。要介護三か四で、上手くいっている夫婦くらい、他にもいるでしょうに！』と大きな声で怒鳴った言葉を再現した。

「おお、亜紗子夫人の顔が出てきたわ。うちにあんな風やから、先生はもっと大変やったんやないかと思った。それが、それほどでもなかった。杉作さんのお陰かもしれへん」

「杉作先生のお陰ってどういうことです?」

「ちょっと、ややこしいんやけど、亜紗子さんがかねがね主張してることを擁護、いや援護射撃してくれそうやから」

葬儀の明くる日、診療所で三雲が電話で杉作と話しているところへ、亜紗子がやってきた。亜紗子が杉作と話したいと言って、三雲が電話を代わった。

「奥さんと先生が話したんですか」

杉作からは何も聞いていない。

「何や、焼き餅か」

「そんなこと、あるわけないじゃないですか。それより、亜紗子夫人の主張って、例のあれですか」

「そう国民皆保険制度の廃止。お互い協力していこってなったみたい」

「協力……?」

政界に進出する人間と、社会派ルポライターの協力関係が、どういったものなのか見えてこなかった。

「奥さんの考えがあまりに過激やから、味方がほしいんやろ。具体的には、講演会で本を配布するみたいなことを言うてたで」

「本の配布なら、広報活動での協力ですね」

杉作は、大切な著作『残心』を、一立候補者の選挙活動に使われてもいいのだろうか。

「杉作さんも本が評判になるし、亜紗子夫人は夫人で、マスコミを巻き込むことで世論を動かせるかもしれへん」

「先日、三雲先生から亜紗子夫人の主張は伺いましたけど、夏恵さんはどう思ってるんですか」

あのとき夏恵は、両手を上げて賛成しているようには見えなかった。

「亜紗子夫人のスピーチ原稿を、パソコン打ちしたことがあって大体は把握してる。とにかく日本の医療産業がトヨタ、日産みたいに海外へ進出して、莫大な利益を上げて税金を納めてくれたら、国が潤う。そこまでは結構なことやと思う。そやけど、儲かることが前提やん？」

「損することを考えてないみたいでしたものね」

「それに保険がなくなると、各病院が情報公開できるようになる。そしたら、どんどん広告宣伝費も使って、お金が回る、と言うてはるんやけど、それもな」

訝る声を出した。

「疑問なんですね」

「うん。いまは、この病院なら治せるなんて広告は出せへん。でもな、保険、つまり国の規制がなくなったら、どれだけの患者さんを回復させたと宣伝するようになる。たとえば画期的な治療をする病院は、そのデータを公表して患者さんを集めるはずや」

「それって、お医者さんにも、患者さんにとっても、いいことじゃないんですか」

「情報に嘘がなかったらな」

データの真偽を確かめるのが難しいと、夏恵は言った。

「その治療が正しかったかどうか、決着するのに、何年、ううん何十年もかかるもんもあるし。その間も治療はせんとあかん」

「その辺りが、普通の株式会社とはちがうところなんですね」

「競争することで値段が下がったり、やる気のないお医者さんがいなくなる効果はある。でも不正がはびこる可能性も大きいな。うちも結論はよう出さんわ。まあそんな訳で杉作先生と意見が一致して、亜紗子夫人のお怒りはおさまった」

「そうですか。何か孝造さんのことから離れていく感じがします」

杉作から読ませてもらった『残心』第一章の草稿の中で、孝造自身が国民皆保険制度に触れていたが、そこまで考えていたのだろうか。

「ルポライターいうんは、そんな仕事やないの。いま気がついたんやけど、ジャーナリストとルポライターってどこがちがうん？」

「ジャーナリストは、自分の意見とか考え方を主張する人。だからちゃんと結論がある。それに対してルポライターは、現場に立って取材対象のありのままの姿に迫っていく。現場で起こっている事実を見せることで問題を提起する人です」

冬美は大学時代の授業で、宇佐美(うさみ)という先生から聞いたままを口にした。

「ふーん、ほな現状が、より刺激的な方が売れるいうことか」

「それは、そうですが、先生は刺激的な風潮を好んでいないはず……」

そう言いながらも、冬美は『心中の現場に立ち会ったのは千載一遇のチャンス』と言った日下部の言葉を思い出していた。

そのとき、孝造が座椅子に乗って首を吊る情景が浮かんだ。もちろん想像だけれど、帯紐を摑む悲しげな孝造の表情まで見えた。

「あの、夏恵さん、孝造さんの部屋の整理はいつ？」

家財道具は処分の手続きを終えるまで、三雲診療所が管理している。その後は、丸三不動産の管理物件となるはずだ。

「二、三日中に整理屋さんがきはる。それが済んだら、鍵を返すことになってる。どうしたん、気になることがあるん？」

「描き漏らしたものがあります。夏恵さん、お願いが」

「分かった、分かった。これが最後やで」

19

「冬美ちゃん、ほんまに上手やな。天井の節穴も黒ずみもそのままや」

夏恵は谷廣家の天井を見上げて、ノートと見比べながら声を上げた。

「そういうところが気になるんです、私。何か愛おしくて」

「うちの香織も好きやで、いろいろな形に見える言うて。うちも子供の頃はそうやったんやけどな。いつの間にか節穴は節穴にしか見えんようになったわ」

「成長してないんです、私」

と微笑み、冬美は祭壇の上の二枚の遺影に合掌した。そして押し入れの襖を開く。

この前見たビニール袋を取り出して、その奥に顔を入れた。

「暗がりやと頭打つさかい、そのままごそっと出してしまいよし」

遺影の前に正座している夏恵が、冬美の背後から言った。

冬美は何枚も重ねてある寝巻きの一番下に手を差し入れて、崩れないように取り出した。まだ微かに洗濯石けんの香りがする。

「六着、か」

冬美は、一番上に載せてある帯紐に手を伸ばす。幅四センチほどの帯紐は、皺をのばしてきちんと畳まれていた。孝造の性格が出ていると思った。

「冬美ちゃんの言う通り、その寝巻きの束見ると、いろんなこと思わせるな」

「丁寧さに思いやりを感じます」

冬美は部屋の片隅に積んであった寝巻きをさらに詳細に描きたい、と夏恵に申し出た。高齢の男性が女性ものの寝巻きを洗濯し、丁寧に畳む姿が浮かぶような絵にしたかったのだ。

「冬場はそうでもないけど、これから温くなっていくと替えがぎょうさんいるさかい、近くのコインランドリーで洗濯して準備しておかはったんやな」

替えはいくらあってもいい、と帯紐の一本を夏恵も手に取った。

それを見た冬美が、

「あれ?」

と声を上げた。

「どうしたん?」

「それ、ちょっと貸してください」

冬美はそろりと夏恵の手にある帯紐を受け取り、

「この帯紐にだけ、シワがよってますね。なんかザラザラしてるし」

と自分の指先を凝視した。

「ちょっと見せて」

夏恵も、冬美の手からだらりとぶら下がる帯紐の端を持ち上げて見た。

「ほんまや、これは洗てないのかな」

「石鹸の香りはしてますよ」

鼻に帯紐を近づける。

「確かに、ここにある寝巻きと同じ匂いがしてるわ」

「これ、もしかして入れ歯安定剤」

冬美は指先に着いた白い粉を、夏恵に見せた。

「そうや、それ新ファストンや、間違いない」

粉状だけれど、水分を含むと程よく粘性が出て入れ歯を定着させるのだそうだ。

「それが帯紐のシワに入り込んでるってことは、やっぱり洗濯してないんですね」

と冬美は端を持って、下まで垂らして確かめた。それほど使った感じはしない。

「もしかして、それ」

夏恵が顔をしかめた。

その顔から夏恵が、孝造の首をくくった帯紐ではないか、と思ったのを察知した。

「え、そんなはずないです。それは警察が」

「いや、スカタンしはったんかも」

「ちょっと待ってください」

と冬美は寝巻きを一枚一枚手に取って広げる。顔に近付けてよく見た。

「寝巻きの方は洗ってありますね。帯紐だけ使ったままで、洗った寝巻きの上に置いてあるって変ですよ。それも他の帯紐に紛れ込ませるように」

「汚れが着くもんな」

「確認してみます」

冬美は、日下部に電話をした。その答えは、孝造の首に巻かれていた帯紐は証拠品として現場から持ち帰っているというものだった。さらに帯紐からは牧子の汗の成分が検出されており、彼女が着用してたものに間違いないことも判明していた。

「孝造さんの指紋も鴨居の埃も着いてましたから」

日下部は駄目を押すような言い方をした。

「でも、洗った寝巻きの中に、白い粉、入れ歯安定剤がくっついた帯紐って妙じゃないですか。白い粉は卓上の新聞紙に着いてたんですよね」

「寝巻きは皆、洗濯済みなんですか」

「洗濯してあります」

と冬美は言い切った。

「うーん、妙ではありますが、うっかり忘れてたってこともありますから」

決着した事件を蒸し返されたくない、というのが日下部の声の調子から分かる。

「調べてもらえないんですか」

「そうですね、鑑識さんも忙しいのでね」

「ちょっと替わって」

冬美の様子を見ていた夏恵が、ケータイを奪うように手に取り、

「日下部刑事、津川です」

と話しかける。

「ご一緒でしたか」

近くなので、日下部の声もよく聞こえた。

「あのね日下部刑事。几帳面やった孝造さんが、洗ってきちんと畳んだ寝巻きの上に汚れた帯紐を置くなんて、あり得へんと思います。湿気を吸うと粘りが出てくるさかい、取れにくくなる。それは安定剤を使てはる孝造さんはよう知ってはるはずです」

「はあ、それはそうだと思いますが」

「あれっ？　ちょっと待って、やっぱり妙や」

夏恵は何かに気づき、自分だけで小さくうなずく。

「どうしました？」

「この入れ歯安定剤、牧子さんも使てはるんです。二人は同じもんを使ってはりますが、牧子さんは利き手が不自由やから自分で塗ることができひん。食事の前にだけ孝造さんがつけてあげはるんです」

面倒でも入れ歯をつけて、しっかり噛んで食事をする。それが脳の血流を促し、リハビリになると指導していた、そう夏恵は説明した。

「牧子さんの歯、どうでした？　入れ歯嵌めてはりましたか」

「入れ歯、ですか。ええっと確か、口腔内に入れ歯は嵌まってたんじゃなかったかな」

「孝造さんは？」

「そちらははっきり分かります。入れ歯が装着されてました。食いしばったせいで、破損していたという報告を受けてます」

「そうすると、食事をする準備をしてたんとちがいますか。そやから新ファストン、いえ入れ歯安定剤がその辺に散らばってたんや思います」

孝造の指も動きづらく、粉を塗布するのが難しくなっていたのではないか、と夏恵は想像を口にした。

「おまけに、あの安定剤は、装着してから歯をカチカチと何度か嚙んで定着させるもんなんです。だから牧子さん本人も協力しないとなりません」

「食事の準備をしていた。そう言えば台所にコンビニ弁当が残ってましたね」

孝造の部屋に入ったときの腐敗臭を、冬美も思い出した。

「牧子さんの帯紐を使うて、孝造さんは首をくってはったんですね」

「ええ、亡くなった牧子さんは帯紐をしてなかったですから」

「ということは、孝造さんが牧子さんの帯紐を取って、牧子さんの首を絞めてから、同じ帯紐で……やっぱりおかしいです」

「どう、おかしいんですか」

「孝造さんは、牧子さんに入れ歯を入れてあげてから、彼女の帯紐をほどいて首を絞めはったことになります。何でわざわざ歯を入れはったんですか。しかも動きにくい指で」

「そ、それは……うーん、死に顔を少しでもよくしてあげたいとか」

「日下部さん、女性の寝巻きの帯紐を取っておいて、死に顔をどうのいうんは変ちゃいますか。それとも死化粧でも施されてました？」

「いえ、言いにくいんですが、むしろ苦痛に歪(ゆが)んでました」

「ほな、変やって言ってること分かりますよね」

「それは分かります。分かりますが、孝造さんも亡くなってますから」

「あの、今度は私に」

冬美は、夏恵の言わんとすることを理解して、日下部に言いたいことが出てきた。

「国吉さんに替わりますわ」

夏恵からケータイを返してもらい、冬美は、

「孝造さんは、牧子さんに歯を嵌め、自分も歯を着けるために安定剤を使った。心中する人がどうしてそんなことをしたのか、ということなんです。どう考えても、食事をするためだったとしか思えません」

強い口調で言った。

「しかし、二人とも食事は摂ってない……」

胃の内容物からも明らかだ、と日下部はつぶやく。

「急に気が変わったということになります。何があったのかは分かりませんが、ここに入れ歯安定剤が着いた帯紐が出てきたんですから」

「どういうことなのか、まだ」

日下部の呻吟が伝わった。冬美と夏恵が交互に話したことも戸惑う一因なのだろう。

「どこでどうして入れ歯安定剤が帯紐なんかに着いたか、ということです。入れ歯に塗布してから口に嵌めるんですから、寝巻きの襟元なら分かりますけど、帯紐にとい

うのは不自然ですよね」

「それが牧子さんを絞めた帯紐だと？」

「だとすれば、孝造さんは首を吊るのに、なぜ牧子さんがしていた帯紐を使ったのかという疑問が生じます。分からないことがあるんですから、調べてみてください」

「わ、分かりました。鑑識課の友人に動いてもらいます」

「ありがとうございます。孝造さんの行動から、彼が命懸けで訴えたかったことが見えてくるかもしれません」

日下部は再度調べることを約束してくれた。

20

次の日、仕事を終えた冬美は、桜木家を訪ねた。

新聞があったことははっきりしているが、その下の校正原稿を見たのは、桜木夫妻、いや智代美だけだ。たわいもない世間話をした後、原稿を見たのは確かに事件の夜だったのか、勘違いではないかと訊いた。

「他の日と間違えるはずない。いつも玄関で帰るさかい、台所より奥へ入ったのは、主人が孝造さん誘って飲んでる間、牧子さんを見てた一回だけ。その時はむしろ置いてあるもんはよう見て知ってる。紙なんてなかった。そやからあの夜以外に、卓上にある紙に書いた字なんて見られるはずないやんか」

と智代美の語気が荒くなった。

その話を出すまでは上機嫌で、居間に通した上に、羊羹（ようかん）とほうじ茶を出してくれていた。

「すみません、他に見た人がいなかったもんで」

冬美は、智代美が気分を害することは分かっていた。それでも確認しておきたかった。

夫の剛と孝造が飲んでいたのは谷廣夫妻が亡くなる十日前。栞のためのヒアリングが行われたのは一週間前だから、智代美の言う通り、原稿があるはずもない。

「新聞が浮いていたんや。上にはいっぱいものが載ってたやろ？」

「ええ、こんな感じです」

冬美はスケッチブックのコピーを見せた。

「これ、お嬢さんが描いたん？」

「大学、美術系だったんです」

「そうか、けどこれ凄いわ、写真みたいや」

剛がいれば、彼を呼んで見せているだろう。今日は転居先へ行っているのだそうだ。

「この上に新聞紙が載っていたんですよね。どんなふうに？　これに描いてみてください」

コピーと赤ボールペンを手渡した。

「うち絵心ないさかい、上手に描けへんけど」

智代美は、スケッチの、卓上の孝造のノートの上に、右肩を少し上げた長方形を描き、

「ノートが原稿やとして、新聞の左下から覗いてたんや。赤い字やったし、印象に残って思い出せたんかもしれへん」

とペンで示す。

「ありがとうございます。もう一つ伺います。牧子さんの寝巻きなんですが」

冬美はもう一度、コピー用紙を智代美に見せ、背景にある積まれた寝巻きに大きく丸をつけた。

「あれは大変。孝造さん、免許返納してはるから、大きなレジ袋に入れてコインランドリーに行かはるんや。冬は週一で済むけど、これから暑くなったらそんなわけにいかへんし。ほんで、こんな風にきちんと畳んではったわ。うちの主人とちごて几帳面やから」

「帯紐だけ、洗わないってことあると思います？」

「それはないわ。コインランドリーの台の上で、丁寧に皺を伸して畳んではるのを見たことある。乾燥機かけると、帯紐はよれてくちゃくちゃになるさかいな」

「手の指があまりよくなかったのに、伸して畳むのは大変でしょうね」

剛がした居酒屋の話を思い出した。

「痛とうても我慢してやらんと気が済まへん。性分やろな。そやから行く末を案じて」

「我慢してでも……」

「お嬢さん、原稿のことやけど、うちの見間違いでも勘違いでもあらへん。あの夜、確かに新聞紙の下にあったんえ」

「私は、桜木さんを信じます」

「昨日もまた、警察の人がきはったけど、お嬢さんの探してるもんと関係あるんか」

「ええ、まあ」

「もしかして、心中やなかったってこと？」

「そういうことではなく、孝造さんの当日の行動に、不自然なところがないかを調べてもらってるんです」

「お嬢さんが警察を動かしてるん？」

「そんな、まさか。前も言いましたけど、私は杉作先生のお手伝いで」

「その杉作さんが、うちらを嘘つき呼ばわりしてるんか」

「そうじゃないです」

「何や怪しいな。お嬢さんはええけど、うち杉作いう人、何か怖い」

智代美は、無理に険しい顔を作ろうと眉を寄せた。

「ルポライターっていうのは、真実を追い求めるハンターみたいなところがありますから、おっかなく見えるかもしれないですね。でも、そんなことないですよ。出版された先生の本を読むと、弱者の味方だって分かります」

「ふーん、そーなんや。気ぃ悪したら堪忍してや。孝造さんは、唆(そそのか)されたんやないかって主人と話してたもんやから」

「唆すって、先生がですか」

「こういう言い方したらあかんのやろけどな。牧子さんより先には何があっても死なれへんさかい、看取り医の三雲先生に自分の病気のことは相談できひん。それでずっと悩んではったところに取材やんか。テレビでもよう見るようなコメンテーターとかジャーナリストっていう人らは、話も上手いしグイグイと引っ張っていく感じがあるやろ。エネルギッシュな人と喋ると、ドッと疲れてしまう。孝造さんも、そんな感じやったんやないやろか」

弱っているときにやたら元気な人に会うと、毒気にあてられて何も考えられなくなった経験は、冬美にもある。しかし、そんなことで無理心中までしてしまうだろうか。

「杉作先生は前日にも孝造さんと会ってます。そのとき、毒気にあてられたという感じはなかったようですけど」

冬美は『残心』の第一章を思い返していた。杉作は、孝造に対して詰問することもなかったし、不安を煽るようなことも言っていない。

「それは、杉作さんから聞いた話とちがうのん？」

「ええ、そうですけど」

それどころか、草稿だとは言えなかった。

「お嬢さんはその場にいてへんのやろ、分からへんやんか」

「ですが……先生はそんな方では」

「テレビ見てても、新聞の雑誌の宣伝みても、みんなスクープ合戦ばっかりや。杉作さんが、そうやないって言い切れるんか」

「だからといって、心中させるなんて……そんなことはないです」

「まあ、うちらはほんまのことしか言うてないさかいな」

智代美は、校正原稿の件をまだ怒っているようだった。

自宅マンションに戻った冬美は、ベッドに横たわって自分の中にあるモヤモヤの正体を考えていた。その一部が、夏恵をはじめ日下部、さっき話した智代美たちの杉作への評価であることは分かっている。

著作物を読んで憧れていた冬美には、杉作の本当の姿が見えていないのだろうか。いや、会って話をしているではないか。自分の目と耳で、杉作舜一という人間を判断していたはずだ。なのに他人の、杉作への言葉が心に引っかかって仕方ない。

冬美はバッグから『終演～夢のあと』を取り出し、枕元の『業火～残影のなかに』、『漂流～都会の孤独』と一緒に並べた。

事件記者としてスクープをものにしてきた杉作が、じっくり腰を据えて書いたと大々的に売り出されたのが第一作『業火～残影のなかに』だった。陰惨な殺人事件を独自の取材を通して、真相を糾明してきた記者の目が、ただ鋭いだけではなく、穏やかで慈愛を含んでいる点に驚かされたのだ。そのまなざしは、その後の二冊にも引き継がれている。

いくら何でも、私利私欲のために孝造を唆すとか、心中事件を利用するような人ではない。

冬美は三冊の本を見つめる。取材対象に注がれる温かなまなざしに冬美は惹かれたのだ。そう思いつつ、指で表紙の「杉作舜一」の文字を撫でる。

智代美の「うち杉作いう人、何か怖い」、葵の「妙な正義感振りかざされて」という言葉が交互に現れた。

冬美は、『業火』の「まえがき」を読み直す。そこに、杉作が正義感について触れた箇所があったからだ。

「毎朝新聞社を辞めるきっかけは、上司のひとことだった。特ダネ賞一三回。三件は警察を出し抜き、いち早く犯人にたどり着いた。この私の原動力は、ただただ正義感だけだった。ことに一二年前の奥秩父女子高校生バラバラ事件では、逮捕前に犯人と接触し、単独インタビューに成功した。さらに私は、犯人を生み出した背景にも迫った。にもかかわらず上司は、行き過ぎた正義は、暴力になる、と凶悪犯への追跡取材を許可しなかった。このとき私は、フリーランスとなって、自分の正義を貫く決心をしたのだ。中途半端な追及が悪をはびこらせ、新たな犠牲者を生むと信じた。

しかし、それは犯罪者ばかりを見てきたからなのかもしれない。いわば人間の醜悪なる部分――地獄、餓鬼、畜生、修羅――だけを目にしてきたような気がする。しかし、人には、菩薩(ぼさつ)のような心だって具(そな)わっている。

本書からはじまる、老い、病そして死の現場を見つめるシリーズでは、どこに悪が潜んでいて、何が正義なのかを、あえて私は書かないでおこうと思う。私のレポートを読んで、読者自身に考えてもらうことに意味があるからだ」

敏腕記者が職を辞してまでこだわったにもかかわらず、杉作が書いているように、行き過ぎた正義感を思わせる表現は、少なくとも『業火』からの三冊にはない。購入してすぐ読んだときは、特にひっかかることはなかったのに、いまは気になる。

杉作の正義とは何だったのだろう。

冬美は書類や新聞が散乱する中、つま先立ちで器用に歩きリビングへ移動する。テーブルの上のノートパソコンを立ち上げると、ポータルサイトの検索窓に「杉作舜一」と入力した。

検索結果件数は一七万件と表示されたが、ほとんどが著作物への感想とオークションの出品画像だ。ツイッターの見出しだけ読んでも、好き嫌いがはっきり分かれていた。まずはウィキペディアで基本的な情報を確かめる。そのページを見るのは、『業火』を読んで杉作に興味をもった二年ちょっと前以来だ。

東京都世田谷区出身の五一歳、地元の高校を経て早稲田大学第一文学部文芸専修を卒業。毎朝新聞社に入社、社会部で事件記者として活躍後、二〇〇二年にフリーとなる。

殺人事件の犯人を警察よりも早く割り出したことで有名になり、その調査能力に着目されるようになった。ただその手法を問題視する専門家もいて、近年の著作は、殺人事件などではなく、人間の老病死を静かに活写するルポルタージュに転換している。

関連リンクに杉作の記事内容をまとめた「奥秩父・女子高校生のバラバラ事件の顚(てん)

末」というのがある。バラバラ殺人事件というのが嫌で、リンク先の記事は読まなかった。

深呼吸して、リンクページに飛ぶ。

記事の概要は、次のようなものだ。

いまから一四年前、奥秩父の使われていない山小屋で、当時一六歳の女子高校生のバラバラ遺体が発見されるという事件が起きた。

車が入れない場所だったことから杉作は、犯人は車を所持していない人間。また鋭利な刃物で首と手足を切断し、開腹していた点より、人体の解剖に異常な興味を持った犯人の犯行だと考えた。彼はある情報屋を雇い、山小屋から近い町で、小動物の虐待情報を収集させた。解剖に興味を持つ一種の愛好者は、必ずと言っていいほど昆虫、は虫類、鳥類、そして犬や猫の哺乳類と、段階を踏んで実験するからだ。

日本の警察も医療教育機関も、この小動物の虐待事例の危険性を認識してはいるが、それほど深刻に受け止めていない。動物愛護が現在ほど声高に叫ばれていない時代だとなおさらだ。

さらに杉作は、被害者が医療用の強い睡眠薬で眠らされたことが判明した時点で、医療関係者を徹底的にマークした。

警察が周辺道路の防犯ビデオや、小屋に続く山道での目撃者を探している間に、杉作は動物虐待者の中から、数人の未成年に絞り込んでいた。その中に医者の息子がいた。

父親の営む診療所が、薬やメスなどの器具の管理が不充分であることを突きとめた杉作は、半ば強引に診療所の一七歳になる一人息子を取材する。

杉作は、髪や汗が切断部に付着していた、と嘘をつき、DNA鑑定させろと迫ったのだ。その言葉に、もう逃げられないと観念した犯人は、犯行のすべてを自白した。その様子を録音し、未成年であることを考慮しつつも写真を撮った。むろん名を伏し「事件の周辺」と題して記事にした。

「事件の周辺」――題名に記憶があった。中学生の頃、兄が読んでいた雑誌に連載されている四コマ漫画が好きで、毎回借りて読んでいた。その雑誌の目次にあったはずだ。兄が捨てたのを拾い自分の部屋にとってある。

冬美はすぐに兄に連絡した。雑誌名を伝えて、そこに載っている「事件の周辺」という記事の写メを送ってくれと頼んだ。

「まことガラクタの山じゃ。俺でねがったら、遭難してるべ」

と兄は文句を言いながら笑った。

「だども、私にとっては宝の山じゃ。兄さん、ありがとう」

やはりネットの記事は、雑誌からの転用だった。

杉作は、犯人にインタビューした後、犯人を伴い最寄りの警察署へ出頭したことで、事件記者として耳目を集めた。

当時、冬美は一二歳、バラバラ事件のことは、連日ワイドショーで騒いでいたからよく知っている。石鳥谷でも、女の子は鎮守の森や人気の少ない河川敷などには、昼間でもひとりでは行かないよう注意されたのを覚えている。

バラバラ事件そのものは、この少年の逮捕で解決した。しかし、未成年であり、さらに精神鑑定で責任能力なしとの判断がくだされたことで、思わぬ展開を見せる。

少年逮捕から八ヵ月後、少年の母親が踏切事故で亡くなった。目撃者の証言により、自ら踏切内に侵入した自殺と断定。さらに三ヵ月後、外科医である父親が医療用麻薬の不法所持で逮捕されたのだ。息子が逮捕され妻を失った医師が、癒やしを薬に求めたのだった。母親の自殺が、息子のバラバラ事件に結びつくことはなかったけれど、父親の二見周平医師の事件で、少年、二見陽の名は全国に知れ渡った。

杉作の凄いところは、なぜか周平の逮捕の現場にいて、疲れ果てた顔をカメラに収めていた点だ。

スクープを引き寄せるのも記者の才能なのかもしれない。

かくして二見医院には誰もいなくなった。

それを受けて、杉作はこんな追記事を掲載した。

『犯人の母親は長年にわたって夫からの執拗な支配を受けていた。それを見て育った息子は、父の影響か幼少期より、弱いもの、小動物を虐待していたようだ。責任を取れない犯人と、そんな子供を育てた家族を糾弾することでしか正義を貫けず、被害者である女子高生ならびに家族の無念を晴すことができなかった』

これが杉作の正義だったということか。そして上司はそれを行き過ぎだと捉えた。一四年前の杉作の心境を知りたいと思った。直接訊けば、それなりに応えてくれるかもしれない。しかし、彼なら書いたものがすべてだと言うだろう。すぐに返ってくる答えは無視すると本人も主張しているくらいだから。ならば冬美がルポライターだったらどうする。インターネットの情報も、雑誌や新聞の記事も誰かが調べたものだ。自分の足で調べるしかないではないか。

彼と対立した上司に直接聞くべきだと思った。だが京都のフリーペーパー情報紙の一記者が、大手新聞社の人間と会えるはずはない。

誰か、仲介してくれる人間はいないだろうか。冬美は名刺ホルダーを取り出す。商店街の店、中堅広告代理店、旅行代理店に、地元の新聞社――。個人的な話ができる人はいなかった。

そうだ、ジャーナリストとルポライターの違いは、という夏恵との会話で思い出した宇佐美教授は、大手新聞社の記者だったはずだ。授業だけとはいえ、年間三〇回も顔を合わしている。相談に乗ってもらえるかもしれない。ただ卒業して、三年余り経っており、覚えてもらっているのかが不安だ。

冬美は、卒業後も何度か連絡を取っている大学のマンガ学科の教授で漫画家の、城（じょう）ノ内（のうち）さとるのケータイ番号をプッシュした。

「はい、城ノ内です」

今年還暦のはずなのに、若々しい張りのある声は変わっておらず、一瞬で冬美を学生時代に戻してくれる。

「夜分にすみません。国吉です」

反射的にパソコン画面の時計を見ると、午後九時を回っていた。

「おう、国吉か」

「先生、いま話していいですか。〆切とか？」

「大丈夫だよ。それほど売れっ子でもないんでね」

城ノ内は大きな声で笑った。

「先生、ルポライターの杉作舜一さんをご存じですか」

「話題に上ってるね、無理心中の第一発見者として」

今日もテレビで顔を見たのだそうだ。

冬美はルポライターという仕事に興味を持っていることを話し、メディア論の授業で習ったことがある宇佐美教授と連絡を取りたい、と言った。

「そういうことか。宇佐美さんは記者だったしな。よく飲みに行くんだ。国吉のことを覚えていたらいいんだけどな。まあいい、いま電話してみるよ。君のケータイ番号を教えていいね」

「こんな時間にいいんですか」

「構わん、構わん。じゃあまた、かけ直すよ」

とケータイを切った城ノ内は、ものの五分もせずに連絡してきた。

「先生、どうでしたか」

「藤子不二雄のようなマンガを描く女学生だって言ったら、なんとなく覚えているって言ってたよ。君の卒業制作のことを話している途中で、思い出してね」

「よほど珍しかったんですね」

「しかし、それがよかった。いまは、フリーペーパー情報紙の記者をやっている、と言っておいた。で、いまからでも連絡していいそうだ」

「本当ですか。ありがとうございます」

「まあ、体に気をつけて頑張りなさい」

冬美は、もう一度礼を述べた。

その週の土曜日、冬美は母校にいた。午後二時、宇佐美と会う約束をしていたのだ。

宇佐美の研究室を訪問すると、彼は快く出迎えてくれた。書棚で囲まれた部屋の中央に六人掛けほどの大きな机があって、最もドアに近いパイプ椅子に座るよう促された。開けっぱなしのドアから、冬美の背中が見える位置だ。

「落ち着かないでしょうが、女性と話すときは決まりなんで、我慢してください」

五〇がらみの宇佐美が、開いたドアを見ながら言った。

「今日はお時間を割いていただき、ありがとうございます。国吉冬美と申します」

冬美は椅子に腰掛ける前に、名刺を差し出した。

「堅い挨拶は抜きにして、これ面白かった。あなたから電話もらって、改めて引っ張り出して読んだんです」

宇佐美がテーブルの上に置いたのは冬美の長編マンガ『こころの蔵・麹丸』だった。

「お恥ずかしい、です」

冬美は頰が熱くなるのを覚え、手で覆った。

麹丸は東北の造り酒屋で誕生する麹菌の妖怪だ。彼は、ゆがんだ人間のこころを治す日本酒を造るために奔走する。常に誰彼なしに怒りをぶつける会社社長、自分が一番きれいだと思い込む嫉妬心の塊の女優、経済至上主義の証券マンが、それぞれの好みに合わせた純米吟醸酒を造る大人のファンタジーを目指した作品だ。構成が「ドラえもん」や「笑ゥせぇるすまん」に似通っていて、キャラクターやシーンにも既視感があり、冬美にとっては失敗作だった。

「私が面白いと思ったのは、あなたの人間に対する諦めの悪さです」

「えっ、どういうことですか」

「まあ、椅子にかけてください」

冬美はバッグを膝に置き、椅子にかけた。

宇佐美も腰を下ろし、

「言い換えれば、人間を信じているっていうことかな。性善説というのか、何とかしてあげたい、という気持ちがマンガに表れてます。それはいいことでもあるのですが、ルポライターを目指す者としては、純粋過ぎるかも知れません。この世の中にはどうしようもない人間も存在するから」

と卓上に用意されていたカップに緑茶のティーバッグを入れて、ポットから湯を注ぐと冬美の前に滑らせた。

「ありがとうございます。私も、自分の描いたマンガがきれい事だって分かってるつもりなんです。あくまでマンガだから現実味ばかりを追求しても」

「もちろん、そうです。いや、なぜこんなことを言うかと言いますとね。ルポライターの多くが、この世の中を少しでもいい方向へ向かわせたいと考えて報道してるし、そういう望みを抱いてます。が、すぐに理想と現実のギャップに押しつぶされる。そうなると、地道に現実を見つめていくしかない、と思う者がほとんどです。ですが、中には極端な方向へと走る者が出てくる。あなたが興味を持っている杉作氏のように」

宇佐美は、背後のデスクからノートパソコンを手に取り、開く。

「極端というのは、一四年前のことをおっしゃってるんですね」

冬美は、杉作の最近の著作物を上げ、その弱者を思いやる優しさに惹かれたのだと話した。

「うん、確かに三部作は、穏やかなのにきちんと問題提起しているいい作品です。殺人事件を扱っている訳でもありませんしね」

「ですが、いま取り組んでいるのは、当初はそうではなかったんですが、事件です。だからなのか、どんどん三部作とはちがう印象へと変わってきていて」

「なるほど、身近で彼の手法を学ぼうとしていた訳だ。そして三部作との違いに違和感を覚えたんですね」

「私自身はそうでもないんですけど……」

「私はジャーナリストの一人として、杉作氏が無理心中遺体の第一発見者だと聞いた瞬間から、不適切な表現だけれど、おいしいと思いました。スクープを引き寄せる何か特別な力でも持っているのかって。そうしたら、警察の事情聴取があり、夕刊紙やテレビでの露出だ。どうも攻めすぎっていうのが率直な感想です」

「攻めすぎ。やり過ぎってことですか」

「一四年前のバラバラ事件でも、彼はそう言われた。しかし読者には好評でした。ちょうどその事件のときは、私はまだ東京でフリーの記者をしていたんで、同じような遊軍記者が集まると、よく話題に上ってましたよ。デスクに睨まれたら、いずれは毎朝新聞を辞めるだろうなって。ライバルになりますから驚異だった」

「実際はどうだったんですか」

「それほど目立った活躍はしてないです」

「どうしてなんでしょうか」

「理由は分かりませんね。やっぱり上司と揉めたのがよくなかったんじゃないかな」

フリーの記者は、一匹狼のイメージがあるけれど、実は幅広い人脈が不可欠なのだ、と宇佐美は言った。

「先生、その上司の方はいまも？」

「いや、六年ほど前だったかに定年して、いまは東都大学で教鞭を執ってます」

毎朝新聞社会部デスクだった芝田六平から、定年後すぐにもらった年賀状に、大学の非常勤講師をすることになったと、書いてあったそうだ。

「先生、芝田さんに会って話が聞けないでしょうか」

　事件記者時代の杉作を知っておきたい。殺されてバラバラにされた被害者のことを思えばこその杉作の追及だ。行き過ぎだと言われればそうかもしれないけれど、被害者の家族の感情を考えれば、職を辞するほどのこととも思えなかった。正義のペンを振るっただけのような気さえする。

「東京まで？」

「はい、明日にでも」

「バイタリティがありますね」

「私はもう、杉作先生の仕事に関わってます。だから、いまのままでは……」

　上手く表現できず、口をつぐんでしまった。

「そうですね、分かりました」

　宇佐美が笑みを見せた。そしてすぐに城ノ内同様、一卒業生のために動いてくれたのだった。

21

　その週の水曜日、体調不良を理由に会社を休み、芝田に会うため東京へ赴いた。芝田が指定した八重洲口の地下にある喫茶店で、約二時間話を聞き、その足で新横浜駅前にある信用調査会社に立ち寄り、明くる朝は早く京都に戻った。

混雑していた東京駅で人酔いしたのか、杉作の別の一面を知ってしまった衝撃からなのか、午後から出勤するつもりでいたが、疲労感でその気になれなかった。

ホットミルクに蜂蜜を入れて飲み、仮眠をとる。ケータイの音に起こされ、時計を見ると午後四時を回っていた。

「冬美、いまいるんやろ。マンションの下まできてる」

慌てて電話に出ると、相変わらず甲高い葵の声が脳天まで響いた。

「先輩……どうしたんですか、こんな時間に」

「部屋に行こか、それとも出てくるか」

「あっもちろん、出ます」

この部屋に、客を迎え入れることはできない。

ジャケットを羽織るとすぐに外に出た。帰宅して、部屋着に着替えてなくてよかった。

玄関を出ると、白を基調とした花柄のワンピースに、淡いブルーのニットカーディガンを着た葵が、ブランドのバッグを手にして待っていた。

「夏ワンピ、まだ寒くないですか」

あの電話での諍いから仲直りできていないので、気まずさを誤魔化す。

「それより、いい加減リクルートスーツ、やめたら」

「先輩、嫌み言いにわざわざ？」

「そんな暇人じゃないの」

「会社はいいんですか」

「人のことより冬美のことやろ。昨日、今日と会社休んだんやって？」

新が心配していたのだそうだ。彼との交際は続いているようだ。

「丸三にたてついて、このまま仕事辞めるつもりか」

「……先輩、私を心配してここまできてくれたんですか」

「それだけやない。用事のついでに決まってるやん」

「あの、ちょうど私も先輩にお話があるんです。謝らないといけないし、お時間いいです？」

「かまへん、けど」

「じゃあ、ちょっと」

二条駅の近くにシネコンがあり、その一階の喫茶店に移動した。

二人は席に着くとホットコーヒーを注文した。

「私に話って？」

と葵が長い足を組んで、じっと冬美を見る。

「ちょっと熱くなっていて、現実を直視してなかったかもしれないと」

「やっと分かったか。丸三は真面目な会社や」

「いえ、会社のことではなく」

「なんや。ほな冬美がハマってる先生のことか」

「そうです。私なりに杉作先生のことを調べました」

冬美は、大学の城ノ内に連絡をとったことを話した。

「そうか、先生、元気やった？」

「はい。それでメディア論の宇佐美先生にお目にかかって」

杉作の過去を知るために毎朝新聞時代の上司と会えることになった。昨日は東京に行っていたのだと言った。

「で、今日の朝に戻ってきたんか。会社休んだんは仮病なんや、呆れた。けど、その行動力には驚いたわ。岩手の田舎から出てきた夢見る夢子ちゃんは卒業やな。ほんで私に謝らなあかんいうことは、杉作さんに何か問題があったいうこと？」

「優秀な記者だったことは確かなんです。でも自分の思う正義のためには手段を選ばない面があるようで」

冬美は、昨日調べて分かったことを葵に話した。

「上司だった芝田さんは、社会部に配属されたばかりの頃から、杉作先生の記者としての資質を買っていたんだそうです。死というものへの畏怖の念が強く、その分命を大事に思っていた。だからこそ、事件事故の犠牲者をおもんぱかれる。ただ、徐々に加害者への憤りの方が大きくなっていく傾向があったそうです。数多くのスクープをものにすると、もっと刺激的な記事を求めるのは、記者の宿命みたいなところがある。それを知っている芝田さんは、ことあるごとに注意された」

しかしスクープを重ね、世間の耳目を集めるようになると、芝田の言うことなど聞かなくなっていく。

「そんなとき、奥秩父で女子高校生バラバラ事件が起こりました」

「覚えてる。私は中二やったわ。毎日ワイドショーでやってたし、ほんま怖かった。そういえばあのとき、逮捕直前に取材してた人がいたって騒いでたわ」

「それです、それが杉作先生だったんです。ここまでなら凄いで終わるんですが」

杉作は、犯人の家族への取材を続け、その果てに母親が踏切に侵入し、父親は医療用麻薬に溺れた。

「お母さんが自殺しはった原因が、杉作さんの取材なん？」

葵の細くきれいな眉が寄る。

「そうみたいなんです」

「そやけど、取材だけでもないいんとちがうの」

「芝田さんから、ある人を紹介してもらったんです。その方、吉住（よしずみ）さんというんですが、新横浜の信用調査会社に勤めておられるんです」

吉住篤（あつし）は、杉作が記者時代に雇っていた情報屋だった。元は芝田の情報源だったのだそうだ。

「その吉住さんが、お母さんの亡くなるところを目撃されてたんです」

吉住は、少し崩れた感じはあったものの優しげな中年男性だった。それでも当時を振り返ったとき、険しい顔つきを見せたのが印象的だった。

「つまりその人が、杉作さんの協力者やったいうことやな」

「芝田さんの話では、食らいついたら離さないスッポンのような情報屋だったそうです。元は海運会社の事故係だったんで、アクシデントへの対応力もあったって。その吉住さんが杉作先生の指示で、犯人の家族を徹底的にマークしていました」

「逮捕されたのに？」

「弁護側が責任能力を問う精神鑑定を要求したことで、杉作先生の憤りは加害者家族に向かったようです」

冬美は、『責任を取れない犯人と、そんな子供を育てた家族を糾弾することでしか正義を貫けず、被害者である女子高生ならびに家族の無念を晴すことができなかった』と結んだ記事の写メを葵に見せた。

「杉作さんなりの正義か」

「外科医だった父親と、診療所の医療事務をする母親をつつき、その結果どうなっていくのかを追いたい、と吉住さんに言ったみたいです。それで、とうとうたまりかねたお母さんが、遺書を書いて電車に飛び込んだ」

「ひどいな」

葵から言葉が漏れた。

「吉住さんの見ている前で、踏切の中に入ったんだそうです。止めようと駆け寄ったけれど、間に合わなかった。事故係だったから、たくさん陰惨な事故を見てきた自分だが、奥さんが一瞬こちらを見たときの目が忘れられないんだと」

責めるでもなく、むしろ安堵したような目だったと吉住は表現した。

「疲れ果ててたんやろな」

「それで杉作先生は、お母さんの自殺をどこよりも早く記事にできた。お父さんも医療用麻薬に手を出して逮捕され、医院は廃業に追い込まれたんです。それがきっかけで吉住さんは、杉作先生の仕事を断るようになったって」

「何や寒気してきた」

葵は腕をさすった。

「私も話を聞いてぞっとしました」

「いまも訳の分からん動機で人を殺す人間がいる。それが精神的な病気と判断されて、大した罪にならへんかったりすると腹が立つけど、そやからというてここまでするんは……」

「明らかにやり過ぎです。お父さんは、あまりの辛さに医療用麻薬の中毒になってたみたいです。量が増えていったんだろうと、吉住さんが」

「吉住さんが離れて、一四年か」

「杉作先生も新聞社を辞めてフリーに。で、先輩から読むように勧められた『業火』を発表されるまでの約一〇年間は、目立った活躍はされてません」

「ずいぶん路線が変わったな」

「本当ですね」

　冬美は『業火～残影のなかに』にあった『犯罪者ばかりを見てきたからなのかもしれない。いわば人間の醜悪なる部分——地獄、餓鬼、畜生、修羅——だけを目にしてきたような気がする。しかし、人には、菩薩のような心だって具わっている』という言葉を口にした。

「へえー、そんなことを書いてはったか。確かにソフトやな。冬美の話を聞いて思い出したんやけど、今回の無理心中、どことなく似てへん？」

「それは、先生が追い詰めたってことですか。でも、あの日の前日に初めて会ったんですよ、先生と孝造さんは」

　もし心中を考えるまでの不安を煽るとするならば、孝造の病気のことを含め、相当谷廣夫妻のことを知っていなければならない。その場合、すべての情報源は三雲医師だったということになる。杉作は、三雲医師とは今回が初対面ではなかったのか。

「追い詰めるいうのが当たってるのかどうか、その辺のことは分からへん。ただ、全国紙では大きく扱われることのない老夫婦の無理心中が、テレビや雑誌で話題に上ってるし、本を出版する前から評判になってる。これ、冬美はどう思う？」

「先輩は、杉作先生のプロモーションだと思ってるんですね」

「だとすれば、大成功や。その上、冬美というアシスタント、イラストレーターも見つけることができたんやもん。従順な」

「いままでは、そうでしたけど」

　と冬美は音を立てて、カップをソーサーに戻し、続けた。

「実は、単純な無理心中ではなくなってきてるんです。現場にあったものが、なくなってて」

　冬美は消えた校正原稿のことを話した。

「何それ。三通りの答えしかないやん。お隣さんの見間違い、あとは杉作さんか、お医者さんが持って帰った。三者のうち誰かが嘘をついている」

葵はキラキラ光る大きめのピアスを揺らし、顔を近づけた。

「桜木さんは、こちらが校正原稿のことを話す前に、自分から赤いボールペンで文字が書いてあった紙があったと言ってます。で、その原稿が谷廣さんに渡されてから、事件の夜までの間に、それを見る機会はなかったと」

「ほなライターかお医者さんが嘘を言うてるんやんか。けど元々原稿があることを知ってるお医者さんが嘘を言う必要はないし」

「……なぜ嘘なんかつく必要があったんでしょう」

「よし、損得で考えてみよか。どうも冬美は、損得勘定を蔑んでるところがある。けどそれが人の行動を支配する面があることも真実や。そう思わへんか」

「そう、思います」

冬美はうなずいた。

「校正原稿に何が書いてあったんか知らんけど、自分に都合が悪いことか、ルポを書く上でごっついおいしいことかの二つに一つ」

「だから損得勘定なんですね」

「そういうこと。何かピンとくることないのん?」

これから出る本の内容を、一部とはいえ口外することに罪悪感はあったけれど、冬美は思い切って『残心』の第一章までの草稿の内容を明かすことにした。本を売らんがための話題づくりに人の命が使われたとすれば、それに加担するわけにはいかない。

「日本の医療制度改革まで広げていくんか。テーマが大きい」

「この国民皆保険制度を見直す主張は、三雲先生の奥さんの考え方に近いらしいんです」

夏恵から聞いた政治家を目指す亜紗子の主張と、『残心』を政治運動に活用しようとしていることを話した。

「三雲医師は一時期テレビでよう紹介されてたな。そう、奥さんが厚労省の官僚から政治家か。三雲先生の評判は上々やし、当選するかもしれへんで。三雲夫人、杉作さん双方に得な心中事件。やっぱり、きな臭い」

葵が顔を突き出し、声をひそめた。

「二人が得するために、孝造さんが無理心中した……」

「いくら不安を煽っても、杉作さんの訪問に合わせて心中する、そんなタイミングあり得へん……ほんまに心中で間違いないんやろな」

葵はドスの利いた低音で訊いてきた。

「と断定するには妙なこともあるんです」

冬美は畳まれた寝巻きの中に、入れ歯安定剤が付着した帯紐を発見したと話した。

「何それ、それはおかしいやん！」

「先輩、声が大きいです」

「ごめん、ごめん。けど粉末の入れ歯安定剤を使うのは、食事を摂るときやろ？」

「そうです」

「帯紐に着くいうのは、体を起こしてたっていうことや。体を起こしてたっていうことは孝造さんが介助してあげてたはず。つまり孝造さんは、安定剤がこぼれたら、そのままにして畳まへん」

「私もそう思って、再度警察の人に調べてもらっているんです。あっ先輩」

大きくなりかけた声を慌ててひそめた。

「何？」

葵は、コーヒーカップを脇にやると、両肘をテーブルに突いて乗り出した。

「牧子さんが着けてる帯紐で、牧子さん本人の首を絞めるのは変ですよ。第三者が牧子さんがしている帯紐を解くのを、孝造さんが黙って見ていたことになります」

と冬美は葵の耳元へ囁いた。

「何で？」

「だって、警察は孝造さんの首にあった帯紐は、牧子さんの着ていた寝巻きのものだとしてるんです」

「犯人が奥さんの寝巻きの帯紐を解いている間、孝造さんは何をしてたかってことか」

「そうです。さすがに黙って見てるなんて変です」

止めに入るか、あるいは大声で怒鳴るか、何かしらの行動に出たはずだ。それなら桜木夫妻が隣の部屋の異変に気づくにちがいない。

「冬美、あんたやるやん。孝造さんが文句を言わんかったんは、やっぱり孝造さん自身が手を下したか、それとも犯人と合意の上で傍観していたか」

「その場合、犯人に牧子さんの絞殺を依頼し、孝造さんが首をくった。すると牧子さんの首を絞めた帯紐と、孝造さんが使った帯紐との二本が存在しても不思議ではありません」

自分の手で牧子さんを殺すことはどうしてもできない孝造が、第三者に泣き付いたのかもしれない。

「そしたら、冬美が警察に調べてもらってる帯紐、牧子さんを殺した凶器やったってことになるで。大手柄や」

「牧子さんを殺害したのは、杉作先生……」

「無理心中に遭遇したという宣伝効果、国民皆保険制度の廃止を主張するための話題づくりになると思った。それが杉作さんのメリットや」

「あの、先輩」

「うん？」

「私の祖母も脳梗塞で倒れてるんです。そのときの母の介護を思い出しました。これは三雲先生に確認した方がいいかもしれないんですけど」

母は長年酒瓶のラベル貼りをしてきて、腱鞘炎を患っていた。さらに更年期を迎えて指が変形し痛みを伴っていた。

「お母さん、大変やったんや」

「何をするにも、指の痛いのが難儀だって言ってました。とくに食事の介助は指先を使うから辛そうでした。そんなことを思い出してたら、祖母の寝巻き姿が浮かんできたんです。帯紐をつけるのが、いえ結ぶのに苦労してたなって」

「寝巻きを着せるのが？」

「結べないことはないんですよ。でも緩かったり、きちんと結ぼうと思うと辛かったみたいでした。孝造さんも手根管症候群で、食事の介助にも、最近は自分のスプーンにも補助具をつけてたって聞いたんです」

冬美はバッグからノートを出して、自分が描いた「緑のちくわぶ」を葵に見せた。

「これ、テレビで見たことある」

Eテレの真面目な番組も見ることがあるのだ、と葵は胸を張る。

「寝巻きくらいなら、それほど大変でもないでしょうが、自分の体を吊り下げられるほどきつく結べるものなのか」

　冬美は紐を結ぶ格好をした。

「こんなこと口に出すのも怖いんやけど、孝造さんは鴨居にぶら下がってはったんやもんな。きつく結ばんと、落ちてしまう。孝造さんは、自殺も殺人も自分ではできひん」

「杉作先生が、依頼とはいえ自殺の手助けをした上に、殺人まで……」

　口に出すとやはり悲しかった。

「自分でできないんやから、頼むしかなかった孝造さんも辛かったはず。愛する人を他人の手で……その場では、そうしてあげることが、杉作さんの正義やったんやろか」

「孝造さんの方は、一分でも一秒でも牧子さんより長く生きたい、と言ってたみたいですし……え？」

「どうした？　冬美」

「孝造さんは、牧子さんを見送ってやりたいって気持ちだったんです。それは自分が先に死んだら、牧子さんがどうなるのか心配だからです。依頼するんだったら、きちんと見届けたいんじゃないですか」

　冬美は、日下部と夏恵の会話を思い出す。

『女性の寝巻きの帯紐を取っておいて、死に顔をどうのいうんは変ちゃいますか。それとも死化粧でも施されてました？』

『いえ、言いにくいんですが、むしろ苦痛に歪んでました』

冬美はコップの水を飲み、続けた。

「少しでもきれいに送ってあげたいはずです。依頼した孝造さんの前で、寝巻きの帯をとってしまうなんてあり得ない。もしかすると、孝造さんは見ることのできない状態だった……」

「冬美、あんた自分の言うてること分かってる？　めっちゃ重大なことなんやで」

「恐ろしいことを口にしてると思ってます」

孝造は先に死んでいた。とすれば、無理心中は成立しなくなる。孝造も牧子も第三者に殺害された殺人事件となるのだ。だからといって直ちに杉作が犯人だとは断定できない、と冬美は言った。

「あんた、まだかばうんか」

葵が息を吐き、また椅子の背にもたれた。

「そういう訳じゃないんです。事件記者をされてきた杉作先生です、一筋縄ではいきません」

谷廣夫妻が何者かに無理心中に見せかけ殺害された直後に、自分が訪問したのだと主張するのは目に見えている。

「可能性は、全部潰しとかんとあかんっていうこと?」

「あー、でも、まだ信じられないっていうのが本音ですけど。動機だって分からないし。バラバラ事件の犯人を育てた家庭に徹底取材した話したでしょう。そのことを教えてくれた吉住さんがこんなことをおっしゃってたんです」

冬美は、水を一口飲んでから、

「杉作の場合、単なる義憤ではなくて、こんな風に子供を育てたら怪物を作ると世間の人間に教えてやることが自分の使命であり、正義だと思い込んでいる」

と言った。

「凄い思い込みやな」

「杉作先生は、自分がものを言うことで日本の医療改革につながると思っている節があります。でもそれだけとは思えません。実際に先生が手を下したのなら、無理心中こそが谷廣さん夫妻を救う唯一の方法だと、本当に信じていたんじゃないでしょうか」

「結局、依頼殺人か」

「孝造さんが心中を望み、事件をルポすることで保険制度に一石を投じることを含めて孝造さんの意思、だと解釈した」

「それも一種の正義？」

「……私、決心しました。頭を整理してから、先生にぶつかってみます」

「分かった。けど気ぃつけや。相手は二人も殺してるかもしれへん人間なんやさかい」

「肝に銘じます」

「冬美、無理心中でないって分かったから言うんやけど、谷廣さんの引っ越し先……やっぱり用意できてなかったんや。それについては私の方が謝らなあかん。ごめん」

「そう、ですか。なおのこと孝造さんの無念を晴らさないといけないですね」

冬美はレシートを手にすると、

「ここは私が。仲直りの印ってことで」

と微笑んだ。

22

次の日の夜、冬美は夏恵のマンションにきていた。夕食を食べてからしばらく香織と遊んでいる間に、夏恵は酒の肴を作ってくれていたようだ。

香織がうつらうつらし出したのでベッドに運ぶと、テーブルには居酒屋のようにおつまみとビールグラスが用意されていた。

冬美は実家から送ってもらった純米吟醸生原酒を持ってきていた。

「これ、いかがです」

「『南部雫しぼりたて』うれしい」

と夏恵は歓声を上げると、冷酒用グラスを用意した。

互いのグラスに冷酒を注ぎ、乾杯する。しばらくはフルーティな南部の酒を楽しみ、世間話が途切れたタイミングで、本題に入った。

自分が調べたことや葵と話した内容を夏恵に告げ、

「智恵を貸してほしいんです」

と冬美は頭を下げた。

「その前に、冬美ちゃん。本気でそんなおっそろしいことを言うてるん?」

夏恵から笑顔が消え、代わりに心配の声を上げた。

「本気です。本気だから日下部刑事に相談する前に、専門家の意見を伺いたいと、ここに寄せてもらったんです」

「覚悟してるんやね」

ちゃんと夏恵の目を見て、冬美はうなずいた。喉がひっつきそうだったので、お酒を一口だけ飲んだ。

「まず、孝造さんの手根管症候群やけど、個人差があるし断定はできひん。でも、いま冬美ちゃんの話を聞いてて、思い出したことがある」

「どんなことですか」

　待ちきれずせっつく。

「資源ゴミの京都市指定ビニール袋が、きちんと閉じられへんって言うてはった。ビンと缶を一緒に入れて出すやろ、風でひっくり返ったら中身が散乱するさかい、しっかり口を閉めるように町内で言われてるらしい」

「それは指が痛いからですか」

「それもあるし、上手いこと摑めないって。そやから、首を吊ったって聞いたとき、必死やったんやろな、と思た。けど、よう考えたら、冬美ちゃんの意見、なるほどもっともや」

　夏恵は苦い顔になった。

「孝造さんが自分で首を吊ったんではないとなると、犯人の仕業ですね」

「そうなる」

「犯人はまず孝造さんの首を、置いてあった寝巻きの帯紐で絞めた。それから牧子さんを殺したんだと思うんです。二人を殺害するには、まず力の強い方から先に手を下すはずです」

「そうやな、例えば孝造さんが座椅子に座ってはって、その背後から帯紐を首にかけて、そのまま柔道の背負い投げみたいに引っ張り上げる」

夏恵は座ったまま、両腕を交差し背負う格好をした。柔道経験者の夏恵の動きは素早く、迫力があった。

「これやったら、孝造さんの体を真上に吊り上げられ、首に残った痕跡は首を吊ったのと見分けがつかへんかもしれん」

夏恵が自分の耳の後ろを示す。

「三雲先生がおっしゃってた吉川線というのも？」

事件の夜、診療所で杉作と共に話した内容を夏恵に伝えた。

「抵抗する暇がなかったら、吉川線もないと思う」

「その素早さで、間髪を容れずに牧子さんも殺した」

「牧子さんは声をあげる間もなく、孝造さんの悲劇にも気づかぬまま……」

「となると、積んであった寝巻きの上にあった帯紐が、孝造さんと牧子さんを絞めたものだということになりますね」

「うん。それなら、あの帯紐に入れ歯安定剤が付着してたのも分かるわ。新聞にも安定剤がついてたということは、食事をするために安定剤を塗布してはった。それが、襲われたとき孝造さんの手からこぼれた」

「新聞紙は、こぼしてもいいように敷いていたんですね」

「そう、指がうまく動かへんかったから。で、歯を入れたばかりのときに帯紐で首を絞められた。手に着いていた安定剤が帯紐に着いたんやろ。そうとは知らんと、牧子さんが身につけてた帯紐と交換した。うん、辻褄が合う」

「やっぱり孝造さんを絞め殺した帯紐は、この間日下部刑事に渡した方だということです」

「そやけど、何で、そんなややこしいことをしたん？　そのままその帯紐で吊り上げてもよさそうなもんやのに」

「順序をはっきりさせたかったんだと思うんです」

帯紐の痕跡は、孝造、牧子の順で残っている。それでは無理心中にならない。鑑識でそこまで明確にできるものか分からないが、ことさら無理心中であることを強調するための演出だった、と冬美は言った。

「杉作先生は順序とタイミングが物事を左右する、と言っていました」

「そうか、牧子さんが着ていた汗の着いた帯紐を使うことで、牧子さんが先という順序を植え付けたんか。それで牧子さんの首を一巻きして孝造さんを吊せば……。それは分かるけど、実際に使った帯紐を持ち出さなかったんはなんで？」

「持ち去る機会がなかったんです。いいえ、はじめから警察に事情聴取されるつもりだった。木は森の中に隠せば見つからない、そんなつもりだったんじゃないですか」

「なるほど、一本帯紐がなくなってる方が変に思われる。普通、洗濯したもんを畳んで積んであるところに帯紐を置いたら気づかへん。いい隠し場所やったってことか。そやのに、うちら名探偵は、それを見つけてしもた」

　夏恵の表情は、香織がいたずらをするときのようだった。

「牧子さんの寝巻きの帯紐がなくて、それで孝造さんが首を吊っていたら、それだけでも無理心中だと思いますし、現に杉作先生も無罪放免となってるように、警察も第三者の介入には否定的となりました」

「いまの孝造さんや牧子さんを、殺すほど恨んでる人はいいひんと思うけど、怨恨（えんこん）による殺人の線は残るんとちがう?」

「あの夜、私は、二人に外部犯の可能性を伺ったんです。そうしたら杉作先生は孝造さんは息がなかったものの、体はまだ温かく柔らかだったと。三雲先生には牧子さんのことを聞いたんですが、同じように体は温かくて、関節に強ばりはなかったっておっしゃいました。直接第三者の関与を否定した訳ではないですけど、心中した直後に杉作先生が発見したんだというニュアンスでした」

「うちの先生も、か」

　夏恵の表情が沈んだように見えた。

「私、前にも感じたんですけど、夏恵さん、三雲先生と上手くいってないんですか」

『人生の栞』に関することを冬美に伝えるかどうかを、三雲医師に相談したとき、夏恵の表情が曇った気がしたのだ、と質問の意図を話した。

「気づいてたん、冬美ちゃん」

「はい、お医者さんと看護師さんの、あうんの呼吸が感じられなくなってたんです」

「冬美ちゃん、孝造さんの身になってるんやな」

「えっ」

「患者さんの視点に立ってるから、医師と看護師の呼吸が合ってないのを不安に思ったんやと思う。実はちょっと気になることがあって」

グラスに目を落とした。

「やっぱり看取りの方針についてですか」

「そう、詳しいことは言えへん」

「今回の事件、杉作先生があらかじめ谷廣夫妻の情報を知っていないと、成立しないと思うんです。いえ用意周到な杉作先生なら、下調べなく取材をするなんてあり得ません」

冬美は情報屋だった吉住の話をした。

夏恵は衝撃を受けたのか、しばらく沈黙していた。

「三雲先生が関わってはるって言うんか」

ようやく口を開いた夏恵の声に、いつもの張りはなかった。

「東京で亜紗子夫人に接触したのも、偶然ではなかったとしたら、どうです？」

「亜紗子夫人……」

夏恵の眉が寄る。

「あり得ませんか」

「あのとき亜紗子夫人は、何で谷廣さんなんかを紹介したんだと、怒ってはったし」

「夏恵さんに、自分は知らなかったとアピールしておきたかった。だから、私にも聞こえるように言ったのではないでしょうか。フリーペーパーとはいえ、記者だと知って」

「うーん」

グラスを頬に当て、夏恵が目を強く瞑(つむ)った。

「夏恵さん、二人の患者さんが殺されたんですよ。少しでも幸せに最後まで命を全うさせることが、夏恵さんと三雲先生の看取りのはずです」

「そうや、みんな先生にすがってはる。とは言うても理想と現実はちがうことも、社会に出て仕事してる冬美ちゃんなら分かるやろ？　守らんとあかん秘密もあるんや」

と、口を結んだ。

これほど苦しげに顔を歪める夏恵を初めて目にする。

「その秘密、命懸けで信じてる患者さんを裏切ってまで、守らないといけないんですか」

冬美はこれまで描いた谷廣家の絵を一枚ずつ、ゆっくりめくりながら夏恵に見せた。生前、そこでつましい老夫婦の暮らしが営まれていたことを思い出してほしかった。

「裏切るって、きつい言い方やな。別に先生が犯人なわけやないのに」

「ご存じの通りうちの実家は造り酒屋です。うちの者、蔵人は納豆を食べません。納豆菌が麹菌を駄目にしてしまうからです。衣服に残った微量の納豆菌が、麹室に侵入してしまうと、一〇〇度の熱湯で三〇分間の洗浄をしないといけなくなる。人には善の納豆の栄養も、麹にとってはたとえ僅かでも悪なんです。三雲先生は在宅医療の分野では必要な方ですが、その方が悪いことに関わっているのを知っていて放置することは、夏恵さんの……」

「言いたいことは分かる……けど」

「夏恵さんらしくないです」

「確証があるわけやないんや」

「でも引っかかってるんですね。それは何ですか」

強く詰め寄った。

「院長室の奥に金庫があって、そこに医療用麻薬が保管してあるって言うたやろ。麻薬帳簿をつけて管理してるんやって」

「知事の免許が必要だと言ってましたね」

「そう、それ」

「帳簿が合わないんですか」

「ううん、帳簿は合ってる。亜紗子夫人がチェックするから間違いはない。先生が大学の授業から戻るとすぐ、金庫の前でごそごそしてはるのを何回か見たことがある。一年ほど前やろかな」

　黙って金庫のある部屋へ行き、何も言わず仕事に戻るというのだ。

「それが変なことなんですか」

「大学から戻ってすぐというのが……」

「どういうことです？」

「絶対に内緒やで」

「分かりました」

「気になるさかい、診療所を手伝ってくれている研修医に、その日の授業内容を尋ねたんや」

　研修医が受けていたのは麻酔科の実習で、手術中の麻酔医の役割を学ぶ授業だった。

「問題があるんですか」

「ううん、何もない。ただ別の日にも保管金庫に直行しはったことがあって、そのときも同じ授業やった。またちがう日も手術が絡んでたんや。それで、ピンときた」

「何なんです？」

「不正に手に入れてはる」

「不正っ！」

冬美は驚きの声を上げた。

「手術では、麻酔に使う医療用麻薬の量を患者さんの状態に合わせてコントロールする。それが麻酔医の仕事。申請したアンプルの数と、使って空になったアンプルの数を、手術前と術後にはきちんと確認する。けど、手術はいくつも掛け持ちすることが多いし、途中にいちいち数えてたら患者さんの命に関わるさかい、動物実験用の使用済みアンプルで素早く帳尻を合わせるって噂を、耳にしたことがあるんや」

「つまり麻酔に使ったと申告しておいて、実際は」

「持って帰ってはったんやないか、と疑ってる」

「タダで薬を入手するためですか」

「その方がうちは気が楽やったかも。冬美ちゃん、うちの先生の特徴は、緩和ケアで過剰な医療用麻薬を使わないことなんや。だからストック分で充分間に合うはず」

「患者さんに使っていないのなら、何に……ま、まさか」

「ストレスのある仕事や、看取り医いうのは。治療行為をしない医者の辛さは、傍で見ててもよう分かる」

表情を殺して鸚鵡返しをするのは、少しでも感情が刺激されてしまうと、治療したいという医者の本能が湧き起こってしまうからだそうだ。

「自分と闘っておられるんですね」

「心が疲弊するのを医療用麻薬で紛らわせてはるんやと思う。うち、先生の左腕の注射痕を見てしもた」

「それ、ご本人に確かめたんですか」

夏恵はゆっくり首を振り、自分で冷酒を注ぎ喉に流し込んだ。

「嘘をつかれるのが、嫌やから。孝造さんのテープの音声やけど、冬美ちゃんに聞かせたところの後、孝造さんがとにかく一日でも長く生きたいから、相談に乗ってほしいと頼んでるんや。それに対して辛い治療よりも、痛みのケアをして幸せに余生を生きる方がいい、と諭す先生の声が入ってる。その部分を隠す理由が分からへんかった。けど、いま冬美ちゃんの話で分かったわ。一日でも長く生きたいいうのが、心中を否定する言葉やからや。つまり、心中にしておこうとしてはる。杉作さんの片棒を担(かつ)がはった」

「うちが孝造さんに渡した原稿も、その部分は書いてない。書くなという指示やったから。孝造さんは自分の言うたことが入ってないと思って、赤で補足したと思う」

「じゃあ校正原稿を持ち出したのは、三雲先生」

「警察が現場に到着したとき、桜木夫妻と一緒に杉作さんは外に出た。警察を誘導して再び部屋に入るまでの時間、現場にいたのは先生だけ。まさかうちが校正原稿のことでさわぐとは思ってなかったんやろな」

「夏恵さん、三雲先生がテレビに取り上げられたのは半年ほど前ですよね」

「うん、そうや」

「杉作先生は三雲先生をテレビで見て、いつかは会って話したいと思ってたんです。気になりませんか」

「えっ、どういうこと？」

「京都という街、老老介護、無理心中。現場で自殺体を発見したルポライターが問題提起するのが医療改革で、国民皆保険制度の廃止。同じ主張の政界立候補者の夫が、心中事件を起こす患者の在宅医だった。できすぎじゃないですか。こんなことができるのは、狙ったターゲットをとことん追い詰める杉作先生の他にあり得ない」

そう考えると、半年前に三雲医師が取り上げられたドキュメンタリー映像を見て、照準を定めた可能性がある。

「待って、録画したんが残ってるわ。紹介程度の映像が三本でそれぞれ五分弱、深夜に流れたドキュメンタリー映像は三〇分ある」

夏恵は居間のテレビの前に行って、リモコンのスイッチを入れると、ソファーに座って手招きした。

冬美は自分と夏恵のグラスを持って、彼女の隣に座った。

23

杉作は、谷廣家に入るなり、日下部と冬美、三雲と夏恵の顔を順に見た。

「どういうことかな?」

「最後の見分になりますので、みなさんに集まってもらいました」

日下部が杉作を台所へと請じ入れた。大きな日下部が動くと、台所の床全体に振動が伝わった。四人が居間を見て佇む光景は、異様に感じられる。

座卓の上には、冬美の絵を元に、できるだけ事件当夜に近い配置でものが並べてある。座椅子や布団の位置、洗って積み上げられた寝巻きも押し入れの前に置かれていた。

「見分？　この件は決着したんでは」

「ええ。ただ疑問点が残ってまして、最終報告書を上が承認しないんです。それでここが整理されてしまう前に疑問を解消して、すっきりしたいんでご足労願いました」

「ほう、それは光栄です。これも書き加えられる。そうですね、冬美さん」

杉作が冬美に微笑みかけてきた。

冬美は小さくうなずいただけで、返事はしない。

「そうだ、杉作先生。国吉さんは、あなたが見込んだだけあって、優秀なルポライターの素質があります。府警がほしい人材ですよ」

「もしかして、これ？」

杉作は卓上を見た。

「国吉さんのイラストから再現したんです」

と日下部が居間へと移動して、敷かれた布団の枕元に立つ。

冬美、その隣に夏恵と三雲、一番端にいた杉作が前に出て、台所から居間に首を伸ばし座卓を見下ろす。

「それで疑問点というのは？」

杉作が座卓を挟んで日下部を見る。

「国吉さんはイラストも上手ですが、記憶力、洞察力も大したもんです」

「疑問も、冬美さんが？」

杉作が振り向く。

「はい」

今度は返事した。

「新聞紙の件？」

「それだけではありません」

「何だ、それなら刑事さんより先に、僕に言ってほしかったね」

「きちんと調べてからと思ったんで、日下部刑事に協力をしてもらったんです。その前に先生に確かめておきたいことがあります」

冬美が言った。

「僕に？」

「先生がいま書いていらっしゃる『残心』のプロローグと一章の草稿は、事実なんですか」

「おい、おい、ずいぶんなことを言うじゃないか。ありのままのリポートだ」

「一語一句？」

「僕は録音もしないし、君のような記憶力もないから、会話の内容についてはそのままだとは言いがたい。それはそうだろう、ポイントを絞って書かないと、伝わらないからね。ただし、真実を書いているという自負はある」

「先生はこれまでの著書でも、空気感を伝えるために描写を大事にされてきました。その点は今回も同じですか」

「当たり前だ。その場に流れる風、光や色まで感じてもらってこそ、そこで息づく人が立ち上がってくる。それをさらに補完しようとあなたに絵を頼んだんじゃないか。そんなことも分からず、いままでスケッチしてたとは」

　杉作が睨んだ。

「すみません」

と思わず頭を下げてしまったが、ぐっと下腹に力を込めて、杉作に向かう。

「描写には偽りがない。作中の浜尾玄三というのは、谷廣孝造さんで間違いないんですね」

「そうだ」

「分かりました」

「何だ？　どうも、妙だな」

　杉作が辺りを見回し、日下部を睨んだ。

「この場を用意したのは、私です。もちろん府警本部の意向でもあります。杉作先生には事件の第一発見者として、確認したいことがあるもんでね」

「そういうことか。僕への疑いがまだ晴れてなかったんだ」

　杉作は鼻で笑い、続けた。

「いいでしょう、何でも答えますよ。その代わり、ここでのやり取りを書かせていただく。日下部さん、あなたには実名で登場してもらうからね」

「どうぞご随意に。ではまず、あなたがここの近くにタクシーを乗り付けたのがちょうど六時でした。それはあなたを乗せたタクシー運転手の証言と、乗務員記録ではっきりしています。そこからどれくらいでここに着いたんですか」

「孝造さんの生活圏を見ておきたかったから、手前で降りた。そうだな、二〇分ほどかかったかな。正確な時間は分からないけど、僕はドアを開けて、そこの玄関口から中を覗いた。そして鴨居にぶら下がってる孝造さんに気づいた」

「間違いなく孝造さんの体は、帯紐でぶら下がった状態だったんですね」

「そうですよ。だから、僕も慌てて」

「すぐに孝造さんを畳の上に下ろした」

「ああ、それで、彼の名前を叫んでたら、お隣が飛んできた。そんなことはもう警察に何度も話してる」

「確認です。あなたは三雲医師に電話をかけた。六時二二分です。それは三雲医師の電話の着信記録で明らかだ。まさに素早い対応でした。その後、三雲医師、さらに数分後に警察係官などが到着した」

「そういうこと」

「警察車両が到着するまでは三人ともここにいた。しかしあなたと桜木さんは三雲医師を残して玄関口に出た。その間、家の中のものには一切手を触れていない。そうですね」

「ええ、触ってませんよ、現場保全が大事なことはよく存じてますから」

「『人生の栞』の校正原稿にも？」

「存在すら知らないから、触れることもできないね」

杉作は薄ら笑いを浮かべた。

「それはそうですね。じゃあ三雲先生、あなたは校正原稿の存在は知ってますね」

日下部は体ごと台所に立つ三雲に向けた。

「もちろん」

「じゃあ、どこにやったんですか」

「当夜は見てませんから、どこにあるのか分かりません」

三雲は穏やかな話しぶりだった。

「おかしいですね。確かにここにあったんですがね」

座卓の上の新聞紙をめくった。そこには夏恵がプリントアウトした『人生の栞』の原稿があり、赤ボールペンで適当に校正がなされていた。

三雲は居間に入り、原稿をのぞき込み、

「これはダミーですね」

と言った。

「ええ、津川さんに書いてもらったものです。なぜこんなことをしたかと言いますとね」

日下部は卓上の入れ歯安定剤の容器を手に取った。

「これのお陰で、事件当夜の状況が分かってきたんです」

「新ファストン？」

「ええ。その粉末が押収した新聞紙に付着してました。同じ粉末は座卓の下からも微量ですが発見されてます。新聞紙の上で入れ歯に塗布したため、こぼれたんだろうと思ったんですが、どうやら違ったようです」

日下部は孝造が座っていた辺りに腰を下ろし、

「孝造さんはこうやって、原稿の上に置いた」

持っていた新聞紙をダミーの校正原稿の上にかぶせた。

「どうして分かるかといいますとね、新聞紙から採取した安定剤の粉末に、赤インクの成分が付着してたからです。インクは、津川さんが校正用に渡した水性ボールペンの成分と一致してます。原稿の上にこぼれた安定剤が、赤いインクを吸着したんでしょうね。それが新聞紙に付着した。校正原稿はノートと新聞紙の間にあったようです」

「安定剤が付着したのが当夜だとは、断定できないんじゃないですか」

三雲が言った。

「これね、当日の午後四時頃に配布された『A☆LIVE』なんです」

日下部が新聞を手に取り上げた。

「そうなんですか」

「少なくとも当日の午後四時まではあったものが、遺体発見後なくなったってことです」

「いや、午後四時から、杉作先生がここにこられた六時二〇分の間に、何かあったのかもしれない」

校正原稿など見ていない、と三雲が繰り返す。

「つまり第三者が、杉作さんがやってくるまでの間に原稿だけを持ち去ったと？」

「いや孝造さん自身が捨てたとも考えられます」

「しかし、桜木智代美さんは、新聞の下から覗く原稿を見ています。杉作さんが孝造さんに心臓マッサージをしているときまであった校正原稿が、一〇分ほどしてやってきた鑑識係官が調べたとき、消えていた。合理的に考えて、三雲先生しか持ち出すチャンスはありません。まさか先生は、杉作さんが桜木夫妻の目を盗んで持ち出したというんじゃないでしょうね」

日下部は持って回った念押しをした。

「そんなことは言いません……私が、持ち出し廃棄しました」

と言うと、三雲医師が小さく息をついた。

「なぜ、そんなことをしたんですか」

「まず、私の発案ではじめた『人生の栞』です。それを私がどうしようと、警察からとやかく言われることではない。私の治療方針に疑問を呈する、いや批判などがあったので、私の裁量で破棄した。ただそれだけです。しかも、二人とも亡くなっていて栞は必要なくなった」

三雲医師の言葉に、夏恵がビクッとしたのが、台所の床を通して冬美に伝わった。

「どうして、それを黙っていたんですか。問題になってきた時点で、いまのように言ってもらえばよかったのに」

「迷惑をおかけしたことは謝ります。ですが、犯罪でもないし、隠蔽(いんぺい)でもありませ ん」

穏やかな物言いが、かえって冷たく聞こえる。

「先生、孝造さんが先生のことを悪く書くとは思えません」

夏恵の声は震えていた。

「津川さん、くだらないプライドが邪魔した。そう思ってください」

「先生……」

「まあいいでしょう」

日下部が二人の間に入った。

「ここに二本の帯紐があります。どちらも牧子さんの寝巻きのもので、使用感があります。それはシワのより方の他に、牧子さんの皮脂などが繊維の間から検出されていることでも分かります。こちらは孝造さんの首に巻かれていたもので、牧子さんの皮脂や汗の成分の量から、一日か半日くらいは彼女が着ていた寝巻きの帯紐だと思われます。当然ですが孝造さんの指紋なども着いてました。もう一方のこの帯紐からは、牧子さんの汗の成分はほとんど検出されなかった。代わりに牧子さんの皮脂と孝造さんの皮脂、唾液の成分が検出されたんです。その痕跡はいずれも、首を一回りさせた状態のときにできる形状を示していました」

手に持った帯紐を示し、

「さらにこれから、問題の赤インクを吸着した入れ歯安定剤が見つかった。この事実、どう思います、杉作先生？」

と日下部が言った。

「それも孝造さんの主張なのかもしれないな」

杉作は小刻みに首を振りながら腕組みをする。ものを考えるときのいつものポーズだ。

「ほう、それは変ですね。我々が出した結論は、牧子さんと孝造さんを絞殺した凶器は、現場で首に巻かれていた帯紐ではなく、別の場所から見つかったこちらの帯紐だということとです。そしてこれには、孝造さんの唾液と皮脂の上に、牧子さんの首の皮脂が重なっていたんです。孝造さんが亡くなって、牧子さんがという順序だ。なのに牧子さんの寝巻きから帯紐を引き抜き、孝造さんが首をくくったことになっている。当節人気のルポライターは、死んだ孝造さんが、何かを訴えるためにもう一度首を吊ったとでも書くんですか」

「…………」

「もう一つ、孝造さんは首を吊るほどしっかりと帯紐を結べなかった。親指に力が入らなかったんです。どうみても、自殺じゃない」

「事情がどうあれ、僕が入ってきたとき、孝造さんは首を吊っていた。それは確かだ。誰かが僕を嵌めようとして……」

「杉作先生、もうやめてください！」

思わず冬美が叫んだ。

「何だ」

杉作が前髪の間から鋭い視線を向ける。

「じゃあ聞こう、動機はなんだ。どうして僕が殺人など犯すんだ」

杉作は畳の上にあぐらをかいた。

「先生流の正義なんでしょう？　老老介護の末の無理心中、それを世に問う。そのためならどんなことでもするのが、ルポライター杉作舜一です」

冬美は、犯人だった少年の母親を列車自殺に追い込んだ一件を、話した。

「そんなことまで調べたのか」

杉作は口笛でも吹きそうな顔をした。

「今回は、国民皆保険制度の廃止という問題提起をしたいために、牧子さんより一日でも生きたいと思っている孝造さんを利用した。はじめから、谷廣家の事情、孝造さんの病気のことを知っていたんです。いいえ、半年前からすべての計画は練られていた」

「なんと半年前。面白い、冬美さんのルポをみなさん聞こうじゃありませんか」

杉作はみんなを座卓の周りに座るよう手招きした。

冬美は、夏恵に目配せし、居間の畳に正座する。日下部もその場に座った。

「これまでの先生の仕事と違い、今回の取材は、何だか行き当たりばったりな気がしてました。なのに狙ったかのように無理心中に遭遇するなんて。取材先がなぜ京都なのか、なぜ三雲先生なのか、そしてなぜ谷廣さんだったのかを考えました。だからそのきっかけをもう一度確認したんです。津川さんが録画していた、三雲先生のドキュメンタリー映像にそのヒントがありました」

「何だって？」

杉作の口元が強張ったのが分かった。

「私と津川さんは、映像のどこかに杉作先生の琴線に触れる場面がないか、繰り返し繰り返し確認しました。すると津川さんが見つけたんです。三雲先生の左前腕肘窩静脈の、橈側皮静脈に注射痕があったのを」

「それは」

三雲がはじめて慌てた声を出した。

「三雲先生は、患者さんに鎮痛剤を打つとき腕まくりをした。なのに、すぐ袖を下ろしました。だからよく見ていないと気づきません。それを杉作先生は見逃さなかった。在宅医で看取りのスペシャリストの三雲先生の秘密を摑んだんです。それは以前にバラバラ殺人事件の取材で、犯人の母親が自殺し、残された父親が辿った道を知っていたからです」

加害者の父である開業医が、医療用麻薬の中毒になったことに、冬美は触れた。

「三雲先生、先生が校正原稿を処分したのは、杉作先生が警察に調べられると、自分にも捜査が及ぶと思ったからですね。先生が医療用麻薬でストレスを解消していることが、バレると」

「証拠はない」

杉作が大きな声を出した。それは冬美にではなく、三雲に向かって発せられ、何も言うなという威圧感を含んでいた。

「三雲先生、手術で使用されたものと、大学の動物実験用、そして診療所の麻薬帳簿を調べれば、明らかになるはずです。もう杉作先生を庇う理由はなくなりました」

冬美は声に力を込めた。

「先生、欺されるな。そんなことをしても何も分からない」

また杉作が叫んだ。

「いえ、すべてお話しします」

「やめろ。自分の立場を分かっているのか。あんたにはたくさんの患者がいるんだぞ」

杉作を一瞥したが、三雲は決意を固めたように言葉を発する。

「杉作さんから事件の前日に言われたんです。谷廣さんに会ったら、承諾してくれたと」

「承諾って」

夏恵が声を上げた。

三雲医師は悲しげに、

「尊厳死のことです」

と答えた。

日下部は顔をしかめ、夏恵は悔しそうな顔つきとなった。冬美だけは、杉作を睨み付ける。

「杉作さんから、電話が入ったのは半年ほど前でした」

ぜひ取材がしたいということで、その際、亜紗子が政界に進出しようとしていることを話題にして、国民皆保険制度の抜本的な改革に賛同していると言った。

「取材の具体的なことを話したいと、再度連絡があったのがひと月前です」

「そのとき、老老介護はテーマになるし、在宅医、看取り医ももっと取り上げられなければならない問題だと言った後、ストレスの解消は麻薬が一番ですか、と言われた」

「よせ、デタラメだ」

「黙るんだ！」

日下部が、杉作を一喝した。

「私には、何を言わんとしているのか分かりました」

三雲は杉作を見た。

杉作の要求は、一見上手くいっている老老介護の家庭で、その実、大きな闇か絶望を抱えている夫婦をピックアップしてほしい、というものだった。その他、数軒の取材先は適当でかまわない、どうせ書かないからと言ったのだという。

「それに従ったんですね」

冬美が訊いた。

「ええ、仕方なかった」

杉作は、それとなく尊厳死を持ちかけ、承諾を得たときは実行すると言った。

「医師としてそんな話、容認できるはずもない。だから断ったんです。そしたら、あんたは彼らを医師として救ってやれるのか、ただ苦しめておいて、何が看取り医だと言われました」

多くの終末期患者は、延命処置を希望しない。体を酸素吸入などの管につながれ、生きながらえたくないと言う。皆痛みのケアをして穏やかに死んでいきたいと主張するが、本当にそれが本心なのか、と杉作は疑問を呈してきたのだそうだ。

動物は、生きることを諦めない。それが本能だからだ。助かる見込みが千に一つ、万に一つでもあれば、そうしたいと思うのが自然だ。言葉でどう誤魔化そうが、みんな生きたい。にもかかわらず、諦めるよう説得しているに過ぎない。本能をどこかに追いやり、結局は自殺願望を芽生えさせているだけだ。何が自然死だ。思い出せ、あんたが看取った患者の死に顔を――麻薬だけで得た作り物の穏やかさを。

「多くの方を看取ってきて、私の気持ちは揺らいでいました。死に顔が穏やかでも、それが満足からなのか、諦めからなのか私には分からない。医療用麻薬で痛みを緩和するだけで、病と闘わない医者としての自分に、虚しさを感じてもいました。いったい何が正解なのか、分からなくなっていたんです」

逡巡する三雲に、杉作はこうも言ったという。

「生きたいという本能の芽を摘んだのが看取り医なら、その責任として、本当に苦しくて死にたいという願望を叶えてやるのもまた、看取り医ではないのか」

孝造さんに心中の強要はしないことを前提に、本人が望むならと、悪魔との契約をしてしまったのだ、三雲はうつむいたまま言った。

「当夜は、すぐに駆けつけられる場所で待機してました」

「だから早くここに着けたんですね」

「検視の真似事をしていると校正原稿が目に入った。そこには生きたい、どんな形でも生き抜きたい。どこか、必ず住まいを見つけて、牧子と最後の思い出を作りたい。

すぐに忘れてしまったとしても、思い出は必ず残る、と綴られてあったんです。それを見たとき、杉作さんが嘘を言っていることに気がついた。尊厳死などなにも望んでなかったのに……すまないと思ったと同時に、こんなものがあると無理心中にならないし、問題になると考える冷静な自分もいました」

「ふん、保身か。作り話はもうたくさんだ」

杉作が乱暴に吐き捨てた。

「まだ分からないんですか」

と冬美は杉作を睨むと、静かに続ける。

「先生は私の憧れでした。先生のルポは、弱い者の目線で、いまこの国で起こっていることを浮き彫りにしていき、最後に大きな問いを投げかける。読んでいる間、そして読み終わった瞬間から、先生から与えられた宿題について、自然に考え始めている自分がいました。じっくりものを考える時間が、これほど貴重で豊かなことなのかを教えてくれたのは、杉作先生、あなたなんです。私に無様な姿は見せないでください」

「意味が分からないよ、冬美さん。僕は事実を重んじ、真実を伝えるルポライターだ。だから見たまま、感じたままを書いてきた」

「ならどうして、今回の事件でもそうしないんですか」

「さっきも君が確認したように、ありのままを描写している」

「嘘です。あのプロローグにはあり得ないことが描写してあります」

「君には失望した。私の使命の重要さをまるで理解していない」

「……先生は、他の人とはちがいます。言葉を使って、文章を書いて生きているんです。自分の言葉に責任を持ってください」

冬美は『残心』の冒頭を、頭のスクリーンに呼び出した。そしてそれを読み上げた。

しばらく走って夕暮れ迫る古都の街に、紅に染まった二条城が現れ、さらなる期待に胸が躍った。

少し手前でタクシーを降りると、玄三さんが見た風景、嗅いだ匂いを確かめようと歩いた。

市バスが横を通過し、路傍の石を跳ねた。それを見た瞬間、なぜか心がざわついた。

そう言ったときの玄三さんの目を思い出した。言葉とは裏腹に瞳に力がこもっていたと感じたからだ。

――ほんまにここがスカスカなんです。ヘチマのたわしみたいに。

私は全速力で駆けた。

そして浜尾家の玄関につき、呼び鈴をならすことなく戸に手をかけた。なんなく開いた扉、屋内から漂う峻厳な空気。

私は引き寄せられるように家に上がった。そして、西の彼方へ沈まんとする真っ赤な夕陽が目に眩しく、黒い人形が微かに揺れているのを目の当たりにした。

久乃さんの寝巻きの帯紐で鴨居に首をくくる玄三さんの姿は、不謹慎だが美しかった。それは、民家の柱に古い鴨居、窓からの夕陽が作り出した幻灯のようで現実離れしていたからに外ならない。

揺れる人影の黒と暮れ方の赤、この対照的な光景を、私は生涯忘れることはないだろう。

「名文じゃないか」

朗読が終わると、杉作が笑みを浮かべて拍手した。

「校正しないんですね」

「きちんと目の前で起こったことを、過不足なく描写してる。どこも校正する箇所はないね」

「では申し上げます。気象庁に問い合わせたら、京都市内の三月二二日の日の入りは午後六時一〇分です。先生が孝造さんの部屋を訪れた午後六時二〇分は、すでに日没し薄明の状態でした。暗くはなかったでしょうが、窓から夕陽が差し込むなんてあり得ない」

「そんなはずはない、僕は確かに」

「私も先生の文章を信じたい。でもそれが本当なら、午後六時一〇分より前に、孝造さんの遺体を発見されたことになります。それから桜木夫妻が飛び込んできて、三雲先生に電話をかけるまで、少なくともこの十数分、先生は何をしていたんですか」

「蘇生を試みていたんだ」

「すぐに駆け寄り孝造さんの体を下ろした。そして孝造さんの名を叫んだのではないんですか」

「そうだ」

「孝造さんを殺害し、牧子さんの首を絞めた。そして孝造さんを吊り上げるとき、先生は沈む夕陽が窓から差し込んでくるのを目にした。太陽が最後の力を振り絞るように放つ真っ赤な光に魅せられたんです。殺人という大きな仕事をやり終えて、そんな光景を見てしまった先生は、描写したくて仕方なかった」

「いい着眼点だが、証拠としては弱いな」

そう言って、杉作が深呼吸し、

「期待はずれだ」

と肩をすくめた。

「三雲先生の証言があるんですよ。それでも言い逃れできると？」

「証言？　医療用麻薬に手を出し、なおかつ自身の患者の秘密を第三者に漏らした医師の何が証言だ。信憑性に難ありだね」

「孝造さんの手では牧子さんの首を絞めることができないし、自分の首をくくることもできなかったんですよ。先生以外に手を貸した人間は外にいません」

「状況証拠だ」

「私は、先生が何の理由もなく、売名行為で人殺しをするなんて思っていません。そこにはそうしなければならない理由があるはず。でも、それは先生の思い上がりです」

「僕が思い上がっている？　聞き捨てならないね」

顔をわずかにしかめ、冬美の目を凝視した。

「先生の『業火』を読んだとき、弱者の視点に好感を抱きました」

「それは、どうも」

「インタビューを読んでいても、当事者の思っていることや、悩みがまるでその場にいるかのように胸に突き刺さってきました。それは先生自身が、取材者の辛さをきちんと分かってるからだと素直に思います。他人事ではなく、また同情でもなく一緒に苦しんでいる感じが行間ににじみ出ているからです。それだけ相手の心に深く入り込んでいる。一四年前の女子高生バラバラ事件のときも、先生は被害者とそのご家族の怒りをなんとかしてあげたいと思った。だから加害者一家が崩壊するまで追及の手を緩めなかった」

「ルポライターには必要な資質、分かってるじゃないか」

「でも、その資質に落とし穴がある。先生は、相手の話の裏にある本心を読み取る能力に長けていらっしゃる。それは認めます。そうしているうちに、言葉にしない心の深い部分を分かってあげられるのは、自分しかいない、と思うようになった」

「それが思い上がり、か。違うね。人間なんて自分のことなのに、実は何も分かっちゃいない。好きな食べ物、色なんていう簡単なことでさえ、本当にそうなのか。実はそう思い込もうとしてるだけの場合が多いんだ。異性の好みなんて最たるものさ。こういう人が好みだと、どこかで言い聞かせている。ましてや人生に関わる選択なんて、決められやしない。それを引き出し、読み解くのが僕の仕事だ。思い上がっているのは、自分のことは自分が一番よく知っているって言う者の方だ」

「そんなに自信があるのに、今回ばかりは……」

冬美は、大げさに首を振ってみせた。

「何だ？　今回ばかりは、どうだと言いたいんだ」

「孝造さんの心を読み違えたんです」

「なぜそう言い切れる。君は、直接会ったことがないだろう」

「ええ、会っていません。でも先生のルポがあります。それを読めば、牧子さんより一秒でも長生きしたいと主張されていることが分かります」

「そうだが、年齢的に保険適用の治療薬が使えなかった。叶わぬ夢となったんだ。その落胆は何倍も大きかった」

同じ心中をするなら、社会に現状を訴えることができる人間を巻き込もうと考えたのだ、と杉作はまた持論を持ち出した。

「生きたい、という言葉を使いつつ、現状からもう死ぬしかないと、僕に暗に示した。大したもんだよ、孝造さんは」

杉作は奥の遺影に目をやった。

「それが間違っていたんですよ、先生。確かに孝造さんの現状は、厳しいものがあります。この家を追い出され、行く当ても決まっていません。日々状態が悪くなる牧子さん、そして自分の病。それでも懸命に生きようとしていた。その日の食事を食べようと準備を整えていたんです」

「最期の晩餐(ばんさん)ってことも考えられる」

「だとすれば、なおのこと食事を味わったはずです。私、入れ歯を嵌めることがこんなに愛おしい行為だと思ったことはありません。食べることは生きること、これも人間の本能です」

この言葉に、夏恵が涙を浮かべたのが分かった。

冬美は声が震えないよう力を込めて続けた。

「先生は孝造さんの気持ちを深読みして、最善のことをしたと思ってますが、大きな勘違いでした。懸命に生きよう、生きたいと思っている人を殺したんです」

「すべて憶測だ」

「では、牧子さんの気持ちはどうですか。先生は、牧子さんと話されましたか」

「もはや会話が成立するような病状ではなかった」

「そんなことありません。牧子さんも生きたかったんです」

「分かるもんか」

「粉タイプの入れ歯安定剤は、入れ歯に塗布してから定着させるために何度かカチカチとかみ合わせをしないとなりません。それは強制的にしても意味がない。どういうことか分かりますか。牧子さんも食事を摂ろうとしていた。食べて、その日一日を生きようしていた証拠です。牧子さんの気持ちも知らないで、あなたは彼女の首を寝巻きの帯紐で絞めたんです。私に、牧子さんが見ていた景色を描かせ、そこが彼女の世界だと言ったのに、本人に取材しなかったんですよ。一番の弱者の声を無視した。こんなの杉作舜一の仕事じゃありません」

冬美は涙がこぼれないように天井を見上げた。

冬美をじっと見ていた杉作は、バッグを手にして立ち上がった。

「日下部刑事、続きは署で」

その顔に迷いの色はなく、新たな取材対象に挑むかのような目をしていた。

エピローグ

杉作逮捕から二週間が経った。

冬美はクライアント先から会社に戻る途中、『幸い荘』があった場所を通りかかった。いまは更地になっていて、それを囲むフェンスには「住宅街に宿泊所はいらない！」と赤字で書かれたポスターが何枚も張られている。工事は住民の反対によって延期されていて、空き地には雑草が繁茂していた。

たった二週間しか経っていないのに、日下部刑事たちと杉作を追及した谷廣家が懐かしい。

歩みは緩めたが、立ち止まることなく歩く。目前の歩道を見ると、そこに夕焼けがつくる冬美の影が、背丈の二〇倍ほどになって横たわっている。

杉作もスクープを追い求めるうちに、この影のように自分を肥大化させていったのだろう。しかし影は影だ。

国吉冬美、石鳥谷の造り酒屋の娘。どんなものにも感情移入してしまい断捨離ができず、片づけられない女。それ以上でも以下でもない。

スヌーピーが出てくる漫画「ピーナッツ」の一コマを思い出した。登場する個性的な子供たちの中に、冬美の好きなピッグペンがいる。彼の顔も洋服もいつもドロドロに汚れていた。そのピッグペンに主人公のチャーリー・ブラウンが「どうして君はいつもそんなに汚いの？」「いったい、いつになったら、きれいになるの？」と詰問する。するとピッグペンはこう言った。

「ぼくに歴史を変えろというの？」

そうだ、私は私、等身大で生きる。

いま冬美は時間を見つけてはコツコツとキーボードを叩いている。冬美なりに、谷廣夫妻殺害という杉作の犯罪と向き合おうとしていた。

杉作は罪を認めず、まだ起訴前勾留中だそうだ。裁判の行方がどうあれ、冬美は老老介護殺人事件の真相を書き、どこかの出版社に持ち込むつもりだ。

タイトルは『残心〜杉作舜一の誤算』にしようと思う。

その話を夏恵にしたとき、

「『残心』は、一つの動作が終わっても、緊張感はそのまま保って、つぎの動きへいつでもいける武道の心構えのこと。これから本格的に冬美ちゃんはルポライターを目指していくんやな。気張りや」

と励ましてくれた。

その夏恵は、丸太町の総合病院で働くことが決まっている。ただ、三雲医師が麻薬取締法違反で逮捕され、診療所は閉鎖となったため、受け持っている患者の受け入れ先を求めて奔走していた。まさに夏恵も、残心の構えのようだ。

辺りが暗くなり始めると冬美の影も、薄らいでいく。それとは反対に、冬美の決意は鮮明になった。

必ず出版にこぎ着けてみせる。

冬美は、赤から紫に変わった落陽を背にして、会社への道を急いだ。

解　説

東　ちづる

私はボランティアと呼ばれる活動を続けて二十九年になります。きっかけは、情報番組で放送された、十七歳の白血病の少年のドキュメンタリーでした。たまたま自宅で観ていました。その時、私は涙しながらなぜ彼はテレビで自分の病気を公にしているのだろう、と思いました。彼なりのメッセージがあるはずです。でも、それが伝わっていない。モヤモヤしていたら、コメンテーターの方が「頑張ってほしいですね」と。彼は頑張ってるから私生活もルポさせたのに、この言葉を聞いてがっかりしたんじゃないかと思ったんです。

彼のメッセージをどうしても代弁したいと思ったら、いてもたってもいられなくなって、彼を探し出したんです。幸いご家族と連絡が取れ、それで骨髄バンクが日本にもできたことがわかりました。当時、骨髄バンクは立ち上がったばかりでほとんど知られていませんでした。とても重要なことだと思い、骨髄バンクの意義を伝える活動を始めました。それをきっかけに、障がいのある人や戦争で傷ついた子供たちなど、いろいろな方向に繋がっていきました。

『残心』には老老介護で無理心中を図った夫妻が出てきます。彼らは決して弱者ではなく、私達の先輩です。歳をとると、どこか不具合が生じるし、不自由な生活を強いられるようになる。私たちも将来、必ず高齢者になるし、病気や事故などで入院患者になるかもしれないし、障がい者になるかもしれない。

読み始めたときには、自分と母親に置き換えました。母は今八十代ですが、非常に元気です。十年後、私は七十代で母は九十代になります。母は自分でも言っていますが、九十代でも元気だと思うんです。ただ、気持ちは元気でも、どんどん衰えてはいきますし、私も衰えてくる。さらに私と夫に置き換えると、子どももいないし、このまま二人で年老いていくとどうなるのか、不安が押し寄せてきました。夫は難病なので、彼が私を介護することは難しい。かといって、私が彼を介護できるかというとそれも難しい。先日、出血性胃潰瘍で入院したのですが、その時、超早期の癌も判明したんです。運よく見つけていただき、内視鏡で剥離したのですが、進行していたら、私たち二人はどうなっていたんだろうと少しゾッとました。人生百歳という時代、この問題を他人事で読む人は誰もいないと思います。

一番印象に残った場面は、谷廣夫妻が『人生の栞』を作っている場面です。医師の三雲が谷廣夫妻に聞き取りをして『人生の栞』を作るのですが、非常にいいと思いました。認知症の牧子がたどたどしく、時系列も無茶苦茶に話すことを旦那さんの孝造がフォローして伝えていく。映画のように印象に残りました。この場面を読むと、本当に谷廣夫妻は生きたかったんだと思うんです。入れ歯安定剤のくだりも、彼女に入れ歯をはめさせて食事をさせようとしていたことが伝わってグッときました。ミステリーなので推理ありきで読みましたが、そうでなければ普通に無理心中だろうと受け止めるでしょう。介護に疲れて奥さんを殺めて自分も逝ったんだ、切ないな、哀しいな、と。

　私もエンディングノートを書いたことがありますが、自分で書くとなかなか掘り下げられない。忘れてしまっていることもありますし、三雲のようにインタビュアーがいて聞いてくださると、思いがけないエピソードをお話しすることになったりするんです。自分ではそんなに話を膨らませなくてもいいと思うところに第三者は引っかかる。思い出して言葉にしていくうちに、自分の記憶がよみがえり、過去が鮮明になってくる。私はこうやって生きてきたんだなと、人生を振り返る機会はそうそうあるものではないでしょう。こうしたカウンセリングは自分の存在証明に繋がる作業なんです。自分も変わるし、家族の見方も変わる。

　私たちが母娘で受けたカウンセリングも、私にとっては母でしかなかったけれども、一人の人間であったし、女性であったし、妻であったし、近所のおばちゃんでもあった、ということを認識しました。第三者が聞いたことを家族が知ることは、非常に価値があると思いました。終末に向かって、どういうふうに対応していくか、介護していくかということに大きく影響する。この『人生の栞』というアイデアは素晴らしいと思いました。

本書にはジャーナリストの正義というテーマもあります。正義のために登場人物が動くのですが、すごく難しい。正義を考え始めたらとても怖い。私も「正義感で活動しているんですか」と言われることがあります。でも、私の正義と他人の正義は違うし、日本の正義とほかの国の正義は違う。正義は時にエゴになりがちです。こういう活動をしているとつい社会を正したくなるんですが、それが私にとっては本当に恐怖です。

私はオランダにホスピスと安楽死の取材に行ったことがあります。難病の女性が安楽死を選ぶのですが、ご家族を取材したとき、何が正義かわからなくなりました。医療にとっての正義、国にとっての正義、旦那さん、子供たちの正義と、たくさんの話し合いが行われたらしいのですが、答えはわからず、結局、その女性は安楽死を遂げました。彼女が決めたことに最後まで反対の気持ちはあるけれども、自ら死を選択するということをご家族は尊重したのですが、その後もとても苦悩していて、インタビュー中に席を立って話せなくなったりしました。私はリポーターなので、感想を言わなくてはいけなかったのですが、答えはそれぞれの人が持っているものなのです。

杉作は自分の考えを貫く方を選んだ。ジャーナリストとはいえ躊躇したり迷ったりするものだと思いますが、自分が正しいと思い始めたら怖い。老老介護の問題は複雑です。自助、国の公助、共助のあり方。この三つのバランスが崩れている。自己責任という言葉も重くのしかかってくる。杉作のようなジャーナリストという職業の人たちが、死とか老老介護とか終末ケアを見始めたらこうなるのか、という気持ちもわかります。最初の杉作の文章があまりにも美しくて、ちょっとナルシスティックだな、くらいにしか思わなかったんですが、彼は一石を投じたいと思う気持ちと同時に、ここでもう一発当てたいという思いで、弱者をツールとして利用しているということに気づいていない。これはすごく危険なことだと思いました。

主人公の冬美には観察力、洞察力があります。カメラアイを持っている。そこが面白いと思いました。カメラアイは一つの能力なのですが、私の周囲には結構いて、カメラアイで覚えたことを絵にする人もいます。そういう特性のあるアーティストの作品は世界的にも評価されています。ただその特性を生かし切るのは難しい。冬美はカメラアイがあるのに、人物は三頭身や五頭身で表現したがる。写実したほうがマッチングするけれども、すべてを記憶して描き出すのにマンガで表現する。昭和のマンガに当てはめるその不器用さが、マンガ家としては大成できなかったんでしょう。

カメラアイがあるということは非常に強い特性ですけれど、本人にとってはその特性を生かせなければとてもつらいこともあるようです。興味がないことや忘れたいこともずっと覚えていてしまう。それをアートやマンガで、表現することで解消している人もいます。冬美は杉作と組むことでその特性が生かされる。皮肉だと思いました。自分の特性を自分で生かすことはなかなか難しいことです。生かせる環境がないと種は芽が出ない。事件を経て冬美はルポライターとしての芽が出て、第一歩を踏み出します。

私は冬美の正義に寄り添えました。この本を読んだ方に「あなたはどの方に心を寄り添えましたか」とお尋ねしたいです。読む方の年齢や立場によって、どの登場人物に感情移入するか、全然違うと思うんです。推理しながら読むと思うので、どこで真相に気づきましたかとか、そういう談議ができたら面白そうです。日本が今抱える問題点にも気づかされる作品です。

（談）

二〇二一年十一月

この作品は2018年12月徳間書店より刊行されました。
なお、本作品はフィクションであり実在の個人・団体などとは一切関係がありません。

徳間文庫

残心(ざんしん)

2021年12月15日 初刷

著者 鏑木蓮(かぶらぎれん)
発行者 小宮英行
発行所 株式会社徳間書店
東京都品川区上大崎三-一-一
目黒セントラルスクエア 〒141-8202
電話 編集〇三(五四〇三)四三四九
販売〇四九(二九三)五五二一
振替 〇〇一四〇-〇-四四三九二
印刷
製本 大日本印刷株式会社

ISBN978-4-19-894698-2 (乱丁、落丁本はお取りかえいたします)